포식의 군주

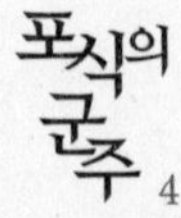

4

초판 1쇄 인쇄일 2017년 2월 21일 | **초판 1쇄 발행일** 2017년 2월 23일

지은이 풍류랑 | **펴낸이** 곽동현 | **담당편집 팀장** 이범수
편집부 신연제 이윤아 홍현주 김유진 조서영 임소담

펴낸곳 (주) 조은세상 | 출판등록 제 2002-23호
주소 경기도 연천군 미산면 청정로 1355
TEL 편집부 02)587-2966 | FAX 02)587-2922
e-mail bukdu@comics21c.co.kr

ISBN 979-11-5832-883-2 | ISBN 979-11-5832-810-8(set) | 값 8,000원

포식의 군주

풍류랑

현대판타지 장편소설

NEO MODERN FANTASY STORY

4

(주)조은세상

CONTENTS

포식의 군주

1. 흑랑 길드

포식의 군주

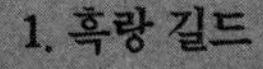

1. 흑랑 길드

레이더스의 전기 오토바이를 확보함으로서 세이버 클랜의 이동성은 크게 향상되었다.

오토바이를 탈 줄 아는 멤버는 모두 넷으로 한모와 민준, 유화 태랑 정도였다.

크기가 작은 스쿠터였기 때문에 덩치가 큰 한모는 혼자 타야 했다. 나머진 모두 둘 씩 짝을 맞췄다. 민준은 수현과 함께, 유화는 슬아와 콤비를 이루고, 태랑은 뒷좌석에 은숙을 태웠다.

원래 태랑은 처음 슬아를 태우려 했다. 하지만 유화의 반대로 은숙으로 파트너가 바뀌었다. 이유가 뭔가 궁색했는데 은숙이 적당히 뭉게는 바람에 자연스럽게 넘어갔다.

길 안내를 위해 강봉구가 선두에 섰다.

그의 허리는 밧줄로 묶인 체 바로 뒤따르는 한모가 소처럼 고삐를 틀어쥐고 있었다. 만에 하나 수작을 부린다 해도 한모의 손아귀를 벗어날 수 없는 형태였다.

그렇게 다섯 대의 오토바이가 도로 위를 달려갔다.

멋대로 방치된 자동차들이 도로를 점거하고 있었지만, 조그만 오토바이가 빠져 나가기에는 무리가 없었다.

"저 자식 도망쳐 버리는 건 아니겠지?"

은숙의 염려에 태랑이 대답했다.

"걱정마. 한모 형이 꽉 붙잡고 있으니까. 게다가 아까 슬아가 단단히 경고해 뒀어. 허튼짓 하면 등판을 표적으로 삼아 버린다고 말이지. 겁나서 못 도망칠 걸?"

"참, 슬아 얘기 나왔으니 말인데, 넌 왜 그렇게 센스가 없니? 아까 왜 슬아를 태우려고 한 거야?"

"그럼 어떡해? 오토바일 운전할 수 있는 사람이 부족한데."

"아니, 날 태워도 되는 거잖아."

"은숙이 너? 에이, 한모 형이 있는데… 임자 있는 여자보다는 슬아가 낫다고 판단 한 거지. 괜히 껄끄럽잖아."

"흐응, 그렇단 말이지?"

갑자기 은숙이 태랑의 허리를 껴안았다. 풍만한 그녀의 가슴이 바짝 밀착되며 태랑을 자극했다.

"야, 뭔짓이야. 하지마."

"아잉, 떨어질 것 같아서 그랬어."

"웃기지마. 일부러 그런 거잖아."

"왜? 임자 있는 여자라 불안하니? 오빠한테 혼날까 봐?"

귓가에 속삭이는 은숙의 숨결에 태랑의 솜털이 곤두섰다. 자신의 바로 앞에서 고삐를 쥔 한모가 묵묵히 달려가고 있었다. 그의 등판이 유난히 커보인다.

"뭐, 뭐하는 거야? 한모 형 보면 어쩌려고?"

"안보면 괜찮다는 소리처럼 들린다?"

허리를 감싼 은숙의 손이 서서히 밑으로 내려갔다. 운전대를 놓을 수도 없는 처지의 태랑이 비명을 내질렀다.

"야아! 하지 마!"

갑작스런 그의 외침에 뒤따라오던 민준이 오토바이를 가까이 붙여 왔다.

"왜 그래? 무슨 일 있어?"

"아, 아니 돌을 좀 밟은 것 같아."

"조심해. 도로 사정이 영 안 좋아."

"…응."

나란히 달리기엔 비좁은 도로가 이어졌기 때문에 민준이 오토바이가 자연스레 뒤로 쳐졌다. 앞뒤로 적당히 거리가 벌어지자 태랑이 은숙에게 강하게 경고했다.

"나 그런 장난 진짜 안 좋아한다. 다신 하지 마라."

"흥, 선비 같으니… 재미없게."

은숙은 한때 화류계 생활을 했기 때문에 성적인 부분에 있어서 무척 개방적인 편이었다.

물론 그렇다고 한모를 두고 바람을 피거나 하진 않았지만, 태랑이 생각하는 상식선에선 은숙의 끈적한 장난이 부담스러울 때가 많았다.

"내가 이래서 너랑 타기 싫었다고."

"알았다, 알았어! 더럽고 치사해서 안 해."

"웬 짜증이야. 니가 먼저 시비 걸어 놓고."

"나 같은 미인을 뒤에 태웠으면 영광으로 알아야지. 사람이 고마운 줄을 몰라."

"웃기고 있네. 야, 슬아랑 유화도 충분히 예쁘거든?"

"개네들은 어리니까 예뻐 보이는 거야. 여자 전성기는 20대 후반부턴 거 몰라?"

"하이고, 몇 년 뒤엔 전성기가 30대 초반부터라고 하겠네."

"뭐? 이게, 확 그냥!"

은숙이 태랑의 허벅지를 꼬집었다.

"…저 두 사람 되게 친해 보이지 않아요?"

유화 뒤에 탄 슬아가 조용히 말했다. 유화는 오랜만에 오토바이를 모느라 정신을 집중한 나머지 그녀의 말을 제대로 듣지 못했다.

"응? 뭐라고 했어?"

"아니 태랑 오빠요. 여자들이랑 참 잘 지내는 것 같아서요."

"그래?"

유화가 속으로 생각했다.

'얘는 왜케 오빠한테 관심이 많지? 진짜로 오빠 좋아하는 거 아니야?'

유화는 슬아를 한번 떠보기로 했다. 직설적으로 물으면 회피할 게 뻔하므로 소거법을 떠올린 그녀였다.

"슬아야, 수현이 참 잘생기지 않았니? 나 쟤 첨 봤을 때 아이돌인 줄 알았지 뭐야. 얼굴도 하얗고, 코도 오뚝한 게 인기 엄청 많았을 거 같아."

"…잘생기면 뭐해요. 성격이 찌질한데."

"음… 인정."

'수현이는 절대 아니군.'

"민준 오빠도 좀 멋있는 거 같아. 무뚝뚝하긴 해도 정의감 넘치잖아. 지금처럼 위험한 세상엔 저런 남자가 꼭 필요해."

"전 쌀쌀맞아 별로던데요. 필요 이상으로 시크해요. 약간 겉멋든 것도 같구."

"넌 너한테 잘해주는 사람 좋아하는 구나?"

"음… 그건 누구나 그렇지 않을까요?"

'어머. 얘 봐라? 아까 분명 태랑 오빠 성격 좋다더니….'

"너 근데 저번에 남자 싫다지 않았니?"

"네? 맞아요. 남자들하고 얘기하는 거 아직도 조금 껄끄러워요."

"태랑 오빤 안 그렇구?"

"오빤… 좀 편해요."

"그래?"

'이런! 슬아가 오빠를 좋아하는 게 확실해! 흥, 니가 아무리 그래 봐야 오빤 벌써 날 좋아하고 있다구. 나한테 고백까지 했는 걸?'

왠지 심술이 난 유화는 일부러 거칠게 운전대를 틀었다.

덜컹-

"꺄아. 언니 저 떨어질 뻔 했어요."

"조심해. 도로가 영 별루네."

다른 팀과 달리 민준과 수현은 시종일관 진지한 분위기였다.

"백골단이라는 놈들, 정말 그렇게 강할까요?"

"아까 봉식이가 말한 거 말이지?"

"봉식이요? 봉구 아니였어요?"

"…봉식이나 봉구나, 아무튼."

강봉구의 설명에 따르면 흑랑 길드는 3개 클랜의 연합체였다.

강남OB파를 전신으로 한 흑사자.

경기 동부 연합 폭주족 출신의 레이더스.

그리고 1급 사형수 출신으로 결성된 백골단이 그것이었다.

인원이 가장 많은 쪽은 흑사자였지만, 강력함 측면에선

백골단이 최고라 했다. 뛰어난 특성을 가진 자들이 주로 백골단에 몰려 있던 이유다.

"어쨌든 사형수들에겐 새로운 기회가 주어진 셈이지. 감옥에서 죽을 날만 기다리고 있다가 갑자기 세상이 뒤집어지면서 풀려나게 되었으니…."

"회개할 생각은 않고, 다시 못된 짓을 일삼다니… 정말 구제 불능인 자식들이네요."

"경찰력이 사라져 버렸으니 범죄자를 통제할 수단이 없잖아. 그야말로 자력구제의 시대야."

"맞아요. 이럴 때 일수록 스스로 힘을 길러야 해요. 나쁜 놈을 죽이지 않으면 내가 죽을 수도 있으니까요."

"내 생각도 그래. 근데 수현이 너, 내 허리 너무 껴안는 거 아니냐?"

"네? 아… 떨어질까 봐서요."

"안 떨어져 임마. 사내자식이 겁도 많기는. 참고로 나 남자 안 좋아한다."

"저, 저도 여자가 더 좋거든요!"

한모가 쥔 밧줄이 점점 느슨해졌다. 앞서가던 강봉구가 서서히 속도를 줄이고 있었다.

"뭐여? 왜 멈추는 거여?"

"거의 다 왔다. 저쪽에 보이는 저택이 보스의 은신처야."

한모가 손바닥으로 챙을 만들어 멀리 떨어진 전원주택을 스캔했다.

"아따, 집구석 한번 허벌라게 크구마잉. 니네 보스 돈 많네?"

"원래 대기업 회장이 살던 집이다. 피난 중에 버리고 간 것을 보스가 차지했지. 저택 바깥에 있는 빌딩엔 흑사자 클랜이, 건물 안채 별관에는 백골단이 기거하고 있다."

"그라믄 니들은 어디서 지내는디?"

"우리 아지튼 여기서 10Km 쯤 떨어진 생태공원 근처야."

"같은 길드람서 웬 따로 국밥?"

"솔직히 말하면 우린 찌리 취급받고 있어. 죽고 싶지 않으니 협조했을 뿐… 거의 잡일만 도맡아 했지."

곧이어 뒤따르던 다른 오토바이도 하나 둘씩 도착했다.

"다 온 거야?"

"왜 멈췄어요?"

"저그라는디?"

한모가 강봉구에게 들은 내용을 그대로 전달했다. 태랑 일행은 오토바이를 한쪽에 세워두고 한데 모여 침투 계획에 대해 의논했다. 그때 강봉구가 소리쳤다.

"이봐, 난 언제 풀어 줄 거지? 시키는 대로 다 한 것 같은데…."

"고생했다. 좀만 기다려."

"밧줄이라도 좀 풀어주면 안 되나? 줄이 가슴을 압박해 숨도 못 쉴 지경이라고."

"엄살은 새끼가… 어련히 풀어 줄 테니 닥치고 있어."

한모가 역정을 내자 강봉구가 입을 다물었다. 일행은 아까처럼 그를 전봇대에 묶어 포박했다. 줄에 묶인 개 신세였다.

한모가 멀찌감치 떨어진 강봉구를 슬쩍 쳐다보더니 말했다.

"저놈도 이제 쓸모없는 것 같은데 얼른 치워 버리자."

"살려 준다고 했는데, 약속은 지켜야 하지 않을까요?"

"약속은 무슨 약속? 그런건 지킬 필요가 있는 사람한테나 쓸모 있는 것이제. 저딴 놈 풀어줘 봤자, 딴데가서 또 맨이터 짓이나 하고 다닐게 뻔해."

"아니 제 말은 '살려만 주자' 는 뜻이었어요."

"아하. '살려는 드릴께' 뭐 이런 거여? 손발은 다 잘라블고 말이제."

"아니 꼭 그런 건 아니고… 암튼 계획이 있어요."

"무슨 계획?"

태랑이 오토바이를 타고 오며 구상한 작전을 클랜원 들에게 설명했다.

"다들 알다시피 김윤동 주변엔 부하가 많아. 흑사자 클랜만 해도 오십명이 넘고, 백골단까지 합치면 거의 칠십에 육박하지. 우리들끼리 모두 해치우긴 무리야."

"그래서?"

"놈들을 분산시켜야지. 애타게 찾고 있는 물건이 있잖아,

그걸 우리가 강탈했다고 거짓말 치는 거야."

"강봉구를 풀어주고?"

"맞아."

민준이 고개를 갸웃했다.

"난 잘 이해가 안 되는데? 놈은 우리 정체를 다 알고 있잖아? 풀려나자마자 거짓말이라고 다 불어 버릴걸?"

"그게 바로 핵심이야."

"응?"

"봉구가 풀려나야 거짓말이 신빙성이 있을 거라고."

"무슨 소린 줄 하나도 모르겠다. 알아듣게 좀 설명해봐."

태랑이 씨익 웃었다. 뭔가 기발한 아이디어가 떠올랐을 때 짓는 표정이었다. 그가 품속에서 커다란 무전기를 꺼내 들었다.

"다행히 이게 우리 손에 있지."

"그거 흑랑 길드 무전기잖아?"

"맞아. 아까 레이더스 놈들을 해치우고 챙겨놨어."

"고장 난 거 아니었나? 아무 소리도 안 나던데?"

"수신 거리를 벗어나는 바람에 잠시 먹통이 됐던 것뿐이야. 확인해 보니 멀쩡히 작동하는 기계더라고."

"암튼 그걸로 어쩌려고?

"다들 아무 소리 말고 있어봐."

태랑은 흑랑 길드의 무전기를 켜더니 송신 버튼을 누르고 말했다.

“흑사자, 응답바람.”

—치직… 어, 뭐야? 레이더스냐? 니들 지금 어디야? 목걸인 어떻게 됐어?

“레이더스는 이제 없다. 우린 화이트 타이거 클랜이다.”

—칙… 뭔 타이거? 니들 뭐하는 새끼들이야? 레이더스를 어떻게 한 거야?

“잔말 말고 듣기나 해. 은빛 눈물은 지금 우리가 가지고 있다. 거랠 하고 싶다면 당장 길동 생태 공원 쪽으로 와라.”

—그게 뭔 개소리야! 니들이 왜 레이더스 무전기를 들고 있냐고?

“1시간 내로 오지 않으면 물건은 블랙 마켓에 넘기겠다. 찾는 사람이 많을 것 같더군.

—치직… 자, 잠깐만. 무전기를 마스터에게 전달하겠다. 끊지 말고 기다려.

잠시 후 무전기에서 다시 목소리가 들려왔다.

—흑사자 마스터 윤명준이다.

“윤명준? 어서 들어 봤는디? 아 그래. OB파 행동 대장하던 놈. 별명이 재떨이던가?”

조폭의 이름이 거론되자 한모가 다시 아는 채를 했다.

“재떨이? 혹시 꼴초에요?”

“아니 재떨이로 사람 머리를 빠개브러가꼬 붙은 별명이여.”

"으… 완전 미친놈이잖아요?"

"쉿, 집중 안 되니까 조용히 좀."

태랑이 다시 무전기를 잡고 말했다.

"OB파 행동대장… 윤명준이군."

–치직… 뭐야, 날 아나?

"강봉구라는 놈이 알려주더군. 그쪽 길드 정보는 잘 받았다."

–봉구? 레이더스의 봉구?

"강봉구가 물건을 거래하자고 했다. 김윤동이 애타게 찾는 물건이라지?

–치짓… 뭐? 이 새끼가 감히 보스 이름을 함부로 팔고 다녀? 야! 그 새끼 지금 어딨어? 너희들하고 같이 있나?

"우리도 애타게 찾는 중이야."

–그건 또 뭔 소리야?

"이 자식이 잔머리를 굴리더라고. 우리 클랜 숫자가 적다고 만만해 보였는지 물건은 안 주고 돈만 챙겨 달아나려고 하는 거야. 그래서 다 죽여 버렸다. 하지만 강봉구만 혼자 살아서 도망쳤어. 그러니 혹시 놈을 발견하거든 알려주길 바란다. 우리도 빚 받을 게 있으니까."

–지금 강봉구가 너희랑 내통했다는 말야? 이 근본 없는 양아치 새끼가 진짜 뒤질라고!

"말은 정확히 해야지. 내통이 아니고 거래였다. 우리에게 은빛 눈물을 넘기는 조건으로. 그러게 평소에 좀 잘해주지 그랬어? 레이더스 애들 먹여 살리느라 힘들어 하는 것 같던데. 오죽하면 보스가 애타게 찾던 아티펙트를 우리 같은 장물아비들에게 팔아넘기려고 했을까. 어차피 놓쳤다고 보고하면 확인 못 할 거라면서."

-뭐라고? 이 개자식 잡히기만 해봐.

"강봉구 얘긴 그쯤하고. 어쨌든 우린 지금 길동 생태 공원 레이더스 아지트에 있다. 정확히 1시간 후 떠날 예정이야. 원래 물건을 받으면 블랙마켓에 넘기려고 했지만, 가장 필요로 하는 사람에게 파는 게 더 이득일 거 아닌가? 너희를 1순위로 낙점했다."

-야, 너희들 거기 딱 기다리고 있어.

"서두르는 게 좋을 거야. 지금부터 딱 한 시간만 기다린다."

태랑은 더 이상 대답을 듣지 않고 무전기 전원을 꺼버렸다. 옆에서 숨죽인 체 지켜보던 일행은 그제야 배를 잡고 뒹굴었다.

"으하하, 이 자식들 완전히 속아 넘어간 것 같은데?"

"우아! 대박, 태랑이형 연기 쩐다 진짜."

"오빠 다시 봤어요. 목소리도 그렇게 착 깔아 가지고는."

민준이 엄지를 치켜들었고, 슬아는 존경의 눈빛으로 그를 우러러보았다.

"적으로 적을 제압한다. 이이제이(以夷制夷)수법이군. 우리 마스터, 머리 좋은데?"

세이버의 책사를 자처하는 은숙 역시 태랑의 솜씨를 인정했다. 여러 사람의 칭찬에 멋쩍게 머리를 긁적이던 태랑이 한모에게 말했다.

"이제 놈을 풀어줘도 됩니다. 아마 무슨 말을 지껄여도 안 믿을 테니까요."

강봉구는 태랑이 이간책을 부린 것을 전혀 모르는 상태였다.

한참 전봇대에서 낑낑대던 그에게 한모가 다가가 포박을 풀어주며 말했다.

"너 새끼, 운 좋은 줄 알어라잉. 이제까지 우리한테 협조 잘해 줘서 살려 주는 거야. 인자 우리 일 방해말고 최대한 멀리 도망가라잉. 꼰질렀다간 그땐 정말 뒈질줄 알어."

"…알았다. 목숨도 살려줬는데 내가 그럴 리 없잖아."

"말은 잘하네. 썩 꺼져."

포박에서 풀려난 강봉구는 눈치를 살피다가 달아났다. 멀어져가는 뒷모습을 보며 태랑이 말했다.

"…혹시라도 강봉구가 마음을 고쳐먹고 흑랑 길드를 떠난다면 살 수 있을지도 모르지. 하지만 살려준 은혜를 잊고 쪼르르 일러바치는 순간 그대로 죽은 목숨이야. 내기를 걸라면 난 후자에 배팅하겠지만."

❖ ❖ ❖

과연 태랑의 예상대로였다.

도망치던 강봉구는 태랑 일행의 모습이 시야에서 사라지자 곧바로 흑랑 길드 쪽으로 발길을 돌렸다.

'멍청한 거야, 순진한 거야? 진짜로 날 풀어주다니… 병신같은 놈들 같으니. 살려주면 내가 고맙습니다고 하고 그대로 내뺄 줄 알았나? 니들 인제 뒤졌어.'

한편 태랑과 교신을 마친 흑사자 간부들은 급히 사무실에 모여 대책회의를 하고 있었다.

"씨발 이것들 무전기 꺼버렸는데?"

"형님, 당장 애들 데리고 출발합시다. 이 새끼들 확 조져버리죠."

흥분한 조폭들이 길길이 날뛰었다.

그러나 흑사자의 마스터 윤명준은 만만찮은 사내였다.

강남OB파 행동대장 시절부터 쌓아온 수많은 경험은, 그에게 신중함이라는 교훈을 안겼다.

"경거망동 마라. 무턱대고 무전 내용을 믿고 움직이기엔 아직 께름칙한 게 많아."

"뭐가 말입니까?"

"이것들이 우릴 가지고 노는 걸지도 모른단 소리야."

"아니 형님, 사정은 정확히 모르지만서도 어쨌든 레이더스가 갖고 있어야 할 무전기가 그놈들 손에 있지 않소?"

"그건 그렇지."

"게다가 놈은 우리 조직, 아니지 길드 간부 이름까지도 줄줄이 꿰고 있더란 말이요. 진짜로 강봉구 그 양아치 새끼가 배신때린 게 틀림 없다니까?"

"흠… 그렇긴 한데, 내가 의문인 건 놈의 말이 사실이라면 왜 굳이 우리에게 그걸 알려줬냐는 거야. 이상하지 않아? 은빛 눈물은 이미 그놈들 손에 들어간 상태라며?"

윤명준의 제기한 의문에 흥분해 날뛰던 조폭들도 말문을 잃고 잠잠해졌다.

확실히 그 점은 설명이 안 되는 부분이었다.

이건 마치 물건을 훔쳐간 도둑이, 피해자에게 전화해서는 "내가 누군데, 물건 잘 가지고 있다."라고 알려준 것이나 마찬가지였다. 굳이 밝히지 않는 이상 몰랐을 사실을 말이다.

그때 누군가가 의견을 냈다.

"혹시 이런 건 아닐까요? 듣기로는 강봉구가 거래를 시도하다 일이 틀어져 혼자 도망쳤다지 않았습니까?"

"그랬지."

"놈들은 강봉구가 우리에게 다시 돌아가서 거짓말을 할지도 모른다고 생각했던 겁니다."

"음… 계속해봐."

윤명준의 긍정적인 반응에, 말을 꺼낸 조폭이 신이 나서 자신의 추리를 전개했다.

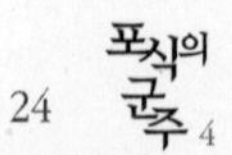

"그러니까 이런 겁니다. 강봉구가 혼자 살아 돌아와서는 '화이트 타이거' 놈들한테 습격당해 확보한 물건을 놈들에게 빼앗겼다 구라를 치는 거죠."

"오호라. 그런 식으로 자신의 배신을 숨기고 오히려 피해자 코스프레를 할 수도 있다는 거지? 그럼 우리는 흑랑 길드의 물건을 강탈해간 놈들에게 열 받아서 달려들 테니까?"

"네, 제 말이 그 말입니다. 그 꼴 보기 싫으니 우리에게 다 불어버린 거 아닐까요? 한마디로 강명구에게 놀아나기 싫다는 거죠."

윤명준이 듣기에 그럴싸한 추리였다. 어느 정도 얼개가 맞았다. 그러나 그것만으로 움직이기엔 아직도 확신이 모자랐다. 개연성 높은 추리 중 하나일 뿐이다.

그때 간부 사무실로 부하 한 놈이 헐레벌떡 뛰어들어 왔다.

"혀, 형님. 강봉구가 돌아왔습니다!"

"뭐라고? 당장 이리로 끌고 와."

강봉구는 김윤동에게 태랑 일행의 습격을 알리러 가던 중 흑사자 클랜에 붙잡혔다. 저택으로 들어가는 길목에 흑사자의 조직원들이 깔려 있던 것이다.

"이거 놔! 보스한테 빨리 알려야 한단 말이다!"

영문도 모르고 붙들려온 강봉구를 향해 윤명준이 입을 열었다.

"어이, 강봉구."

"엇 명준 형님, 여기 계셨군요. 지금 이럴 때가 아닙니다. 저희 길드를 노리는 놈들이 있어요! 빨리 큰형님한테 가서 알려야 합니다."

윤명준이 천천히 강봉구의 행색을 살폈다.

얼굴은 어디서 얻어맞았는지 퉁퉁 부어있고, 다급해 보이는 표정에는 초조함이 엿보였다.

윤명준이 짜게 식은 표정으로 되물었다.

"…애들은 어디 놔두고 혼자 돌아왔어?"

"기지로 복귀하던 길에 습격을 받았습니다. 다 죽고 저만 겨우 도망 쳤구요."

"이틀이나 연락이 안 되더니 지금 부하들 다 잃고 혼자 살아 돌아왔다고 지껄이는 거냐!"

윤명준이 버럭 소리쳤다.

"그, 그게 아닙니다. 은빛 눈물 가지고 튄 놈을 쫓다보니 제법 멀리 나가게 됐습니다. 무전이 끊어진건 그것 때문이고, 그러다 갑자기 습격을 받아서는…."

"그럼 은빛 눈물은?"

"못 찾았습니다. 아니 놈에게 없었습니다. 바람의 마스터가 중간 농간을 부린 것 같습니다. 아참, 이럴 때가 아닙니다. 빨리 큰 형님께…."

이미 의심을 하고 있던 윤명준에겐 강봉구의 말이 죄다 변명처럼 들렸다. 횡설수설 지껄이는 꼴을 보니 자신의 배신을 들키지 않으려고 아무렇게나 지어내는 모양새같았다.

마침내 의문스럽던 구석이 완전히 해소되었다.

그는 강봉구의 배신을 확신했다.

윤명준은 천천히 재떨이를 집어 들었다. 손바닥보다 훨씬 큰 유리 재떨이에서 담뱃재가 우수수 쏟아져 내린다.

“혀, 형님. 왜, 왜 그러십니까?”

“언제부터 내가 니 형님이냐? 내가 이래서 양아치 새끼들 거두는 게 아니라고 말씀드렸는데 말이야….”

윤명준이 재떨이를 들고 저벅저벅 걸어오자 강봉구는 뭔가 크게 잘못된 것을 느꼈다. 공포감에 심장이 조여들었다. 그가 재떨이를 쥐는 경우는 한가지 경우 밖에 없다.

하지만 강봉구 역시 그냥 당해줄 정도로 바보는 아니었다.

“씨발! 대체 왜 내 말을 안 믿는 건데!”

강봉구가 자신의 팔을 붙들고 있던 조폭들에게 감전 충격 스킬을 전개했다. 그의 팔에서 뇌전의 기운이 뻗어 나가자 인접한 두 사람이 비명을 지르고 나가떨어졌다.

“드디어 본색을 드러내는구나! 이 배신자 새끼.”

“무슨 미친 소리야! 배신은 누가 배신했다고!”

“더 들을 것도 없어. 야, 조져! 이 씹새낀 살려둘 가치가 없다.”

“절대로 혼자선 안 간다!”

강봉구는 포효를 내지르며 스스로에게 공격력 버프를 걸고 곧장 윤명준을 향해 달려들었다. 어차피 살아남을 수 없다면 자폭이라도 노릴 심산이었다.

그러나 윤명준 역시 클랜의 마스터까지 오른 인물.

그는 두손을 뻗어 자신의 스킬 "벽력장"을 쏟아 냈다. 곧 노도와 같은 기운이 밀어닥치며 강봉구의 가슴팍을 두들겼다.

"크헉!"

이미 쉴드가 손상되어 있던 강봉구는 일격을 버티지 못하고 나가 떨어졌다. 곧 그를 향해 흑사자의 조직원들이 달려들어 린치를 시작했다.

그는 쓰러진 와중에도 필사적으로 저항했지만 쪽수를 감당할 순 없었다. 결국 얼마 안 있어 피투성이로 무릎 꿇려졌다.

윤명준이 주저앉은 그를 향해 재떨이를 휘둘렀다.

퍽-

머리뼈가 쪼개진 강봉구가 믿기지 않는다는 표정으로 철퍼덕 쓰러졌다. 적에게 붙잡히고 겨우 살아 돌아 왔는데, 같은 편에게 맞아 죽을 줄은 꿈에도 몰랐다는 표정이었다.

피가 튄 재떨이를 거칠게 내 던진 윤명준이 부하들에게 지시했다.

"야, 연장 챙겨라. 지금 바로 길동 생태공원으로 간다."

"형님, 보스한테 먼저 알려야 되는 거 아닙니까?"

윤명준은 잠시 멈칫하더니 다시 말했다.

"아냐. 저번 풍신 클랜 건도 만회할 겸 이번 일은 단독으로 처리한다. 보스한테 괜히 일렀다 백골단이랑 함께 움직이라고 하면 괜히 죽써서 개주는 꼴이야."

윤명준은 본래부터 김윤동의 심복이었다. 그가 뒷방 늙은이 신세로 전락했을 적에도 그는 성의를 다했다.

그 덕에 흑사자 클랜은 초창기만 해도 김윤동의 신뢰를 듬뿍 받았다. 후에 길드 마스터에 오른 김윤동은 윤명준에게 흑사자의 주인 자릴 넘기기까지 했다.

그러나 백골단이 합류하면서부터 상황이 변했다.

그의 충성심은 여전했지만 백골단에게 실적에서 밀리다 보니 입지가 점점 좁아졌다. 그는 자신의 서열을 되찾고 싶었다.

'잘못하면 레이더스 애들처럼 뒤치닥거리나 하는 신세로 전락한다. 이번 일을 완수해서 반드시 재신임을 받고 말겠어.'

"지금 시간이 촉박해. 선조치 후보고해도 충분한 사안이다."

"무전이라도 오면 어떡합니까? 어디 갔는지 물어볼지도 모르는데…."

"그냥 베터리 빼. 충전 깜빡했다고 하고."

"그래도 될까요?"

"대체 뭘 꾸물대! 이러다 놈들이 은빛 눈물을 가지고 사라져 버리면 괜히 우리만 독박이라고! 얼른 움직여!"

윤명준은 자신의 공명심과 자존심 때문에 이번 건을 상부에 보고하지 않았다. 이로써 백골단이 저택에 잔류하게 된 점은 태랑의 입장에선 조금 아쉬운 상황이었다.

가로수 위에 위태롭게 매달려 있던 슬아가 단망경을 접고 착지했다. 고양이를 연상시키는 가벼운 동작에 절로 감탄이 나왔다.

"조심해. 그러다 다칠라."

"도약 스킬 덕에 괜찮아요. 지금 놈들이 움직이고 있어요."

"숫자는?"

"검은 양복 입은 사람만 쉰명 쯤?"

"이런, 흑사자만 걸려들었나 본데?"

"아쉽지만 그거라도 어디야. 어쨌든 놈들이 기지로 돌아오기 전에 김윤동을 해치우자. 시간이 얼마 없어."

태랑이 손목시계로 타이머를 켰다. 왕복 시간을 감안해도 시간이 빠듯했다.

"서두르자. 병력의 절반은 빠져나갔지만, 저택엔 아직 백골단 놈들이 남아 있어. 능력이 출중하다고 하니 조심해야 해."

"백골단이고 흑골단이고 나오기만 하라 그래. 아주 아작을 내 줄 테니까."

세이버 클랜은 저택 둘레의 담벼락을 넘어 잠입을 시도했다.

"끄아아아아아!"

저택 창고로 쓰이는 지하실에서 끔찍한 비명 소리가 울려퍼졌다.

지하실은 흡사 감옥처럼 개조되어 있었다. 김윤동은 케이지 같은 철장 안에서 의자에 묶인 사내의 머리에 왼손을 얹고 있었다.

김윤동의 왼손이 푸른 빛을 발하자 사내의 머리에서 혼이 빠져나가는 것처럼 하얀 기운이 김윤동의 손으로 빨려 들어 갔다.

"흐끄윽! 제, 제발 살려줘!"

"금방 끝난다. 조금만 참아."

"끄으으으으아아아가!"

점차 빛의 흐름이 가늘어지더니 포로가 생기를 잃고 축 늘어졌다. 몸 안에 수분이 모두 증발해 버린 듯 거죽이 뼈까지 달라붙은 사내는, 미라와 같은 형상을 띄고 있었다.

포스를 모조리 흡수한 김윤동은 만족스러운 얼굴로 왼쪽 귀를 매만졌다.

'음… 이제 포스가 70을 돌파했군. 은빛 눈물만 확보하면 이틀에 한 번씩 흡수가 가능해진다. 그럼 앞으로 성장이 더 빨리 지겠지. 게다가 시간이 지날수록 각성자들의 포스도 높아지니 흡수율 역시 상승할 거고. 딱 좋아.'

김윤동은 조폭 시절에도 충분히 성공한 삶을 살아온 사람이었다.

오랜 조직 생활 동안 몇 번 죽을 고비를 넘겼고, 빵에 다녀온 시간도 길었다. 젊은 시절의 노력으로 은퇴할 나이가 되어서도, 어느 정도 입김을 발휘할 수 있는 위치에 올랐다.

그러나 점점 힘이 빠지는 걸 느꼈다.

일선에서 물러난 명예회장의 처지가 그러하듯, 충성을 맹세했던 부하들도 머리가 굵어지자 이기심을 드러냈다. 자신의 존재를 부담스럽게 여겼다.

말년에 이르러선 가택연금이나 다름없는 생활이었다.

넓은 집에 젊은 여자 하나 붙여주고 유유자적한 삶을 즐기라 했지만, 실상은 손발을 묶고 폐위시킨 것이나 마찬가지였다.

이빨 빠진 호랑이.

그 말이 가장 적절했다.

그는 쓸쓸히 고사되어가는 느낌이 죽기보다 싫었다.

현역시절만 해도 앞에서 눈도 못 마주치던 핏덩이같은 후배놈들이, 자신을 조금씩 밀어내는 상황이 서럽게 느껴졌다.

이제 자신을 예우하던 후배들마저 모두 은퇴하고 나면, 그나마 주어진 연금 생활마저 중단될 게 뻔했다. 조직의 생리를 누구보다 잘 아는 그는 비참한 최후를 예감했다.

'…하지만 이제 나는 힘을 되찾았다.'

각성을 마치고 자신의 특성을 확인했을 때, 그는 환희에 가까운 감정을 느꼈다.

특성 : 포스 흡수자

-다른 각성자의 포스(1/10)를 자신의 것으로 흡수할 수 있음. 흡수가 끝난 상대는 죽음을 맞이함. 재사용 대기 72시간.

처음 흡수한 대상은 자신을 감시하기 위해 조직에서 붙여 놓은 경호원이었다. 평소 태도가 못마땅했기 때문에 일말의 거리낌도 없었다.

놈을 해치우고 얻은 포스는 겨우 1.

하지만 그런 식으로 몇 놈을 더 흡수하자, 어느덧 주변에 자신보다 높은 포스를 가진 사람은 없었다.

포스의 위력은 참으로 놀라웠다.

포스는 늙어가는 육신에 다시 생기를 부여했다. 쇠약해가 가던 근력이 회복되었고, 심지어 정력도 돌아왔다.

몸에 늘 힘이 넘쳤다.

포스가 50을 돌파하면서부터는 인간의 한계마저 뛰어넘었다. 주먹질 한방에 바위가 쪼개지고, 땅을 박차면 사람 키의 두배를 훌쩍 뛸 수 있게 되었다.

힘을 이용해 다시 조직을 접수한 그는 원대한 계획을 품었다. 조그만 클랜장에 만족하지 않고, 군주에 오르기로 결심 한 것이었다.

이제 자신에겐 충분한 능력이 있었다.

경찰력이 건재하던 시절에도 그는 전국구 조직을 일구어냈다. 하물며 지금은 방해자마저 없다. 몬스터의 존재가 위협적이라곤 하지만, 세력을 갖춰 대항하면 충분히 극복할 수 있다고 판단했다.

흑사자, 레이더스, 그리고 백골단까지.

흑랑 길드는 미약한 시작에 불과하다.

왕국을 건설하는 것은 이제 시간 문제다.

자신은 새로운 세상에서 권좌에 오를 것이다.

"보스! 웬 놈들이 기지에 쳐들어왔습니다!"

흐뭇한 상상에 빠져 있는데 지하실 문이 열리며 수행비서가 뛰어왔다. 각성 능력은 부족하지만 일 머리가 좋고 싹싹해 데리고 있던 녀석이다.

지하실에 있을 땐 절대 훼방 말라 일렀는데도 이리 달려온 걸 보면 뭔가 단단히 사달이 난 모양이었다.

"쳐들어와? 누가?"

"그, 그게 소란이 일어서 가보니 웬 침입자 놈들이!"

김윤동은 인상을 찌푸렸다. 세월의 흔적이 고스란히 담긴 미간에 깊은 고랑이 패인다.

"흑사자 놈들은 어디서 뭐하고 있는데?"

"전부 다 어딜 나갔습니다. 연락도 두절됐군요. 지금은 백골단이 맞서고 있습니다."

"이 새끼들이 진짜!"

흑랑 길드의 수장은 분노한 얼굴로 지하실을 뛰어 올라갔다. 자신의 달콤한 상상을 훼방시킨 놈들을 가만두지 않을 작정이었다.

처음 기습을 발견한 자는 정원에서 담배를 태우던 백골단의 일원이었다.

"뭐, 뭐야?"

그는 대답대신 날아온 단검에 이마를 적중당해 쓰러졌다.

"크헉-"

그러나 그는 죽는 순간에도 땅을 내리치며 충격음을 일으켰다. 그것은 대지를 진동시키는 스킬 종류였기 때문에 곧 커다란 소음이 일었다.

"젠장, 들켰다."

"최대한 빨리 김윤동을 찾아야 해. 시간을 끌었다간 흑사자 놈들이 되돌아 올거야. 나중에 포스가 딸리게 되면 우리 쪽이 불리해져."

"일단 저택 안쪽부터 뒤져보자."

그때 소음을 듣고 달려온 백골단 무리가 태랑 일행을 발견했다.

"이것들은 어디서 나타난 거야?"

그들은 이마에 단검이 박혀 쓰러진 동료를 확인하더니 저마다 무기를 뽑았다. 그중 한 놈은 특이하게도 전기톱을 들고 있었는데, 얼굴에 흉터가 가득해 몹시 사나워 보이는 인상이었다.

그는 바로 토막살해자 조문호였다. 조문호는 전기톱의 시동 줄을 당기며 잔인한 미소를 띄웠다.

기이이이이잉-!

"흐흐. 오늘은 운수가 좋네. 토막 칠 것들이 알아서 굴러 들어 오고 말이야."

태랑이 서리 궁수의 화살로 응사했지만, 놈들 중엔 투척류 무기를 튕겨내는 쉴드 능력자가 섞여 있었다.

태랑의 얼음 화살이 마법 방어막에 부딪히며 방향이 꺾였다.

"젠장, 귀찮은 놈들!"

그때 한모가 말했다.

"우리 시간 끌믄 안된담서? 여긴 나한테 맡기고 싸게

김윤동이나 찾으러 가랑께?"

"형님 혼자 상대하시게요?"

"내가 도울게."

은숙이 남자친구를 위해 자진등판 했다.

태랑은 재빨리 판단했다. 여기서 시간을 지체했다간 저택에 남은 놈들까지 모두 몰려들 것이다. 기습을 성공시키려면 쪼개지는 방법밖에 없었다.

"제길, 그럼 두 사람 믿고 간다!"

"그래, 얼른 가!'

"어딜 가, 이 새끼들이!"

토막살해자가 전기톱을 들고 뛰어오자 한모가 사슬낫을 내던졌다. 그의 사슬낫이 위협적으로 휘둘러지며 조문호의 발목을 붙들었다.

"어이 벌목꾼, 니는 나랑 놀아야 제."

"…넌 살이 두꺼워 써는 맛이 제법 있겠군."

"좆같은 소리 하고 자빠졌네, 이 씨벌 놈이!"

한모가 판금 갑옷을 장착하는 것을 보며 나머지 일행이 저택을 향해 서둘러 달려갔다. 은숙은 매직 미사일을 발사해 일행이 빠져나가도록 지원사격을 날렸다.

얼마 안 있어 또 다른 놈들이 모습을 드러냈다. 드넓은

저택 정원엔 백골단 놈들이 골고루 흩어져 있었다.

탕-!

갑작스러운 총성에 태랑 일행이 화들짝 놀라 머리를 수그렸다.

"쳇, 실패인가."

리볼버를 든 사내가 다시 총구를 겨냥했다. 두 번째 사격이 개시되는 순간 민준이 급히 전방으로 바람의 벽을 쳤다.

팅-!

그의 마법이 총알을 튕겨냈다.

"어쭈? 재밌는 놈이 있네?"

"이놈은 내가 맡지."

"저도 도울게요."

총알을 발사한 염경철 주위엔 다른 백골단원도 섞여 있었다. 사정이 급한 태랑은 민준과 수현에게 그들을 맡기고 빠르게 저택으로 달려갔다.

이제 그의 주위에는 유화와 슬아 둘밖에 남지 않았다.

태랑이 저택의 문을 열고 1층을 뒤지는데 부엌 쪽에서 느닷없이 접시가 날아들었다.

창을 휘둘러 떨쳐내자 와장창 접시가 박살났다.

"뭐야, 너는 식기 능력자냐?"

고급 아일랜드 바(Bar)에 몸을 기댄 사내 주변엔 포크와 나이프 들이 둥둥 떠올라 있었다.

“간도 큰 놈들이군. 감히 여기가 어딘 줄 알고 들어왔나?”

“잔말 말고, 김윤동 지금 어딨어?”

“뒤뜰에 있는 우리 보스는 왜 찾는데? 아하, 혹시 너희들 풍신 클랜의 잔당들이냐? 너희 마스터를 뭉개버린 건 나다. 복수를 하려거든 나에게 하도록.”

트렌치 코트를 입은 사내는 여유가 넘쳤다.

태랑 따위는 안중에도 없다는 듯 보스의 위치를 알려주는 것은 물론, 자신에게 덤비라며 도발을 걸었다.

“오빠, 저놈은 제가 맡을게요! 어서 가세요.”

태랑은 놈의 여유 넘치는 표정이 마음에 걸렸지만, 여기서 시간을 허비할 순 없었다.

“조심해. 염동력 능력자 같아. 염동력의 범위 안에 들어가면 위험해. 김윤동은 나 혼자 해치울 테니 슬아도 같이 도와줘.”

“알겠어요.”

태랑은 혼자 저택을 빠져나와 뒤뜰로 향했다.

마침 뒤뜰 창고 지하실에서 김윤동이 올라온 시점이었다.

❖ ❖ ❖

기이이이잉-!

정원에선 전기톱의 조문호와 사슬낫의 한모가 치열한 혈전을 벌였다. 배짱 두둑한 한모는 전기톱에도 겁내지 않고 용감하게 맞섰지만, 아무래도 무기에서 밀리다 보니 그의 사슬낫은 일찌감치 이가 빠져 못쓰게 되었다.

그나마 나머지 백골단의 움직임을 은숙이 적절하게 끊어주었기 때문에 두 사람은 일대일 대결을 계속할 수 있었다. 한모가 거친 숨결을 느낀 조문호가 혓바닥으로 입술을 핥았다.

"…그 갑옷 무척 좋아 보여. 팔다리를 잘라 안에 몸통만 넣어두면 아주 볼만 하겠군."

조문호의 잔인한 농담에 한모가 피식 웃었다.

"염병, 입만 살아가꼬는. 나가 니 같은 새끼들 잘 알제. 사람 죽이고 시체 훼손하는 놈들 말이여. 꼭 보믄 꼬추도 안 서는 새끼들이 욕구 불만 땜에 글드라고."

"뭐, 뭐야? 이 자식이!"

흥분한 조문호가 머리 위로 전기톱을 들어 올렸다.

'병신. 발끈하기는!'

한모는 그가 근접하길 기다리다 강하게 발을 굴렀다. 결정적인 순간을 위해 아껴둔 그의 대지 격동 스킬이었다.

순간적으로 땅이 흔들리자 조문호가 전기톱을 떨구고 말았다.

대지격동 스킬은 대상의 쉴드가 높을수록 스턴시간을 점감 받는다. 따라서 상위 티어의 몬스터나 인간을 상대로는 약점이 많은 스킬. 하지만 한모에겐 그 잠깐의 시간이면 충분했다.

한모는 휘청거리는 조문호의 가슴팍을 어깨로 들이받았다. 덩치가 큰 그의 태클은 황소의 돌격처럼 박력이 넘쳤다.

형편없이 튕겨져 나간 조문호는 그대로 바닥을 뒹굴었다. 한모는 득달같이 달려들어 조문호의 배 위에 올라타더니 사정없는 파운딩을 날렸다.

퍽-퍽-퍽-!

"좆 같은 새끼, 뭐? 누굴 토막 쳐?"

한모의 공격은 무시무시했다.

솥뚜껑 같은 그의 주먹이 조문호의 얼굴을 삽시간에 곤죽으로 만들었다. 다른 백골단원들이 조문호를 구하기 위해 달려들었지만, 가만있을 은숙이 아니었다.

"리버스 아이씨클!"

태랑에게서 선물 받은 그녀의 두 번째 공격마법이 펼쳐졌다. 맨땅에서 솟구친 고드름은 무방비로 뛰어오던 백골단 하나를 밑에서부터 꿰뚫어 버렸다.

"크헉!"

한 놈이 비참하게 죽는 것을 보자, 나머지 백골단원은 감히 덤벼들 생각을 못 하고 물러섰다. 놈들은 은숙이 쏘아대는 매직미사일을 막아내는 것도 벅찼다.

서리갑옷의 효과로 인해 밑에 깔린 조문호의 몸이 차갑게 식어갔다. 저항력은 극도로 떨어지고 움직임은 둔해졌다.

위로 올라탄 한모가 사시미를 뽑았다.

"어이, 은숙이. 이쪽 쳐다보지 말고 있어라잉."

"알았어."

한모는 무릎으로 조문호의 어깨를 짓누르며 저항 의지를 차단했다.

그렇잖아도 냉기오라의 영향으로 움직임이 느려진 조문호는, 한모의 단단한 마운트를 풀어낼 방도가 없었다.

"으으, 이 새끼가…."

"니 그 동안 사람 팔다리 자름서 기분 쨰졌겄다?"

"으윽… 뭐하려는…."

"니들 같은 놈은 사람 토막 치믄 안 서던 좆도 서고 그란담서? 그걸로 딸친다든디 참말이여?"

"개, 개소리 지껄이지… 쿠엑."

한모는 그가 입을 벌리는 틈을 타 혓바닥을 잡아 뽑더니 사시미칼로 그어 버렸다.

"읔엑엑!"

잘려나간 혓바닥에서 피가 뿜어져 조문호의 입안을 피범

벅으로 만들었다. 한모가 토막 난 살점을 멀리 집어 던지며 말했다.

"뭣을 그리 놀라 싼냐잉. 나는 인자 시작 인디. 느가 다른 사람한테 했던 대로 고대로 돌려 줄랑 께 쫌만 기다려라잉?"

한모의 사시미가 이번엔 조문호의 눈알을 노렸다. 꽃삽으로 흙을 퍼내듯 눈알을 후벼 파는 한모의 표정은 잔인하기 이를 데 없었다.

"크헉. 주, 주여 자라리"

"뭐라고? 혀바닥 잘려 가꼬 뭐라는지 잘 안 들리는디?"

"주이라오!"

"나가 귀는 마지막에 잘라 줄랑께 걱정 말어잉. 비디오가 안 되믄 라디오라도 되야 덜 심심하지 않겄냐? 인자는 어디를 조사블까."

"제제바…주…."

"염병할 놈이 겁은 많아 가꼬… 요라고 겁도 많은디, 허세는 있는 데로 부려 부렀냐잉. 진짜 무서운 놈은 입 안 털어야. 직접 보여져 블제. 긍께 왜 뒤진 사람 톱질 좀 해본 거 가꼬 설치길 설쳐? 그딴 짓은 저 짝 정육점 애들도 하는 것이제, 이 좆만한 새끼야."

은숙은 애써 시선을 돌리고 있었지만, 귀로 들리는 대화까지 막을 수 없었다.

'으. 토할 것 같아. 아무리 오빠라지만, 진짜 못 들어주겠네.'

"한모씨 적당히 해! 얼른 정리하고 태랑이 도우러 가야지!"

"아 맞다. 알았다잉, 이 새끼 좆만 자르고. 빨딱 선거 같은디."

"이것들이 어딜 도망쳐! 매직 미사일!"

은숙의 매직미사일이 달아나는 백골단의 머리통에 적중했다. 머리가 날아간 백골단원이 그 자리에서 즉사했다.

'흠. 그러고 보니까 나도 만만치 않구나.'

"라이트닝 스피어!"

수현의 번개창이 허공을 갈랐다.

더욱 노련해진 그의 솜씨에 뭉쳐 있던 백골단들이 번개에 직격당해 쓰러졌다. 체인 라이트닝 효과가 발동되었지만, 카우보이 염경철은 광대쉬 스킬을 이용해 빠르게 자리를 벗어났다.

"저놈은 내가 맡지."

"네 형."

빠르게 자리를 피한 염경철은 다시 방아쇠를 당겼다.

탕-탕-!

민준이 감각적으로 몸을 굴러 총알을 피해냈다. 한발은 피했으나 나머지 한발이 어깨를 스치고 지나갔다.

"윽!"

포스가 입혀진 총탄의 위력은 무시무시했다. 총알이 피부를 찢으며 불에 댄 것 같은 통증이 밀려왔다.

"질풍참!"

민준이 곧바로 회오리 바람으로 반격했다. 그러나 염경철의 광대시 스킬은 무척 빨랐다. 그는 횡으로 이동하며 돌풍을 피해냈다.

'젠장, 먼 거리에서 갈겨대니 얼음 감옥 스킬을 쓸 수도 없잖아!'

수현은 날랜 염경철을 잡을 방법이 없었다.

"흥, 고작 그런 실력으로 나를 막겠다고?"

염경철의 총구가 이번엔 수현을 향해 불을 뿜었다.

탕-!

"조심해!"

"으아앗!"

회피에 자신이 없던 수현은 어쩔 수 없이 스스로에게 얼음 감옥을 걸었다. 캐스팅이 오래 걸리는 천둥군주의 심판은 쓸 겨를이 없었다.

곧 수현이 사각 얼음에 갇히며 피격을 막아냈다. 문제는 이제 그 역시 전투에 참여할 수 없게 격리되어 버렸다는 점이었다.

그 모습에 염경철이 차갑게 웃었다.

"알아서 갇혀주네? 네놈은 조금 있다 죽이면 되겠군."

민준이 피가 뚝뚝 떨어지는 왼 어깨를 부여잡고 바람의 벽 쿨타임을 확인했다. 아직 스킬이 재가동 하려면 1분이라는 시간이 더 필요했다.

'젠장. 이래선 총알을 막아낼 방법이 없는데.'

염경철이 민준을 향해 총구를 지향했다. 민준도 피하지 않고 검을 치켜 들었다.

두 사내가 거리를 두고 대치했다.

'단번에 거리를 좁혀야 해. 지금 거리에선 승산이 없어.'

투명한 얼음 감옥에서 바깥 상황을 지켜보던 수현도 발을 동동굴렸다.

'이런! 민준이 형이 당하겠어!'

그 순간 민준이 기합을 지르며 앞으로 달려갔다. 수현은 그 장면에서 총 앞에 무기력하게 쓰러져간 검사의 최후를 떠올렸다.

거리가 빠르게 줄어 들었지만 염경철은 여유가 있었다. 타겟이 가까워질수록 사격의 정확도는 올라간다.

'무모하군. 검 따위론 총을 이길 수 없다구. 너의 미개한 무기를 탓해라.'

젖혀진 공이가 격침을 때렸다. 화약이 터지며 총탄이 민준의 심장을 향해 날아갔다.

탕-!

총성과 동시에 달려들던 민준의 몸이 벼락을 맞은 것처럼 정지했다. 수현이 얼음 감옥 안에서 비명을 질렀지만 소리는 밖으로 새어나지도 못했다.

"죽여달라고 발악을 하는구나."

그때였다.

죽은 듯 멈춰서 있던 민준이 다시 고개를 들었다. 자세히 보니 그는 왼팔을 들어 총알을 막아낸 상태였다. 포스가 담긴 총탄이 그의 왼팔을 걸레짝으로 만들었다.

그 모습에 염경철이 호탕하게 웃었다.

"그래, 다음번엔 오른팔을 던질 셈이냐?"

염경철의 리볼버가 다시 민준의 심장을 향했다.

아직도 거리는 충분히 멀었다.

"…여섯 발이다."

"뭐라고?"

피투성이가 된 민준이 나직히 말했다.

"리볼버의 약실엔 정확히 여섯 발 들어간단 소리다."

"어, 어라? 그러고 보니…."

당황한 염경철이 확인 차 방아쇠를 당겼으나 빈공이 소리만 허무하게 울릴 뿐이었다.

철컥- 철컥-

"제, 젠장."

치명적인 실책을 범한 염경철은 낯빛이 흙색으로 변했다. 흥분한 나머지 발사한 총알 수를 놓치고 말았던 것이다.

"…다음번엔 꼭 총알 개수를 확인하고 싸우도록."

민준은 마지막으로 남은 힘을 쥐어짜 폭발적으로 달려들었다. 총탄에 날아간 왼팔은 쓸 수 없었지만, 검을 휘두르는 건 오른손만으로 충분했다.

염경철이 장전을 위해 황급히 탄창을 젖히는 동안, 이미 민준의 검은 그의 목을 지나가고 있었다. 카우보이의 목덜미로 붉은 실선이 그려졌다.

서걱-

자신보다 포스가 낮은 상대는 무조건 베어버리는 민준의 검이 기어코 염경철을 두 동강 냈다. 비스듬히 잘린 짚단처럼 염경철의 목이 스르륵 흘러내렸다.

철퍼덕-

피 묻은 장검을 떨쳐내며 민준이 중얼거렸다.

"물론 너에게 다음은 없겠지만."

유화와 슬아는 힘든 싸움을 벌이고 있었다.

저택 내부는 포탄에 피격이라도 당한 것처럼 난장판으로 변했다. 온갖 가재도구들이 사방에서 날아들며 두 사람에게 쏟아졌다. 등을 기대면 벽장이 무너졌고, 테이블 아래로 숨으면 테이블이 덮쳐왔다.

"제길! 이런 무지막한 공격이라니!"

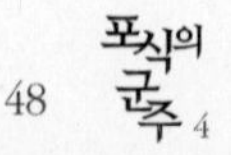

세이버 클랜 최고의 공격수인 두 사람은 좀처럼 힘을 쓰지 못했다. 가까이 다가가기만 해도 숨이 턱 막히는 무형의 힘이 밀려와 그녀들을 내리눌렀다. 염동력자의 주변으론 지구와 전혀 다른 중력장이 펼쳐있는 듯 했다.

상대에겐 다가갈 수 없고, 자질구레한 파편에 조금씩 쉴드가 깎여 나가자 유화가 조바심이 났다.

'어떡하지? 놈을 무찌를 방법을 모르겠어.'

그녀가 손에 잡히는 대로 의자를 집어 던지자 빠르게 날아가던 의자가 공중에서 멈추더니 다시 자신을 향해 되돌아왔다.

"으아아압!"

피할 곳이 난망해진 유화는 주먹 연타의 수법으로 되돌아오는 의자를 두들겼다. 보이지도 않는 빠른 주먹이 목재 의자를 가루로 만들었다.

"호오, 힘세고 강한 여성. 매력적이군."

"너 따위한테 그런 소리 듣고 싶지 않거든?"

싸움이 잠시 소강상태에 이르자 백골단의 단장 박현준이 말을 걸어왔다.

"풍신 클랜에 너 같은 인재가 있었다니… 이럴 줄 알았으면 없애버리지 말고 우리 길드로 포섭할 걸 그랬군."

"개소리 작작해! 그리고 우린 풍신 클랜이 아냐!"

"풍신이 아니라고?"

유화는 슬쩍 슬아에게 눈치를 보내며 대화를 끌고 갔다.

그의 정신을 팔리게 해 슬아의 기습을 용이하게 하려는 작전이었다.

"그래. 풍신이 아니고 세이버다!"

"세이버? 그런 듣보잡 클랜 따윈 들어본 적 없다. 그나저나 풍신도 아니면 대체 왜 우리 길드를 공격 한 거지? 아, 혹시 헌터즈 애들인가? 아니면 우탕 클랜? 그것도 아니면… 가온누리?"

"너 설마 방금 말한 클랜들 전부 다…."

박현준이 히죽 웃었다.

"맞아. 우리가 다 죽여 버렸지. 약한 놈들 없애는 게 잘못된 건 아니잖아?"

"미친놈! 대체 사람을 얼마나 죽인 거냐!"

그때였다. 조용히 허리춤에서 투검을 뽑은 슬아가 투척 스킬을 발휘해 암기를 발출했다. 기습적으로 발사된 그녀의 투검이 박현준의 이마를 노리고 빠르게 날아갔다.

정확도와 관통력에 보정 받은 투검의 속도는 총알에 비견 될 만했다.

'성공인가?'

그러나 투검은 박현준의 미간 바로 앞에서 거짓말처럼 멈춰섰다. 공중에서 두둥실 떠있는 단검은 흡사 정지된 비디오 화면을 연상시켰다.

'제길! 괴물 같은 놈 같으니….'

한참을 투검 끝을 응시하던 박현준이 말했다.

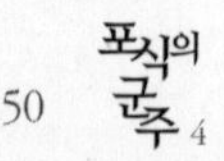

“음… 이렇게 계속 쳐다보니까 눈이 사시 될 것 같군.”

우스갯소릴 지껄이는 모습에선 여전히 여유가 넘쳤다.

어떤 원거리 공격도 그에겐 무용지물이었다. 가까이 다가서면 신체에 직접 염동력이 가해졌다. 그 위력은 뼈를 부러뜨리고 장기를 비틀어 짤 만큼 강력해, 무모하게 덤비는 것도 불가능했다.

“혹시 약육강식이라고 들어봤나?”

그는 슬아가 쏘아낸 투검을 머리 주위로 빙글빙글 공전시키며 말을 이었다.

“지금 세상이 그래. 약한 놈들은 어차피 몬스터에게 잡아먹히게 돼있어. 한마디로 먹잇감이나 다름없지. 그건 어쩔 수 없는 거야. 토끼로 태어난 자와 호랑이로 태어난 자가 어찌 같은 운명을 가질 수 있겠나?”

“무슨 똥 같은 소리야? 궤변따윈 집어 치워!”

“궤변이라고? 생각해봐. 짐승들에게 윤리를 논할 수 있나? 들소를 잡아먹는 사자는 정의롭지 못한 포식자인가? 아니지, 아니야. 그것이 자연의 섭리야. 애초에 그들을 그렇게 태어났고, 수십 만년 당연하게 살아왔어. 누구도 그들에게 도덕이란 잣대를 들이대지 못하지. 인간에게도 이제 그런 시대가 열린 것뿐이야. 약자도태, 강자생존, 우승열패… 어차피 뒈져버릴 놈들이라면, 남은 사람들의 거름이라도 되는 게 도리가 아닐까? 쥐꼬리만한 스텟이라도 올릴 수 있게 말이야.”

유화는 경멸적인 시선으로 박현준을 노려보았다.

"…완전히 돌았군. 넌 그냥 미친놈이야. 인간은 짐승이 아냐. 사람이 사람을 그런 이유로 죽여선 안 되는 거야!"

"그런 소리야말로 대표적인 약자들의 변명이지. 이봐, 이름모를 아가씨. 넌 아주 강해. 그리고 난 강한 사람을 좋아하지. 특히 강한 여자라면 아주아주. …널 갖고 싶어졌다."

"꺼져, 미친 새끼야!"

흥분한 유화가 참지 못하고 덤벼들었다.

그러나 가까이 다가서는 순간 박현준의 염동력이 힘을 발휘했다. 그녀의 발바닥이 본드를 바른 것처럼 달라붙더니 곧 어마어마한 중력에 몸 전체가 마비되고 말았다.

"언니!"

슬아가 유화를 돕기 위해 움직이는데, 자신이 내던진 투검이 날아와 그녀의 앞을 막아섰다. 공중에 떠 있는 투검은, 투명인간이 쥐고 흔드는 것처럼 슬아를 공격했다.

결국 슬아는 전진을 멈추고 단검을 꺼내 싸워야 했다.

그 사이 박현준이 유화를 향해 천천히 걸어갔다. 그가 뒷주머니에서 독특하게 생긴 수갑을 꺼냈다.

"으으으!"

"이건 마나 번 체인이라는 물건이다. 몸 안의 포스를 몽땅 태워버리는 아티펙트지. 이걸로 너를 묶고 내 것으로 만들어 주마. 너처럼 강한 여성을 복종시키는 건 언제나 보람찬

일이거든."

"이… 개…자식!"

'저 변태 같은 놈에게 이대로 당할 순 없어!'

유화의 머릿속으로 태랑의 얼굴이 스쳐 지나갔다. 그녀는 초인적인 의지를 발휘해 붙박이처럼 굳어 있던 발걸음을 움직였다. 거센 반발력에 허벅지가 터질 것처럼 부풀어 올랐다.

그러나 그 움직임은 거의 슬로우모션에 가까웠다. 부들부들 떨며 걸음을 때 보았지만, 온몸을 압박하는 무형의 힘은 너무 강력했다.

마나 번 체인을 들고 다가오던 현준은 유화의 모습에 감탄사를 연발했다.

"이햐! 정말 대단하군. 내 염동력을 이겨내려면 포스가 50은 넘어야 할 텐데… 보스를 제외하고 나의 홀딩을 풀어낸 사람은 처음 본다."

"이… 이!"

"너무 앙탈 부리지 마. 더 깨물어 주고 싶으니까. 뭐 움직인 것만 해도 대단하다는 건 인정해주지. 물론 그렇게 느려 터져서는 굼벵이 하나 못 잡겠지만 말이야. 하하하."

'어떡하지? 내가 당하면 슬아까지 위험해.'

유화는 다가오는 박현준을 보고 재빨리 머리를 굴렸다. 방법이 있을까? 이 괴물을 상대할 방법이….

'그래! 어쩌면….'

유화가 생각을 마쳤을 때 단장은 지척까지 당도해 있었다. 그가 마나 번 체인을 들어 유화의 손목에 채우려는 순간이었다.

초인적인 의지를 발휘한 유화가 느릿한 동작으로 현준의 손바닥에 자신의 손바닥을 맞부딪혀 왔다.

"뭐야. 고작 하이파이브인가?"

워낙에 느렸기 때문에 현준은 대수롭지 않게 그대로 손뼉을 부딪히고는 그대로 유화의 두 손목에 마나번 체인을 걸었다.

곧 온몸의 포스가 급격하게 빠져나가는 것을 느끼며 유화가 꼼짝없이 제압되었다.

"으…으."

"괜찮아. 아프진 않으니까. 단순히 포스만 바닥낼 뿐이야. 그나저나 혼자 칼춤 추고 있는 저 계집애도 슬슬 정리해야 겠군."

현준이 유화를 지나쳐 슬아에게로 향했다.

염동력이 사람의 몸에 직접타격을 가하기 위해선 근거리까지 접근해야 했다. 그는 주로 상대의 머리뼈를 압착시켜 터뜨리는 수법을 즐겼다.

"흐흐. 아쉽긴 하지만 넌 내 취향은 아니군. 잘가라구 아가씨."

그가 발걸음을 때며 슬아의 머리를 향해 염동력을 발휘하려 하는 순간, 느닷없는 각혈이 시작되었다.

"커헉- 뭐… 이, 이런…."

유화가 소리쳤다.

"슬아야 지금!"

유화가 가까스로 시전한 칠보장이 그가 일곱 걸음을 내딛는 순간 위력을 발휘한 것이었다. 현준의 집중력이 일시적으로 흐트러지자 슬아를 붙잡아 두던 투검도 힘을 잃고 바닥으로 떨어졌다.

마침내 침묵의 암살자의 시간이 돌아왔다.

염동력의 방해가 사라지자 슬아의 움직임이 엄청나게 빨라졌다. 가속 스킬을 발휘해 단숨에 거리를 좁힌 슬아는 달려온 탄력을 이용해 그대로 박현준의 심장에 단검을 박아넣었다.

푹-

"크헉-! 어떻게 이런 공격을!"

그를 죽이는 것은 단 한방으로 충분했다. 상대는 쉴드가 얼마든 무용지물로 만들 수 있는 가장 완벽한 공격수였으니까.

박현준이 허무하게 쓰러지자 슬아가 냉큼 달려가 유화의 손목에 채워진 마나 번 체인을 해금했다. 유화는 심장에 단검을 박고 쓰러진 박현준의 뒤통수에 대고 퉤- 침을 뱉었다.

"변태 새끼! 꼴좋다."

"언니, 괜찮아요?"

"응, 포스가 많이 빠진 것 빼곤… 이럴 게 아니라 얼른 오빠 도우러 가자. 뒤뜰이랬지?"

"네!"

백골단 단장을 물리친 두 사람이 급히 저택의 뒤뜰로 향했다.

❖ ❖ ❖

지하실에서 올라온 김윤동은 곧바로 뒤뜰로 달려온 태랑과 마주쳤다. 태랑은 직감적으로 그가 흑랑 길드의 마스터임을 알아차렸다.

"김윤동!"

태랑이 다짜고짜 화살부터 날렸다. 선수 필승.

그러나 김윤동은 반사적으로 옆에 서 있던 수행비서의 목덜미를 움켜쥐더니 방패막이로 활용했다.

"억!"

결국 빙궁을 대신 맞은 비서가 비명을 지르고 쓰러졌다. 김윤동은 거칠게 비서의 시체를 집어 던지더니 태랑에게 소리쳤다.

"건방진 아이구나. 감히 나를 노리다니."

"무고한 시민을 해쳤으니 죽어 마땅하지!"

"크하하. 여기까지 온 용기가 가상하다만, 쓸데없는 정의감이 얼마나 위험한 것인지 깨닫게 해주겠다."

태랑은 처음부터 전력을 퍼부을 요량이었다. 시간을 끌어선 불리했다. 그의 앞으로 스무 마리가 넘는 소환수들이 모습을 드러냈다. 그 모습을 지켜본 김윤동의 얼굴에 이채가 돌았다.

"제법 신기한 재주를 가지고 있구나."

김윤동이 힘을 모아 땅을 박차 올랐다. 그는 자진해서 소환수 무리로 뛰어들었다.

'노망난 늙은이가 겁도 없군!'

태랑은 리치킹의 분노 특성을 활성화 시켜 총공격을 퍼부었다. 김윤동의 모습이 소환수 무리에 가려 보이지도 않을 정도였다.

해골 마법사의 서리 광선과 라이트닝 볼트가 작렬하고, 해골 궁수의 화살도 일제히 퍼부어졌다. 좀비 들개는 그의 다리를 물었고, 해골 전사의 창이 그의 복부를 꿰뚫었으며, 스톤 골렘의 주먹이 그의 머리통을 후려쳤다.

그러나 잠시 후 놀라운 일이 벌어졌다.

김윤동이 모든 공격을 받아내더니 도리어 태랑의 소환수를 하나씩 깨부시기 시작한 것이었다.

그의 주먹질 한방에 해골 전사나 좀비 들개는 물론 단단함을 과시하던 스톤 골렘마저 무너져 내렸다. 강력한 포스가 담긴 일격은 그 자체가 치명적인 스킬이나 마찬가지였다.

순식간에 자신을 둘러싼 근접 소환수를 격퇴시킨 김윤동은, 그대로 오른손바닥을 뻗어 해골 궁수를 노렸다.

"파동권!"

곧 그의 손바닥에 둥근 에너지파가 대포알처럼 쏘아졌다. 그의 스킬에 적중된 해골 궁수들이 와르르 무너지며 뒤에 있던 해골 마법사들까지 한꺼번에 쓸려나갔다.

그야말로 차원이 다른 공격.

태랑은 자기도 모르게 혀를 내둘렀다.

'젠장, 포스가 높을 것은 예상했지만 리치킹을 분노로 강화된 소환수들마저 상대가 안 되잖아? 저 정도 파워면 대체 얼마나 흡수를 해댄 거지?'

폭풍우처럼 소환수를 쓸어버린 김윤동이 태랑을 노려보았다.

"설마 이게 전부는 아니겠지? 이러면 정말 실망스러울 거같은데."

"닥치고 이거나 처먹어!"

태랑이 장전이 준비된 화살을 쏘았다. 불카투스의 궁술 효과가 적용된 그의 화살은 백발백중이었다. 그러나 이번에는 김윤동도 화살을 피하지 않았다.

펑-!

화살이 바로 앞에서 폭발했지만 파편은 그의 몸에 닿지도 못했다. 태랑이 잘 보니 그의 몸 전체에 베리어 마법이 둘러져 있었다.

"애송이, 그런 조잡한 솜씨론 나의 방어막을 뚫을 수 없다."

'제길. 포스에 비해 쉴드가 약할 거라 생각했는데… 하필 은숙이 보유한 베리어 스킬을 가지고 있었다니!'

김윤동이 다시 땅을 박차자 태랑이 있는 곳까지 한달음에 거리가 좁혔다. 태랑은 재장전이 오래 걸리는 화살을 내던지고 등에 맨 창을 뽑아 응수했다.

"방어막이 영원할 순 없어!"

"물론 그전에 너를 죽일 시간은 충분하지."

김윤동이 양 허리춤에서 사시미 칼을 빼들었다. 그가 젊은 시절 즐겨 쓰던 무기로, 양손 모두 솜씨가 능해 한때 쌍칼이라는 별칭을 붙게 해준 애병이었다.

쌍칼을 든 김윤동과 단창을 뽑은 태랑이 치열하게 격돌했다.

김윤동의 칼솜씨는 여간내기가 아니었다.

한때 그를 조폭계의 거두로 군림하게 해주었던 두 자루 회칼이 태랑을 향해 무자비하게 휘둘러졌다. 창신을 두들기는 충격만으로 태랑의 손목에 저릿한 통증이 밀려왔다.

'엄청난 포스다, 불카토스의 창술이 아니었다면 막아내는 것조차 불가능했을 거야.'

창과 쌍단검.

리치의 차이가 명백함에도 김윤동의 공격은 태랑을 압도했다. 아니, 그나마 버틸 수 있는 것은 리치에서 오는 유리함 때문일지도 몰랐다.

그의 베리어를 벗겨내 불타는 좀비로 결정타를 먹이려던 태랑의 계획은 점점 꼬여갔다.

'대체 포스가 얼마나 되는 거지?'

스텟은 누적이 거듭될수록 무시무시한 위력을 발휘한다.

처음 주어지는 기본 스텟은, 평범한 인간을 몬스터에 맞설 수 있도록 안내하는 초대장에 지나지 않는다. 실제로 포스와 쉴드 10이 보여주는 전투력이란 평범한 성인 남자 수준.

하지만 그 수치가 올라갈수록 전혀 다른 양상이 펼쳐지는데, 흔히 얘기하는 초인(超人)과 같은 능력자로 탈바꿈하게 된다.

강화된 포스는 육체의 한계 돌파시켜 맨주먹으로 콘크리트를 부수고, 한 번의 도약으로 건물을 뛰어넘는 것을 가능케 한다. 쉴드의 자연치유력 역시 증대되어 어지간한 상처는 순식간에 아물고, 극한의 고통도 이겨낼 수 있다.

이처럼 높은 수치의 스텟은 그 자체로 스킬과 맞먹는 능력을 제공했다.

70이 넘는 포스를 보유한 김윤동은 그 혜택을 톡톡히 받고 있었다. 그의 주먹은 마이트(Might)스킬을 사용한 것처럼 힘이 넘쳤고, 그의 점프는 슬아가 보유한 도약 스킬을 쿨 타임 없이 펼치는 수준이었다.

"창 솜씨가 제법이다만, 나를 따라오면 아직 10년은 멀었다."

"노인네 따위에게 지지 않아!"

포스에서 상대가 안 되지만, 태랑에겐 다양한 스킬이 있었다. 특히 소환 스킬에 맞추어 획득한 특성들은, 그의 전투력을 포스 이상으로 발휘할 수 있게 하는 원동력이었다.

'승부란 절대 스텟의 우위로만 결정되지 않는 법이지.'

태랑이 팔을 쭉 뻗어 길게 창을 내질렀다. 위협적인 공격에 김윤동이 재빨리 뒤로 물러났다.

그 순간 그의 발밑에서 불쑥 해골 전사가 몸을 일으키며 발목을 노렸다. 회피를 예상한 기습.

"흥, 얕은 수작이군!"

김윤동은 펄쩍 뛰어오르며 바닥을 향해 파동권을 갈겼다. 강력한 장풍에 크레이터가 패이며 절반쯤 몸을 일으킨 해골 전사들을 우르르 무너졌다.

그러나 곧바로 반대편에서 해골 궁수들이 화살공격이 이어졌다. 첫 번째 공격은 시선을 돌리기 위한 미끼였던 것이다.

김윤동의 표정에 일순 당혹감이 스쳤다. 공중으로 뛰어오른 상태로는 화살 공격을 막을 방법이 없다. 결국 쏟아지는 화살에 얻어맞은 김윤동이 타격을 받고 추락했다.

"크읏."

낙하하는 아래선 스톤 골램이 기다렸다는 듯이 주먹을 올려쳤다.

퍼억-!

이번 공격의 피해는 앞선 것과 비교도 안 되는 충격이었다. 다리를 걷어 채인 그는, 공중에서 한 바퀴 일회전하며 볼썽 사납게 머리부터 처박혔다.

쿵-

'좋아, 베리어가 벗겨졌다!'

스톤 골렘의 일격에 그의 몸을 둘러싸고 있던 방어막이 완전히 사라지고 말았다.

마침내 태랑이 아껴두었던 불타는 좀비를 소환했다. 검은 색의 인영이 바닥에서 솟아오르며 쓰러진 김윤동을 향해 달려갔다.

그가 가진 특성은 포스 흡수.

엄청난 위력을 지닌 특성이지만 분명 약점은 있다. 정상적인 레벨링을 거치지 않아, 포스와 쉴드 사이에 심각한 불균형이 존재하는 것이다.

비정상적으로 높은 포스에 비하면 그의 쉴드는 평범한 수준이었다. 이제껏 그 간극을 배리어 스킬로 메꾸었지만, 배리어가 깨어진 이상 그는 무방비에 가까웠다.

극강의 데미지를 자랑하는 불타는 좀비의 자폭공격이면, 그를 한 방에 보내 버릴 수 있었다.

"가라!"

그러나 흑랑의 마스터 김윤동은 만만치 않은 상대였다. 달려오는 좀비에 위기감을 느낀 그는, 쓰러진 상태에서 파동권을 쏘아 불타는 좀비를 터뜨렸다. 동시에 두 손으로 바닥을 내리치며 반발력을 이용해 뒤로 튕겨 나갔다.

콰아아앙-!

거대한 폭발이 일며 후끈한 열기가 밀어 닥쳤다.

폭발에 휘말린 스톤 골렘이 반 쯤 녹아내릴 만큼 엄청난 화력이었다. 화염계 마법에 내성을 가진 스톤 골렘마저 녹일 만큼, 불타는 좀비 위력은 막강했다.

그러나 멀찌감치 후퇴한 김윤동을 보며 태랑은 허탈감을 감출 수 없었다.

'젠장, 이 공격이 실패하다니….'

김윤동은 곧바로 몸을 일으켜 화살을 날리는 해골 궁수들을 쓰러뜨렸다. 순식간에 태랑의 모든 소환수들이 정리되었다. 허무하게 포스만 낭비한 꼴이었다.

김윤동이 양손에 쥔 칼날을 챙 소리 나게 부딪혔다.

"…그런 거군. 네놈이 살아있는 한 저 해골바가지 같은 놈들이 계속 튀어나오겠군. 너부터 처리해야겠다."

태랑이 창을 비껴차며 소리쳤다.

"얼마든지 덤벼!"

김윤동이 총알처럼 달려들었다. 마침 모든 소환 스킬이 대기중이라 좀비 들개만 사용 가능했다. 태랑은 좀비 들개들을 불러 함께 맞섰다. 쿨 타임이 돌아오기 전까지 어떻게든 시간을 벌어야 했다.

"이딴 똥개 새끼들로는 나를 막지 못한다!"

김윤동의 매서운 칼질에 좀비 들개들이 순식간에 나가떨어졌다. 스톤 골렘도 때려 부수는 괴력의 사내 앞에선 내구성이 약한 좀비 들개는 그야말로 추풍낙엽이었다.

홀로 남게 된 태랑은 수세에 몰렸다.

'제길, 너무 강해. 상상했던 것 이상이야.'

"파동권!"

태랑을 몰아붙이던 그가 정면에서 장풍을 갈겼다. 워낙 지근거리라 피할 재간이 없던 태랑은 그대로 가슴팍을 얻어맞고 나가 떨어졌다.

"윽-"

대포알에 직격당한 충격.

단 한 번의 공격으로 온몸의 쉴드가 깎여 나갔다. 바닥을 뒹구는 태랑을 보며 김윤동이 혀를 끌끌 찼다.

"고작 그 정도 실력으로 나를 이길 수 있을 거라 생각했나? 젊은 것들은 혈기만 앞서서 문제라니까…."

노골적인 비아냥에 태랑의 얼굴이 시뻘게졌다. 가슴의 통증보다 귀에 박히는 말 한마디가 더 깊은 상처로 남았다.

그를 얕본 것은 결코 아니었다. 다만 충분히 해볼 만한 상대라 여겼다.

그는 확실한 약점을 가지고 있었고, 자신에게도 강점이 많았다. 다만 자신이 실력이 그를 능가하지 못했다. 그것이 상성의 문제건, 경험의 차이건 태랑은 결국 패배했다.

태랑은 불쑥 후회가 들었다.

'…한모 형 말처럼 쓸데없는 오지랖이었을까?'

굳이 흑랑 길드를 상대하지 않는 방법도 있었다. 모른 척 지나치면 그만이었다.

'아니다… 불과 석 달 만에 저 정도로 강력해 졌어. 놈을 그대로 내버려 두었다면 어차피 감당할 수 없었을 거야. 지금이 최선이었다. 지금이 아니어선 안됐어.'

기습은 실패로 끝이 났지만 태랑은 이번 결정을 후회하지 않기로 했다. 힘이 부족해 그를 이기지 못한 게 한스러울 따름이었다.

그때 김윤동의 등 뒤에서 날카로운 바람소리가 들려왔다.

슈슉-

김윤동은 반사적으로 칼을 휘둘러 날아오는 물체를 걷어냈다.

차캉-!

슬아가 날려 보낸 투검이 사시미 칼과 충돌하며 윤동의 칼이 부러졌다. 백골단장을 물리친 두 사람이 어느새 뒤뜰까지 당도한 것이었다.

"오빠!"

"이것들은 또 뭐야?"

유화는 쓰러진 태랑을 보고 눈이 뒤집혔다.

"이 자식! 우리 오빠한테 무슨 짓이야!"

유화가 김윤동을 향해 달려들었다. 그는 부러진 칼을

집어 던지고 남은 하나를 역수로 거머쥐며 유화에 맞섰다. 순식간에 치열한 근접전이 펼쳐졌다.

유화는 호신술을 배웠기에 김윤동의 칼을 보고도 겁내지 않았다. 칼을 쥔 팔목을 두 손으로 저지한 유화는 로우킥으로 그의 허벅지를 후려쳤다.

퍼억-

"으읏!"

놀라운 일이었다. 태랑도 버거워했던 김윤동이지만, 유화는 전혀 밀리는 기색이 없었다. 아니 오히려 맞붙는 순간 뚜렷한 힘의 차이를 보였다.

그것은 바로 유화가 지닌 '근접전 마스터' 특성 때문이었다.

근접전 시 포스의 5배 위력을 발휘하는 그녀의 특성은, 실제 포스의 차이를 능가하는 파괴력을 선보인 것이다.

"크헉-! 무슨 힘이 이렇게!"

그는 지금껏 자신보다 포스가 강한 상대를 한 번도 만난 적이 없었으므로, 유화가 보여주는 파워에 당황할 수밖에 없었다.

이제껏 그를 대적했던 상대가 느끼는 당혹감을 이제는 그가 느끼고 있었다.

'배리어 쿨타임이 돌아 올 때까지만 시간을 끌어야겠다.'

그렇게 생각한 윤동이 급히 하늘로 솟구치는데 눈앞이

번쩍하며 벼락이 내리쳤다.

콰지지직-!

뒤이어 도착한 수현이 때맞춰 번개창을 날린 것이었다.

“크으으윽!”

“질풍참!”

민준의 공격도 이어졌다. 감전의 충격으로 정신을 잃은 그는 그대로 돌풍에 휩쓸려 바닥으로 나동그라졌다.

방금 전까지만 해도 기고만장하던 사내는, 이제는 땅에 처박혀 흙먼지를 뒤집어쓰고 있었다.

“태랑 괜찮나?”

“으… 나보다 니 왼팔이 더 엉망인 것 같은데?”

“별것 아니다. 총탄에 맞았어. 포션 먹고 회복중이야.”

태랑은 속속들이 도착하는 지원군에 다시 힘을 얻었다.

‘그래. 까먹을 뻔 했군. 나는 혼자가 아니다. 나에겐 이렇게 듬직한 동료들이 있어. 네놈이 포스를 독식해 강해졌다면, 나는 이렇게 동료와 함께 성장해왔다.’

겨우 몸을 일으킨 김윤동은 벌컥 짜증이 치솟았다. 보스가 위기에 처했는데도 구하러 오는 놈이 한 놈도 없었다.

“제기랄! 백골단 놈들은 어디서 뭐하는 거야?”

“이미 뒈져븐 놈들을 뭐 덜라고 찾소잉.”

마지막으로 한모와 은숙이 합류했다. 이제 김윤동은 홀로 일곱 모두를 상대해야 할 처지였다.

“이, 이놈들 비겁하게… 노인 공경할 줄도 모르고!”

"공경은 개뿔, 노인 공격이다! 없애 버려!"

천하의 흑랑 길드 마스터라도 일곱의 협공을 당해낼 재간은 없었다.

펼쳐지는 스킬의 향연에, 김윤동은 순식간에 허물어졌다. 강력한 포스에 비해 쉴드가 낮은 것이 결정적이었다.

"크흑… 내, 내가 이딴 놈들에게…당하다니…."

바닥에 주저앉은 김윤동을 향해 태랑이 소리쳤다.

"그간의 악행에 대가를 치뤄라!"

태랑의 창이 김윤동의 목을 꿰뚫었다. 무지막지한 포스를 자랑하던 김윤동은 마침내 숨을 거두었다.

태랑은 쓰러진 김윤동을 보면서도 쉽게 믿기지 않는 표정이었다. 동료들이 제때 합류하지 않았더라면 바닥에 쓰러진 사람은 분명 자신이었을 것이다.

"…어쨌든 엄청난 놈이었어. 혼자선 도저히 상대할 수 없었거든."

"태랑, 혼자서 다 책임지려 하지 마. 우린 한 팀이잖아."

"맞아. 결국 우리의 각개 전투 전략이 주효했던 거야. 태랑이 니가 버티는 동안 우리가 나머지를 해치우고 합류할 수 있었으니까."

"그래. 어쨌든 다들 무사해서 다행이야. 민준이 말고 다친 사람 없지?"

"그럭저럭 괜찮아요. 쉴드가 좀 까진 정도?"

"가만, 우리 이럴 때가 아니다. 곧 흑사자 애들이 돌아

올 거야."

"아따, 요 멍청한 것들이 호랑이 굴로 기어 들어오는 구마잉."

매복을 마친 세이버 클랜은 허탕치고 돌아온 흑사자 일당을 일거에 소탕했다. 길드 마스터와 백골단까지 전멸한 마당에 별다른 능력자가 없던 흑사자 정도는 식은 죽 먹기였다.

그렇게 남은 잔당을 모두 해치운 태랑 일행은, 흑랑 길드의 아지트를 뒤져 전리품을 쓸어 담았다.

창고엔 놈들이 다른 클랜에게 강탈한 아이템들이 많았다. 대부분 하급 몬스터에게 획득한 소모성 아이템이었지만, 조합법을 아는 태랑에겐 효용가치가 높은 것들도 간혹 있었다.

특히 3등급 아티펙트인 마나 번 체인을 다량으로 획득한 것은 큰 성과였다.

"어? 여기 금고도 있는데요?"

금고를 열자 각종 보석과 골드바가 가득이었다.

"와, 우리 이제 부자다!"

"근데 남의 돈인데 훔쳐도 되는 걸까?"

"어차피 놈들도 다 빼앗은 거잖아요. 주인도 없는데 가져가면 어때요."

"아따 그란디 이런 게 다 뭔 소용이라냐. 시상이 망해브렀는디 돈이 많으믄 뭐할 거여. 아티펙트가 차라리 낫지."

태랑이 한모에게 말했다.

"아니에요. 형님."

"으잉? 뭐가?"

화폐가 실물가치를 잃어버린 현재, 귀금속은 화폐를 대신하고 있었다.

"이걸로 나중에 블랙마켓에서 아티펙트나 아이템을 거래할 수도 있거든요."

"아 그려?"

전리품을 모두 챙긴 태랑 일행은 오토바이를 타고 기지로 복귀했다. 비록 노트북에 대한 단서는 찾을 수 없었지만, 사악한 흑랑 길드를 쳐부순 것만으로도 큰 성과였다.

세이버 클랜이 떠난 저택.

비밀 공간에 숨어있던 여인이 서서히 모습을 드러냈다. 그녀는 김윤동의 애첩 장진경으로, 이번 습격에서 살아남은 유일한 흑랑의 생존자였다.

'대체 뭐하는 놈들이지? 엄청나게 강하잖아? 단 일곱 명이서 길드를 무너뜨리다니….'

이제껏 김윤동의 그늘에서 살아가던 여인은, 한순간에 홀로된 처지에 이르자 앞날이 캄캄해 졌다.

'이제 어쩌면 좋지? 어디든 몸을 의탁해야 하는데….'

그녀는 돈 될 만한 것들을 찾아보았지만, 태랑 일행이 한 바탕 쓸어간 뒤라 아무것도 남은 게 없었다.

그러다 문득 저택에 설치된 CCTV가 떠올랐다.

옛 재벌가의 저택이었기 때문에 방범용을 위해 설치된 카메라가 저택 곳곳에 배치되어 있었다.

'그래. 어쩌면 놈들에 대한 정보가 돈이 될지도 몰라. 저렇게 강한 놈들이라면 분명 찾는 사람도 있을 거야.'

그녀는 CCTV 기록이 저장된 하드디스크를 탈착하여 품 속에 챙겼다. 제발 이 정보가 쓸모 있기를 바랄 뿐이었다.

2. 블랙 마켓

포식의 군주

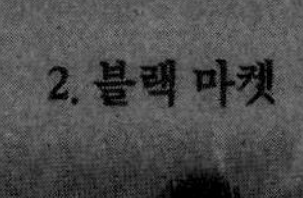

2. 블랙 마켓

흑랑 길드 건이 마무리된 지도 어느덧 일주일이 흘렀다.

당장은 급한 일이 없었으므로 일행들은 오랜만에 각자의 시간을 보냈다.

총상을 완전히 회복한 민준은 검술 훈련에 몰두했다. 가끔 깜빡하고 끼니를 거를 만큼 대단한 집중력이었다.

그러나 열심히 훈련을 마친 날에도 민준의 표정은 밝지 못했다. 무언가 해소되지 않은 갈증이 그를 사로잡고 있었다.

그의 머릿속을 가득 채운 건 카우보이와의 마지막 대치 상황.

상상의 공간 속에서 카우보이와 민준은 먼 거리를 두고 마주 보고 있었다. 민준이 검을 치켜들고, 카우보이는 권총을 정조준한다. 민준이 달려나가는 순간, 총구가 불을 뿜는다.

탕-!

상상 속의 민준은 총상을 입고 주저앉았다.

'…그때 총알을 손으로 막아낸 건 순전히 운이었어. 놈이 심장이 아닌 머리를 노렸더라면 거기서 끝장났을 거야.'

십 수년을 갈고 닦은 자신의 검술이 치명적 약점을 드러냈다.

운이 좋아 살아남았지만, 약점을 보완하지 않는 이상 다음번엔 무슨 일이 벌어질지 몰랐다.

그는 무슨 일이던 얼렁뚱땅 넘어가는 것을 싫어했다. 결과가 마음에 들지 않을 땐 어떻게 해서든 원하는 기준을 맞추어야 했다.

결벽에 가까운 완벽주의적인 성향은 그가 평생을 수련하며 체득한 극의(極意)였다. 따라서 이번 사건은 민준에게 과제를 남긴 것이나 다름없었다.

수현의 천둥 군주 같은 이동기나 하다못해 슬아의 가속 스킬이라도 있었더라면 좋았을 것이다. 그러나 자신에겐 일회성 방어막인 바람의 벽이 전부였다. 그마저도 마법 스킬에 대한 방호는 전무한 실정.

스킬 포인트를 모아 새로운 스킬을 개방한다고 해도

원하는 스킬이 나오리란 보장도 없었다. 그것은 요행을 바라는 것에 지나지 않는다.

그 사실이 그를 괴롭게 했다.

노력은 배신하지 않는다는 일념 하나로 정진해 왔지만, 처음으로 극복할 수 없는 벽을 마주선 기분이었다.

'도대체 어찌해야 하는 걸까….'

그는 땅바닥에 꽂아둔 검을 짚고 다시 일어섰다. 해답을 찾기 전까지 묵묵히 검을 휘두를 뿐이다.

분명 방법은 있을 것이다.

수현은 자신의 필살기 '천둥군주의 심판'을 보완할 수 있는 방법을 구상하고 있었다. 기술을 쓰고 난 후 스스로를 얼음 감옥에 가두는 방식은 지나치게 수동적이다.

특히 흑랑 길드와의 전투에서 불가피하게 열외 되었을 때의 기분은, 두 번 다시 느끼고 싶지 않았다.

'얼음 감옥은 결국 미봉책에 불과해. 전력에 조금이라도 보탬이 되려면, 보다 공격적으로 나가야해.'

그래서 수현은 유화를 찾아갔다.

"누나, 지난번에 부탁한 거 기억나요?"

"무슨 부탁?"

"저에게 격투기 알려주기로 했잖아요."

유화는 고개를 갸웃거리다 손바닥으로 이마를 탁 쳤다.

"아, 맞다. 그랬었지?"

그녀의 깜찍한 모습에 수현의 얼굴이 살짝 상기되었다.

언제 봐도 활기찬 성격이다. 당찬 유화의 모습에서, 수현은 두근거림을 느꼈다. 어쩌면 자신에게 부족한 적극성을 동경하는 것일지도 몰랐다.

씩씩하고 강한 여성. 수현에게 있어 유화는 이상형에 가까운 사람이었다.

"근데 굳이 격투기를? 민준 오빠한테 검술 배우는 게 낫지 않겠어? 나야 뭐 특성 때문에 어쩔 수 없는 거지만…."

"천둥군주의 심판 때문이에요. 그 기술을 쓰고 나서 2분간 제 몸에 전기가 흘러요. 왜, 그때 봉구 기억나죠?"

"아, 레이더스 마스터?"

"네. 그 사람처럼요. 맨손으로 싸워야 천둥 갑옷을 활용할 수 있으니까."

"아항. 그렇구나. 근데 너 운동은 해봤니? 하다못해 태권도라도."

수현이 쑥스러운 표정으로 머릴 긁적였다.

"제가 운동을 별로 안 좋아해서요."

"남자들 군대가면 다 배우는 거 아녔어? 아, 맞다. 너 미필이지."

"네…."

"흠, 격투기에 대한 기초가 전혀 없다는 말이네. 어디

반사 신경 좀 시험해 볼까?"

"네?"

팡-!

유화가 불쑥 주먹을 뻗어 수현의 얼굴을 향해 내질렀다. 강화된 포스로 빨라진 주먹에선 바람을 찢는 소리가 났다.

코앞에서 멈춘 주먹을 보고 수현의 눈이 휘둥그레졌다. 너무 빨라 보이지도 않았다. 풍압이 앞머리를 일으켜 세울 땐, 등줄기에 소름이 돋을 지경이었다.

"잉? 뭐야, 너 전혀 못 봤어?"

"네, 네?"

"이 정돈 피할 줄 알았더니…."

"죄송해요. 제가 좀 둔해서."

"괜찮아, 뭐 기초부터 배우면 돼."

"네! 열심히 할게요!"

"그래. …에잇!"

갑자기 장난기가 발동한 유화는 주먹 쥔 손에서 중지를 튀겨 수현의 이마에 딱밤을 날렸다.

빡-!

딱밤을 맞은 수현의 목이 홱 젖혀지며 몸이 뒤로 넘어갔다. 말벌에 쏘인 것처럼 이마가 부풀어 오른 체 수현은 기절해 버렸다. 뒤늦게 사태를 파악한 유화가 놀라 소리쳤다.

"아 맞다! 내 특성! 수현아, 일어나봐! 괜찮니?"

왠지 앞날이 우려되는 두 사람이었다.

❖ ❖ ❖

태랑은 며칠 째 인터넷 레이드 게시판을 뒤지는 중이었다.

컴퓨터 앞에 앉아 거북이처럼 목을 내미는 모습이 영락없는 게임 폐인의 그것이었다.

게시판 전체를 샅샅이 검색한 그는, 이제 실시간으로 새로 고침을 눌러가며 올라온 정보들을 취합했다.

그가 이처럼 몰입하는 이유는 노트북의 행방에 단서를 찾기 위해서였다.

만약 노트북 도둑이 파일을 탈취했다면, 레이드 게시판에 흔적을 남겼을지도 모른다는 생각이 들었다. 물론 그가 정보를 꽁꽁 틀어쥐고 잠적해버릴 가능성도 있었다.

진짜 머리가 좋은 놈이라면 응당 그렇게 행동하는 것이 합리적일 것이다. 하지만 사람의 마음이라는 게 쓸데없는 과시욕이나 명예욕 때문에 실수를 하는 경우도 더러 있었다. 태랑은 그 실수를 찾고자 했다.

본래 이런 일은 수현의 전담이었으나, 최근에 그가 훈련으로 바빠진 탓도 있고, 태랑 역시 이런 일은 본인이 직접 나서는 편이 나을 거라고 생각했다. 어쨌든 노트북에 든 설정집을 타이핑 한 것은 자신이다. 자신이 쓴 글이라면 보는 순간 알아볼 수 있을 것이다.

"흐음… 죄다 쓸데없는 정보뿐이네. 잘못된 것들도 많고.

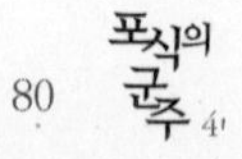

이건 뭐 상상으로 소설을 써놨네 아주?”

태랑은 게시글을 클릭하며 혼잣말을 중얼거렸다.

“…그래도 뭐 사이트 나름 체계를 갖춰가는 구나. 처음엔 하나의 게시판에 이것저것 중구난방으로 섞여 있었는데 이젠 카테고리 별로 나눴네.”

태랑이 메인 화면에서 커서를 옮기자 목차가 오버랩 되었다.

“어디보자, 클랜원 모집, 레이드 영상, 아티펙트? 여긴 뭐 자기가 얻은 물건 자랑하는 덴가? 음…직거래 장터라. 헐, 무슨 중고나라도 아니고… 어 진짜 중고나라네? 생수도 팔잖아?”

“오빠.”

“응? 슬아 왔니?”

“네. 커피 타왔는데 드실래요?”

“아, 안 그래도 되는데… 고마워, 잘 마실게.”

“제 녹차 타다가 생각나서요.”

태랑이 김이 모락모락 나는 머그잔을 받아 들었다. 어찌나 오래 컴퓨터를 잡고 있었는지 어깨가 뻐근해 왔다. 그러고 보니 언제 의자에 앉았는지 기억도 나지 않는다.

태랑은 잠시 숨을 돌리기로 했다.

“넌 뭐 따로 훈련 안 하니? 다들 열심히 던데. 흑랑 길드랑 싸운 게 자극이 됐나봐.”

“저도 오전에 투척 연습 좀 했어요. 가속스킬을 쓰면서

하면 어떨까 하구요."

"해보니 어때?"

"역시 움직이면서 날리기는 어려운거 같아요. 그래도 계속 하니까 조금씩 나아지더라구요."

"그래. 스킬도 자주 써야 늘지. 잘하고 있어."

"네…."

슬아는 텀블러에 녹차를 홀짝거리며 태랑 주변을 서성였다. 집중하는 그를 방해하고 싶진 않았지만, 그냥 돌아가기도 싫은 눈치였다.

그러다 태랑이 띄워놓은 인터넷 창을 보고 물었다.

"저건 뭐에요?"

"응? 아, 레이드 장터 게시판. 가까운 지역에 사람들끼리 물건을 거래하나봐. 보니까 무슨 생필품부터 시작해서 별걸 다 주고 받더라. 심지어 아이템도 있더라니까?"

"아이템요?"

"응. 몬스터 죽였을 때 떨어지는 거 있잖아. 근데 개인거래는 좀 위험 할 텐데…."

"왜요?"

"아무래도 사람을 쉽게 못 믿는 세상이잖아. 막말로 만났는데 강제로 물건을 빼앗아 버리면 어떻게 해. 경찰도 없는데…."

"아…."

"심한 놈들은 증거 인멸을 시도할지도 모르지."

"참 나쁜 사람들이네요."

"뭐 세상에 좋은 사람만 있는 건 아니니까. 아무튼 이런 문제 때문에 블랙 마켓이 열린 거야."

"블랙 마켓요? 그게 뭐에요?"

"응, 완벽하게 통제된 장소에서 신원이 확실한 사람들끼리 중개인을 통해 거래를 하는 거야. 그러면 사는 사람도 파는 사람도 안심이거든."

"이 근처에도 있을까요?"

"글쎄? 찾아보면 있으려나? 블랙 마켓은 옛날 오일장을 생각하면 쉬워. 부정기적으로 열리고, 장이 열렸다가도 다음날엔 흔적도 없이 사라지거든."

"사라져요?"

슬아는 은근 슬쩍 태랑이 앉은 의자 곁으로 다가갔다. 의자의 목받이에 팔꿈치를 기대자 두 사람이 거리가 무척 가까워 졌다.

"음, 자칫 맨이터들의 공격을 받을지도 모르거든."

"아…."

"물론 마켓을 주최하는 쪽은 충분한 역량을 갖춘 길드가 대부분이야. 어느 정도 이름이 알려지지 않는 이상 사람들이 잘 모여 들지 않아. 수수료 때고 이용하는 데, 최소한의 안전장치를 갖춘 곳을 원하는 거지."

"그렇군요."

"그래도 오랫동안 한 장소에 머물다간 작정하고 덤벼드

는 놈들을 당해내기 어려워. 그래서 기습적으로 장을 열고 없애기를 반복하는 거야. 위치도 수시로 바뀌고."

"네."

사실 슬아는 태랑이 하는 말의 절반은 못 알아듣고 있었다. 그러나 그와 같이 대화를 나누고 있다는 사실만으로 행복해하는 중이었다.

그 때 은숙이 들어왔다.

"태랑, 점심 먹으러…."

은숙은 두 사람이 붙어 있는 모습을 보고는 살짝 표정이 굳었다.

"…와. 준비 다 됐어."

"알았어. 다른 사람들은?"

"한모씨가 부르러 갔어. 금방 올 거야."

"나 그럼 화장실 좀 들렀다 바로 식당으로 갈게."

태랑이 화장실로 향하자 슬아도 자연스럽게 발걸음을 옮겼다. 그때 은숙이 슬아의 팔을 잡았다.

"잠깐 슬아야, 너 언니랑 얘기 좀 하다 갈래?"

"네?"

"아니 별건 아니니까 너무 긴장하지 말고."

"말씀 하세요."

은숙은 이 얘기를 꺼낼까 살짝 망설였다.

그러나 이대로 두었다간 분명 의상할 일이 벌어질 거란 우려에 본인이 총대를 메기로 했다.

"솔직히 내가 참견할 일은 아닌데, 그래도 슬아 네가 알아 둬야 할 게 있어."

"네."

"태랑이랑 유화 말야…."

슬아는 물끄러미 은숙을 쳐다보다가 중간에 말을 끊었다.

"…저도 알아요."

"어? 알아?"

은숙은 깜짝 놀랐다. 두 사람이 좋아하는 사이라는 걸 알고 있다고? 유화가 분명 아무한테도 말 안했다고 들었는데…

"저도 알고 있어요. 근데 그게 왜요?"

너무도 당당한 반응에 오히려 은숙이 당황했다.

"아, 아니 난 혹시나…."

"전 상관없어요."

"응?"

"두 사람이 어떤 사이건 신경 안 쓴다구요. 전 제 마음이 더 중요해요."

"아… 그, 그래."

은숙이 뻥진 얼굴로 서 있는데 슬아가 다시 말했다.

"말씀 다 하신 거죠? 그럼 전 이만…."

슬아는 은숙을 지나쳐 밖으로 나갔다. 홀로 남겨진 은숙은 허리에 손을 얹고 허탈하게 웃었다.

"햐, 나 이거 참… 재밌네, 재밌어. 슬아가 보기보다 재밌는 아이네?"

콧방귀를 낀 은숙이 혼자 중얼거렸다.

"니가 누굴 사랑하든 상관없어. 내가 사랑하는 건 너니까. 뭐 이런 거야 지금? 으, 오글거려."

혼자 연기를 펼치던 은숙은 자신이 생각해도 꼴이 우스웠는지 스스로 팔을 껴안고 몸을 떨었다.

'에라이, 나도 이젠 모르겠다. 말릴 수 있는 단계는 진즉 지난 거 같은데 세 사람이 알아서 하겠지 뭐.'

은숙 역시 더 이상 피곤한 일에 말려들고 싶지 않았기 때문에 이쯤에서 손때기로 했다. 또 슬아의 태도로 봐선 철부지 같은 행동을 벌일 것 같진 않았다.

애초 남녀 사이의 일을 강제로 조정한다는 것은 불가능한 일이었다. 유화에 대한 의리는 지킨 셈이니 이제 당사자끼리 해결할 문제였다.

'힘내라 유화. 근데 상대가 만만찮아 보이네.'

은숙이 어깨를 으쓱하며 식당으로 향했다.

오랜만에 모두가 식당에 둘러앉았다. 본래 탕비실로 쓰이던 곳에 식탁을 놓았기 때문에 공간이 비좁은 편이었다.

"의자 좀 땡겨봐, 으뜨뜨."

싱크대와 의자 사이를 오가며 은숙이 준비한 음식을 날랐다.

"와! 냄새 봐. 누나 오늘 메뉴 뭐에요?"

"김치찌개. 죽이지? 참치 많이 넣었으니까 알아서 건져 먹어."

지난번 마트를 턴 이후로 식자재가 풍부해졌다. 특히 잘 썩지 않고 발효되는 김치는, 장기보관이 용이해 다양한 음식에 활용되고 있었다.

은숙이 갓 지은 밥을 그릇에 퍼 담자 유화가 그것을 받아 식탁으로 옮겼다. 올려진 찬이 빈약하긴 했지만, 훈련을 마치고 돌아온 이들에겐 진수성찬이나 마찬가지.

"그럼, 잘 먹겠습니다!"

"은숙아 고생했어."

"우아, 국물 맛 끝내준다."

다들 맛있게 점심을 즐겼다.

요리를 잘하는 사람이 있다는 것은 클랜에 있어 크나큰 행운이었다. 은숙 역시 자신이 만든 요리를 맛있게 먹어주는 동료들을 보고 흐뭇해졌다.

적당히 배를 채우자 태랑이 말했다.

"다들 열심히던데 성과는 좀 있어?"

"저, 정말로 충격받았어요."

유화가 말했다.

"수현이 애, 진짜 대단한 애에요."

"응? 그렇게 재능 있어?"

"아뇨, 정 반대 의미로요. 글쎄 하나를 가르치면 둘을 까먹더라니까요? 어찌나 속 터지던지…."

"누, 누나아! 그 말 안 하기로 했잖아요."

수현이 어쩔 줄 모르고 쩔쩔맸다. 유화는 반응이 재밌는지 골리기를 멈추지 않았다.

"어제는 원투 펀치를 가르쳤어요. 복싱 배우면 제일 먼저 배우는 거요. 근데 오늘 다시 시켜보니까 태권도 정권 지르기를 하고 있지 뭐예요?"

"뭐? 그건 완전히 다른 거잖아."

"그러니까 말에요. 헛갈릴 게 따로 있지. 그것도 자세라도 좋으면 몰라. 무슨 탈춤 추는 줄?"

"푸하하 상상이 간다."

"으이구, 수현이 왜 그랬어."

"다들 그만 좀 놀려. 배우려는 태도가 중요한 거지."

태랑은 괄시받는 수현이 안돼 보였든지 편을 들었다. 은숙이 말했다.

"차라리 무기술을 배워보는 건 어때? 혹시 아니? 검술에는 재능이 있을지?"

"저, 전 격투기 꼭 마스터하고 말 거에요."

"뭐, 그야 본인 맘이지만…."

"그래도 사부가 훌륭하니까 하다 보면 늘지 않을까? 처음부터 잘하는 사람은 없다고."

다들 수현 얘기로 왁자지껄 떠드는데 민준은 대화에 끼지 않고 디저트로 나온 커피만 홀짝거렸다. 뭔가 골똘히 생각하는 모습을 보고 태랑이 물었다.

"민준이 넌 어때? 무슨 고민되는 일 있어?"

두 사람은 동갑내기였으므로 태랑은 편하게 말을 놓았다. 그러나 수염을 기른 탓에 민준 쪽이 2~3살은 더 들어 보였다.

민준은 짧게 한숨을 쉬더니 최근 그를 사로잡고 있는 고민에 대해 털어놓았다.

다들 연이은 승리에 도취되어 있던 터라, 민준이 그런 생각을 한다는 것에 놀라는 표정을 지었다.

이긴 싸움마저 부족한 점을 찾아 극복하려는 태도는, 조금 안일해져 있던 동료들에게 시사하는 바가 컸다.

'민준이는 언제나 진지하구나. 참으로 배울 점이 많은 사람이야.'

"…아무튼 상대와 거리를 단숨에 좁히는 방법을 찾지 못하면 앞으로도 곤란한 경우가 발생할 거야. 하지만 스킬을 새로 배우는 것이 능사는 아니잖아. 그렇잖아도 포인트 모으기도 점점 힘든데 전혀 엉뚱한 스킬을 받을지도 모르고…."

"확실히 그 점이 걸리네요. 스킬을 골라 배울 수 있다면 얼마나 좋을까요? 그럼 특성에 어울리는 것들로만 딱딱 찍을 텐데…."

"그렇게 되면 각성자 인플레이션이 생겨서 골치 아프게 될 걸?"

"인플레이션이 뭐에요?"

슬아가 조심스럽게 물었다. 학력이 낮은 그녀로선 낯선 경제 용어의 뜻을 이해하기 어려웠다. 은숙이 알기 쉽게 설명했다.

"그러니까 모든 사람이 너무 쉽게 강해진다는 소리지. 지금의 조건에선, 뛰어난 특성을 갖춘 사람이 스킬까지 받쳐 줬을 때만 강자가 될 수 있잖아. 그런데 스킬을 선택할 수 있게 되면 누구나 금방 세지겠지."

"근데 그건 인류를 위해 좋은 일이 아니에요? 어쨌든 괴물을 상대하는 있어서 그만큼 각성자들 쪽으로 힘이 실리는 거니까요."

수현이 반문했다.

"내가 예전 그 문제에 대해 진지하게 고민해 봤는데, 무작정 좋은 일은 아닐지도 몰라."

"왜요?"

은숙이 안경을 고쳐 썼다.

그녀는 평소 꾸미고 있지 않을 때는 검은 색 뿔테 안경에 포니테일을 하고 있어 대학원생같은 느낌을 풍겼다.

본래 시력이 좋지 않은 편이라, 처음엔 렌즈를 끼다가 슬슬 귀찮아졌는지 최근엔 안경을 쓰는 날이 잦았다. 그만큼 동료들을 편하게 생각하는 것도 있었다.

"우리 클랜이 남들과 비교했을 때 뛰어난 점이 뭐라고 생각해?"

"태랑이 형의 존재?"

"그래. 태랑이가 본 미래. 정확히 말하면 정보지. 몬스터가 어떤 특성을 가지고 있는지, 아이템을 어떻게 조합해야 최상의 효과를 발휘하는지 등등이잖아. 이걸 이용해서 우린 남들보다 빠르게 성장할 수 있었지. 하지만 스킬포인트를 많이 얻는 것으로 강함의 정도가 결정되어버림 어떻게 될까?"

"음… 강해지는 방식이 지금보다 훨씬 단순해지겠네요."

"맞아. 그렇게 되면 태랑이 가지고 있는 '비교 우위'는 사라지는 거나 마찬가지야. 그저 미래를 '먼저 봤을 뿐' 아무런 혜택도 없는 거지."

"그래도 기왕이면 같이 세지는 게 낫지 않을까요?"

수현은 잘 이해가 되지 않는지 계속 따졌다.

물론 태랑의 영향력은 상대적으로 줄어들긴 하겠지만 모두 함께 강해지는 편이 '인류 해방'이라는 근본적 목적을 달성하는 데는 더 좋지 않을까? 하는 생각에서였다.

은숙이 끈기 있게 설명을 이어갔다.

"뭐 수현이 네 생각도 틀린 건 아냐. 각성자들이 모두 선의를 가지고 있다는 전제라면 그보다 좋을 순 없지. 하지만 경마장에 만난 맨이터 들도 그렇고, 이번 흑랑 길드 건만 봐도… 사람들 중엔 자신이 가진 힘을 나쁜 쪽으로 사용하는 경우가 더러 있잖아."

"하긴… 착한 사람만 강해지는 건 아니니…."

"본래 사람은 이기적인 본성을 가지고 있어. 어쩌면 지금의 체제가 유지될 수 있는 것도 인류 공동의 적인 몬스터가 막강하기 때문일거야. 외부의 위협이 내부의 단결을 끌어내는 전형적인 경우지."

"그럴싸한데요?"

"그런데 만약 각성자가 전부 다 강해져 버리면 어떻게 될 것 같아? 지금같은 무정부 상태에서 말이야. 그야말로 대혼란이 벌어지는 거야. 지금은 인류에게 있어 가장 혁신적인 진화가 이루어진 시대잖아. 그럼에도 그 힘을 서로 싸우는 데 쓰지 않고 한데 뭉칠 수 있는 것은, 그만큼 인류가 가진 힘의 총량이 몬스터에 비해 모자란 측면 때문이기도 해. 그래서 인플레가 꼭 좋은 결과로 이어지지 않을 수도 있다는 거지."

"와… 대박. 누나 진짜로 똑똑하구나."

수현이 입이 쩍 벌렸다.

은숙이 보여준 통찰력은 그녀의 영민함을 여과 없이 드러내는 대목이었다. 태랑 역시 감탄을 금치 못했다.

"거기까지 생각했단 말이야? 역시 Y대 나온 여자답네."

"훗. 내 진가를 인정하는 부분? 난 정말 그런 편견이 싫어."

"편견?"

"가슴 큰 여자는 무식하다는 속설. 여기 그 반례가 떡하니 있는데도 말야."

그녀가 가슴을 언급하자 태랑은 자기도 모르게 가슴 쪽으로 시선을 돌아갔다. 어찌나 발육이 뛰어난지(?) 블라우스 단추가 압박으로 틈이 벌어질 지경이었다. 태랑은 민망함에 곧바로 고개를 돌렸다.

"흠흠. 암튼 나도 은숙이 말에 동의해. 내가 본 미래에선 인간은 강해질수록 더 분열하게 됐어. 저번에 말한 군주니 뭐니 하고 편을 갈라 싸우게 되는 시점도 어느 정도 몬스터에 대한 통제력을 갖춘 이후의 일이었거든. 힘을 갖추고 나니까 생존의 문제보다, 권력 다툼에 빠지게 된 거지."

"흠… 그렇군요. 근데 어쩌다 이 얘기까지 하게 된 거죠. 아 맞다 민준이형 스킬 말하고 있었지?"

대화가 옆으로 빠진 것에 책임을 느낀 은숙이 새로운 의견을 냈다.

"스킬북 같은 것을 구해 보는 건 어떨까? 그건 원하는 스킬을 골라 배울 수 있으니까, 불확실성을 줄일 수 있잖아."

태랑이 대답했다.

"좋은 생각인데 살짝 문제가 있어."

"무슨 문제?"

"현재 가장 좋은 건 블링크 능력을 가진 괴수를 쓰러뜨려서 그 스킬을 습득하는 거야. 하지만 스킬북을 떨구는 건 F급 이상부터잖아. 스킬 스크롤도 최하 E급이고"

민준이 고개를 끄덕였다.

"만만치 않겠군."

"게다가 F급 이상 몬스터 중 블링크 스킬을 쓰는 놈들은 너무 강해. 당장 떠오르는 것만 G급 몬스터 '스펙터'나 '자이언트 리노' 정돈데…."

"그게 뭐에요? 이름만 들어선 잘 모르겠어요."

처음 듣는 몬스터 이름에 유화가 되물었다.

"응, 스펙터는 사령(死靈)같은 거야. 스크림 가면 쓴 유령을 떠올리면 비슷해. 벽을 마음대로 뚫고 다니는 유체화 특성을 가진데다 블링크기술까지 보유하고 있어서 사냥법이 무척 까다로워."

"유령이라고? 그거 죽일 수는 있는 거야?"

"놈은 신성계열(Holy) 마법에 극심한 타격을 입어. 그래서 해당 장비를 갖춘 상태에서만 사냥해야 해. 물론 장비가 있다고 해도 절대 쉬운 상대는 아니지만."

"자이언트 리노는?"

"그건 코뿔소 형태의 몬스터."

"코뿔소요? 그 정도면…."

"근데 엄청 커. 코끼리보다 더 클걸?"

"헉! 진짜요?"

"거대화 괴수 종류인데다가 블링크를 쓰면서 돌격하기 때문에 엄청나게 까다로운 괴물이야."

"그렇게 크다구요? 그런 놈을 어떻게 상대하지?"

"다행히 자이언트 리노는 우리나라에 없어. 중국이랑 러시아 국경 부근에 있는 걸로 알고 있어. 모든 괴수가 다 한국에 모여 있진 않으니까."

"휴. 그나마 다행이네."

"근데 G급 아래로 다른 몬스터는 없는 거야?"

"블링크 쓰는 하급 몬스터야 많지. 대표적으로 버그 베어 같은 거. 근데 놈을 죽인다고 스킬북을 주진 않잖아. 의미가 없어."

"흠, 스킬북을 통해 얻는 건 무리라는 소린가…."

태랑은 실망하는 민준을 보며 다른 제안을 했다.

"꼭 블링크 스킬만 고집할 게 아니면, 다른 방법도 있어."

"뭔데?"

모두의 이목이 태랑에게 집중되었다.

"신속의 물약을 이용하는 거지."

"신속의 물약?"

"재생의 묘약 같은 조합 아이템인데, 그걸 마시면 일시적으로 헤이스트나 가속을 건 것처럼 움직임이 빨라지거든. 블링크 만 못해도 충분히 효과 있을걸."

의기소침해 있던 민준의 눈빛이 다시 반짝거렸다. 스킬을 얻는 편이 가장 좋지만, 차선책으로 충분히 괜찮아 보였다.

"그건 어떻게 하면 구할 수 있어?"

"조합법 자체는 어렵지 않아. 재료 중 몇 개는 우리가 갖고 있기도 하고. 음, 아마 2개 정도만 더 구하면 만들어 낼 수 있겠다."

"그럼 그거 구하러 가자."

태랑이 재료를 구할 방법을 떠올리다가 난색을 표했다.

"맞다. 그러고 보니 재료 중 하나를 구하기가 좀 어려울 것 같아."

"왜? 몬스터가 강력해서?"

"아니, 도시가 아니라 해변 쪽에만 서식하거든."

"바닷가라…."

아무리 오토바이가 생겼다고 한들 거리가 너무 멀었다. 중간중간 충전도 해야 하는 전기 오토바이의 특성을 고려하면 굉장히 골치 아픈 여정이 될 것이다.

더구나 자신이 필요로 하는 아이템 재료 하나 때문에 계획에도 없는 레이드를 요구하는 것도 너무 염치없는 태도였다.

그때 조용히 듣고만 있던 슬아가 모처럼 입을 열었다.

"오빠, 아까 말한 그 마켓은 어때요?"

"마켓? 아, 블랙 마켓?"

"네. 거기서 아이템 거래도 한다면서요. 혹시 필요한 재료를 구할 수도 있지 않을까요?"

그 말에 태랑이 손가락을 튕겼다.

생각해 보니 모든 아이템을 직접 공수할 필욘 없다. 활동

지역에 따라 상대적으로 구하기 어려운 아이템의 경우, 트레이드를 통해 구하는 방법도 존재했다.

"슬아 좋은 아이디어다. 내가 왜 그 생각을 못 했지?"

"아니에요, 오빠가 아까 말해주셨잖아요."

"말 나온 김에 우리 블랙 마켓 한번 이용해 볼래?"

태랑은 블랙 마켓에 대해 언급했다.

"잘됐네. 요새 계속 레이드 게시판 뒤지는데 고급 정보가 거의 안 올라오더라고. 마켓에 가면 정보상도 있으니까 노트북에 대한 단서도 찾을 수 있을 거야."

"근데 블랙 마켓이 어디에 있는 건데요?"

"아직 소식 없는데 조만간 게시판에 하나 뜰 거 같아."

한모가 물었다.

"태랑아, 혹시 거그서 아티펙트도 파냐?"

"네, 형님. 왜요?"

"아니 무기가 자꼬 상해븐께, 아티펙트 무기라도 구할까 해서. 슬아가 가진 아티펙트 단검은 신기하게 날도 잘 안 상하더라고."

"아무래도 아티펙트는 마법 효과가 걸려있으니 내구성이 좋죠. 그럼 봐서 아티펙트도 사는 것으로 해요. 매물이 얼마나 있을지는 모르겠지만."

수현이 조심스럽게 물었다.

"근데 비싸지 않을까요? 아티펙트든 아이템이든…."

"돈이 차고 넘치는데 무슨 걱정이야? 까먹었어? 흑랑 길드 털면서 보석이다 뭐다 싹 다 챙겼잖아."

"아, 맞다. 이제 우리 부자였죠?"

"어쨌든 블랙 마켓에 가야 될 이유는 많네. 소식 뜨는 대로 바로 움직이도록 하자. 오토바이도 있으니까 어지간한 거리는 모두 커버할 수 있을 거야."

"네."

"그럼 남는 시간 동안 훈련이나 하자."

"누나, 우리도 훈련하러 가요."

"응, 알았어."

한동안은 반복된 생활이 이어졌다. 세이버 클랜 일원들은 훈련과 휴식을 반복하며 성장에 열을 올렸다.

태랑은 지난번 민준의 태도를 보고 느끼는 바가 많았다.

'민준이는 자신이 해치운 상대에게서도 고칠 점부터 생각했어. 그런데 나는 싸움에 져놓고도 너무 반성이 없었던 것 같아.'

당시 태랑은 흑랑 길드의 마스터 김윤동과의 대결에서 완패 했다. 위기의 순간 동료들이 합세하지 않았더라면 분명 큰 화를 입었을 것이다.

'소환술은 장점이 분명하지만 약점도 많은 기술이야. 특히 김윤동처럼 강력한 육탄전 능력을 가진 상대가 소환사인

나를 노리고 들어올 경우엔 꼼짝없이 당하게 말지.'

대체로 지능이 낮은 몬스터들은 소환사보다 눈앞의 소환수에 시선이 팔렸다. 하지만 전투 지능을 가진 중급 몬스터나, 맨이터와 같은 인간은 곧바로 약점을 간파했다.

'결국 내 스스로 강해지지 않으면 안 돼.'

태랑은 김윤동을 상대하던 당시의 유화를 떠올렸다.

그녀는 김윤동의 절반밖에 안 되는 포스로도 그를 압도하는 모습을 보였다. 그것은 근접전 마스터라는 고유의 특성에 기인한 것이었다.

상대에 따른 상성 역시 중요한 것임을 깨닫게 하는 부분.

'…나중에 듣기로 염동력자를 상대할 적엔 무척 고전했다고 그랬어. 유화는 달라붙지 못하면 힘을 발휘하지 못하는 타입. 반면 나는 상대가 달라붙을수록 불리해 지지.'

태랑의 당면과제는 둘 사이의 균형을 맞추는 일이었다. 지금은 쉽게 말해 반쪽짜리나 마찬가지.

'민준이 말대로 빤히 보이는 약점을 언제까지 안고 갈 순 없어. 극악의 상성을 가진 상대와 싸우는 상황은 언제든 다시 발생할 테니까. 하루빨리 '불카투스의 화신' 스킬을 끌어 올려야 돼.'

태랑은 스텟창을 띄워 불카투스 스킬의 상세 설명을 확인했다.

+불카토스의 아티펙트를 사용할 시 공격력 500% 증가.

'무기를 구할 수 있다면 그게 최선인데….'

불카토스의 아티펙트란 백병전의 황제로 알려진 불카토스의 애병(愛兵) 다섯 가지를 의미한다.

각기 단창(槍), 각궁(弓), 쌍부(斧), 대도(刀), 마검(劍)으로, 위의 무기를 들고 스킬을 펼칠 경우 공격력 수치를 놀라울 만큼 상승시킬 수 있었다.

'문제는 불카토스의 아티펙트를 구하기가 무척 어렵다는 거야. 이건 레젼드급 무기니까….'

태랑의 기억에 의하면 레젼드급 아티펙트는 획득이 쉽지 않은 물건이었다.

일반적인 몬스터 사냥으론 드랍 확률이 최악이다.

그나마 확률 높은 방법은 '차원의 방랑자' 라 불리는 디멘션 워커를 해치운 다음, 놈이 머리에 이고 다니는 '게이트' 를 넘어가 구해야 한다.

게이트 너머는 일종의 이면세계인데, 입장을 하게 되면 클리어 조건 완수 전까지 출구가 생성되지 않는다.

그곳의 존재를 깨달은 사람들은 이면세계가 몬스터들이 건너온 땅의 일부일 거라고 추정했다. 물론 비밀을 밝혀낸 사람은 아무도 없었다.

태랑의 설정집에서도 이면세계를 가리켜 '세상 너머의 던전' 이라고 부를 뿐, 몬스터와의 구체적 연결 고리는 여전히 베일에 싸여 있었다.

애초에 몬스터가 지구를 침공해온 이유부터가 불확실한 마당에, 모든 추측은 무의미한 것이었다. 미래를 먼저 들여

다본 태랑조차 그 점에 대해 무지하긴 마찬가지.

'전설급 아티펙트 대부분은 차원게이트 너머에서만 발견되지. 하지만 아직 그곳을 클리어 할 역량이 부족한 게 사실이야. 자칫 공간의 미아로 전락해 버릴지도 모르니.'

따라서 지금 시점에서 불카투스의 무기를 구하는 것은 불가능에 가까웠다. 그것은 충분히 성장을 거친 후 도전할 부분이었다.

즉 언젠간 꼭 해야 하지만, 지금은 아닌 그런 종류의 일.

'물론 그렇다고 다른 방법이 없는 건 아냐.'

태랑은 스킬 설명 아래에 적힌 상세 설명을 떠올렸다.

+1Lv 랜스 마스터(숙련도 : 8%)

-숙련도를 25% 채울 때마다 특수기가 개방됨.

-25/100 달성 시 특수기 '삼조격'

+2Lv 아처리 마스터(숙련도 : 3%)

-숙련도를 25% 채울 때마다 특수기가 개방됨.

-25/100 달성 시 특수기 '다발사격'

무기술 스킬의 경우, 숙련도라는 항목이 별도 존재했다. 현재는 스킬의 사용 빈도가 적어 숙련도가 낮은 상태.

숙련도를 올리게 되면 해당 마스터리의 특수기 사용이 가능해질뿐더러, 스킬 위력 또한 늘어나는 장점이 있다. 따라서 당장 숙련도부터 끌어올리는 것이 관건이었다.

'이건 민준에게 부탁해야 겠군.'

태랑은 민준을 찾아갔다.

"…대련을 해달라고?"

"응. 스킬 숙련도를 높이려면 실전 같은 훈련이 최선이거든. 혼자 아무리 창을 휘두르고 활을 쏴봐야 한계가 분명해."

"흠… 훈련도 좋지만 그러다 다치기라도 하면 어쩌려고?"

"그러니까 목검으로 하자는 거지. 나도 나무창으로 할게."

태랑은 한모에게 부탁한 목검을 민준에게 건냈다. 자신은 파이크 부분을 뭉특하게 다듬은 나무창을 꺼내 들었다.

민준은 목검을 받아 들고 몇 번 휘두르더니 진지한 표정으로 말했다.

"베이지만 않을 뿐이지 목검 역시 살상력은 비슷하다는 거 알고 있지? 알아서 조심해. 마스터라고 봐주는 거 없다."

"나야말로. 대련이라고 살살하진 않아."

태랑은 민준과 대련을 거듭하며 창술의 숙련도를 끌어올렸다.

확실히 실전에비해 오르는 속도는 더뎠지만 나름 성과가 있는지 일주일 동안 창술의 숙련도를 10% 향상 시킬 수 있었다.

궁술 연습은 슬아가 도왔다. 아무래도 고정된 과녁을맞추는 것보다 이동표적 쪽이 숙련도를 올리기 좋았다.

슬아는 커다란 타워 쉴드로 몸을 가린 채 가속과 도약을 발휘해 도망다녔다. 물론 그녀의 훈련내용은 '회피' 였다.

"와, 한번을 안 맞네."

태랑의 빙궁이 또다시 허공을 갈랐다. 슬아의 움직임은 신출 귀몰에 가까워 예측사격조차 불가능했다.

얼음 화살이 재생성 되기를 기다리며 태랑이 소리쳤다.

"슬아야, 너 혹시 보고 피하는 거야?"

"네."

"어떻게 그게 가능해?"

"오빠 눈을 보면 되죠."

"눈?"

"쏠 곳을 미리 보고 있잖아요."

"아! 그런 거였어?"

태랑은 슬아의 충고에 깨달은 바가 있었다.

"다시 간다."

"네."

이번에는 방향을 들키지 않기 위해 왼쪽을 쳐다보다 갑작스레 오른쪽으로 화살을 날렸다. 그녀는 종전대로 태랑의 눈만 보고 피하다가 화살에 맞고 말았다.

쾅-!

방패가 충격을 흡수했지만 산탄처럼 퍼지는 얼음 파편이 가려지지 않은 부분에 적중했다.

"윽."

태랑은 슬아가 쓰러진 것을 보고 화들짝 놀라 뛰어갔다.

"슬아야, 괜찮아?"

슬아는 주저앉아 발목을 감싸 쥐었다.

"…아파요."

"미안! 설마 진짜로 맞을 줄은…."

그녀가 상처를 확인 차 바지를 끌어 올렸으나 몸에 달라붙는 츄리닝이라 잘 올라가지 않았다. 태랑이 맞은편에 앉아서 그녀를 도왔다.

"여기 지퍼 올리면 되겠다."

바지 밑단 사이드엔 지퍼가 달려 있었다. 태랑이 무심결에 지퍼를 끝까지 밀어 올렸다. 그 바람에 바지가 양갈래로 벌어지며 무릎 위까지 노출되었다.

"어머!"

"아앗 시, 실수야."

새하얀 다리를 드러낸 슬아가 부끄러운지 시선을 피했다. 태랑은 다시 지퍼를 내리려다 무릎에 난 흉터를 보게 되었다.

그것은 화상 자국이었다.

"어? 여긴 어쩌다 다쳤어?"

"…어렸을 때 교통사고로요."

"아… 그 사고."

당시 슬아는 구사일생으로 목숨을 건졌지만, 다리에 화상을 입었다. 다행히 기능엔 지장이 없었지만 그 때문에 항상 긴 바지를 입어야 했다.

"음, 파편이 발목에 맞았구나. 살짝 부은 것 같아."

태랑이 발목을 어루만지자 민망해진 슬아는 무릎을 가슴까지 끌어안고 고개를 파묻었다.

"…부끄러워요."

"왜?"

"흉터말이에요. 그것 때문에 치마도 못 입었는데…."

태랑이 슬아를 위로했다.

"괜찮아. 다친 게 네 잘못은 아니잖아."

"그래두요…."

"근데 슬아 너 다리 되게 예쁘네. 모델 같아."

"…네?"

슬아의 얼굴이 잘 익은 홍시처럼 새빨개졌다. 칭찬에 어쩔 줄 모르고 당황하는 모습이, 풋풋한 소녀같은 느낌을 줬다.

"운동해서 그런가보네. 정말 늘씬해."

"아이참… 그만해요, 오빠. 민망해요."

슬아는 쑥스러워 하면서도 왠지 기분이 좋아보였다.

태랑과 단둘이 훈련하는 시간은 참으로 행복했다.

세상이 혼란스러웠지만 이대로라면 더 바랄 게 없었다.

“이제 좀 주먹에 힘이 실리는데?”

미트를 잡고 수현의 펀치를 받아내던 유화가 말했다. 수현은 유화의 칭찬에 살짝 입꼬리가 올라갔다.

‘드디어 누나한테 칭찬받았어! 고생한 보람이 있구나.’

“자, 그럼 원투 숙이고 해봐.”

“넷!”

수현이 씩씩하게 대답하며 다시 주먹을 날렸다. 원투 스트레이트 후 더킹으로 주먹을 회피하는 연속 동작.

수현은 빠르게 원투를 뻗어낸 뒤 앞발을 한 보 전진하며 무릎을 굽혀 왼쪽 방향으로 비스듬히 몸을 기울였다. 머리 위로 유화의 미트가 지나치는 소리가 들렸다.

‘오케이. 그럼 다시 일어서서, 원투를….’

퍽-!

상체를 일으키던 수현은 한 번 더 휘둘러지던 미트에 콧잔등을 얻어맞고 나가떨어졌다.

“으윽.”

“야! 보지도 않고 무작정 들어오면 어떡해! …괘, 괜찮니?”

수현은 대자로 뻗어 누워 쌍코피를 흘리고 있었다. 유화는 피를 보고 놀라서 목에 두른 수건을 풀어 그의 코를 틀어막았다.

"으이구! 진짜 내가 못 살아."

그런데 수현은 코피를 쏟으면서도 헤벌쭉 웃는 것이었다.

"야! 쌍코피 터지곤 뭐가 좋다고 웃니?"

'아… 수건에 누나 땀 냄새… 이대로 계속 뻗어 있구 싶다.'

"아, 아니에요. 죄송해요. 제가 너무 둔해서."

어느 정도 지혈이 이루어지자 수현이 금세 몸을 일으켰다. 유화는 억지로 일어나는 수현의 이마를 눌러 다시 넘어뜨렸다.

"가만히 있어. 좀 쉬면서 해. 어제도 밤새 연습했잖아."

"보셨어요?"

"우연히 담배 피러 나갔다가. 어찌나 샌드백을 두들기던지… 열심히 하는 것도 좋지만 그러다 몸 상한다 너."

"…어쩔 수 없잖아요."

"응?"

"재능도 없는데, 열심히까지 안 하면 도저히 따라잡을 수 없으니까."

유화가 의아한 눈으로 수현을 쳐다보았다.

"따라잡다니? 누굴?"

'누구긴요, 태랑이 형이지.'

그는 목구멍까지 튀어 나온 말을 억지로 삼키며 둘러대었다.

"…모두 다요. 여기선 제가 제일 약하잖아요. 저도 얼른 강해지고 싶어요."

'강해져서, 누나 마음에 꼭 들고 말 거에요.'

유화는 그런 수현이 대견스러웠다.

소극적이고 샌님 같던 눈빛에 조금씩 기합이 들어가고 있었다. 어려서부터 운동을 배웠던 유화는 그런 도전적인 눈빛을 좋아했다.

노력, 끈기, 포기하지 않는 근성.

재능이 아무리 뛰어난들, 결국 승리의 영광은 남보다 한 방울의 땀이라도 더 흘린 사람의 차지라 믿었다.

그녀는 땀의 가치를 소중히 생각했고, 최선을 다하는 사람들을 좋아했다. 처음엔 성에 안 차던 수현이었지만, 시간이 지날수록 점점 마음에 들었다.

유화가 누워있는 수현의 배에 일장을 갈겼다.

팡-!

"야, 말로만 까불지 말고 얼른 일어나! 아직 할 만 한가 본데, 아주 입에 단내가 나게 굴려 줄 테니!"

"네, 넵!"

수현은 손찌검 한방에 내장이 뒤틀리는 기분이었으나 애써 태연한 척 참았다. 그녀는 가끔 자신이 가진 특성의 위력을 간과하는 버릇이 있다.

'…마, 맞아도 좋아. 누나의 손길이라면 얼마든지.'

왠지 피학적인 성향을 가진 수현이었다.

"나 요즘 욕구불만 인가봐."

숫돌에 날을 갈고 있던 한모의 손길이 뚝– 멈췄다.

"엉? 뭐라고?"

"아니, 애들 눈치 보느라 안 한지 꽤 됐잖아."

한모는 도발적인 포즈로 의자를 돌려 앉은 은숙 쪽을 쳐다보더니 다시 묵묵히 칼을 갈았다. 왠지 자신을 무시하는 모습에 은숙이 발끈했다.

"한모씨, 아니 오빠! 내 말 듣긴 한 거야?"

"나 아직 귀 안 멀었다잉."

"근데 왜 반응을 안 해?"

"아따, 가스나 거 남사스럽게… 꼭 남 작업하는데 와서 그래야 겄냐잉. 오늘까지 만들 무기가 산더미여."

"여기가 어때서? 애들도 밖에서 훈련 중이라 우리밖에 없는데."

"아즉 한참 대낮이여야 이것아. 해가 중천이라고!"

"그걸 밤에만 하란 법이 있어? 애들 들어오면 어차피 못하잖아. 어때 오랜만에?"

무기를 만드는데 여념이 없던 한모가 끝내 몸을 떨치고

일어섰다.

"아따, 요거슬 그냥 꾹꾹 눌러줘 부러야겄네. 그래야 귀찮게 안 하제."

"흥, 나 누군지 몰라? 레이첼이야."

한모가 두 팔을 활짝 벌리자 은숙이 폴짝 그에게 매달렸다. 목 뒤로 깍지를 긴 모습이 나무에 매달린 원숭이 같은 자세였다.

이어 한모가 은숙의 엉덩이를 받쳐 들자 은숙의 다리가 빨판처럼 그의 허리를 휘감았다.

바로 그 순간, 작업실 문이 벌컥 열렸다.

"아저씨, 저번에 말한 그…."

선정적인 장면에 유화가 돌처럼 딱딱히 굳었다. 동공이 확대되고 숨이 멎으며 머릿속이 하얘졌다.

"…그…어… 그러니까… 하, 하던 거 마저 하세요. 죄, 죄송합니다!"

유화는 못 볼 꼴을 본 사람처럼 도망쳐 나왔다. 김 샌 은숙이 포즈를 풀더니 바로 섰다.

"에이씨, 유화 재는 노크도 없이!"

"뭐여? 갈라고? 사나이 가슴에 불을 당겼으믄 꺼주고 가야제!"

"그건 나중에 하고, 일단 유화 좀 보고 올게."

"뭐덜라고 근다냥잉? 애도 아니고. 짜도 다 이해할 거여."

한모가 돌아서는 은숙의 손목을 붙잡았다. 은숙이 조심스럽게 팔목을 뿌리치며 대답했다.

"아직 애야. 저번에 물어보니 진짜 천연기념물이더라고. 많이 놀랐을 거야."

"그려? 워매 별 일이 다있구만. 말 만한 가스나가 아다라니."

"암튼 나중에 새벽에 봐."

은숙은 곧장 달려나가 유화를 찾았다. 유화는 지하 세탁실 구석에 쭈그려 앉아 있었다.

"여기서 뭐해?"

부끄러워진 유화가 고개를 푹 숙였다.

"언니, 제가 진짜루 죄송해요. 일부러 그런 거 아니에요. 알죠?"

"알지. 우리도 네가 올지는 몰랐어. 많이 놀랬어?"

"…네."

"한모씨랑 난 애인 사이잖아. 건강한 남녀는 충분히 그럴 수 있는 거야. 이해해줘."

"그, 그래요?"

은숙은 충격받은 유화를 달래며 자연스럽게 화제를 돌렸다.

"태랑이는 어때?"

"오빠요?"

"응, 가끔 둘이 담배도 피잖아. 아무 일 없어?"

"저흰 그냥 얘기만 하는데요. 오늘 훈련은 어땠느니, 블랙 마켓은 언제 열리느니…."

"그럼 태랑이가 문제네."

"네?"

"이렇게 예쁜 여자 친구를 놔두고, 건드리지도 않는단 말이야?"

"언니! 민망하게…."

유화가 파닥거리며 손사래를 치자 은숙은 더욱 집요하게 물고 늘어졌다.

"스킨쉽은 남녀 사이에 윤활제 같은 거야. 왜 기계도 삐그덕 거리면 기름 치잖아. 니들 뭐 플라토닉 러브하니?"

"흠… 꼭 그런 건 아니지만…."

"걔 혹시 고자는 아니지? 확인은 해 봤어?"

"서, 설마요! 그런 얘긴 그만 해요!"

아무리 친한 사이라지만 낯 뜨거운 주제가 계속되자 유화가 버럭 했다. 그녀는 보기 드문 순결 주의자였고, 되도록 그런 쪽에 관심을 안 가지려 애쓰는 타입이었다.

"흐응. 너 자꾸 그러다 태랑이 뺏기기라도 하면 어쩌려고?"

"뺏기다뇨?"

유화의 눈이 놀란 다람쥐처럼 휘둥그레졌다.

"남녀 사이는 절대 장담 못 하는 거야. 특히 이렇게 혼란스러운 세상이면 더 그렇지. 왜 실제로 전쟁 중에 인간의 성욕이 가장 높아진다잖아. 언제 죽을지 모르니까 번식 욕구가 강해지는 거지."

"오빠는 그런 사람 아니에요."

"물론 태랑인 바람둥이랑 거리가 멀지. 근데 내가 남자에 대해서 좀 아는 편인데, 오는 여자 막는 남잔 없더라."

"……."

"그렇게 밍기적대다가 슬아가 먼저 사고라도 치면 어쩔 건데? 원래 남녀사인 떡 정이 가장 무서운…."

"언니이이이이! 제발 쫌!"

"알았어, 알았다고. 계집애 소리지르긴. 그러니까 내 말은, 니가 먼저 분발하란 소리야. 태랑이 머릿속엔 온통 세상을 구할 생각뿐이잖아. 가만 놔두면 계속 그 모양일 걸? 솔직히 여자가 꼭 수동적이어야 할 필요 있니? 니가 먼저 자빠뜨려버려. 언 놈이 너 같은 꿀벅지를 마다하겠어? 주면 땡큐지."

"진짜… 민망해서 더는 못 듣겠어요. 저 먼저 가볼게요."

유화가 도망치듯 세탁실을 빠져나갔다. 은숙은 드럼 세탁기 위에 걸터앉더니 혼자 중얼거렸다.

"이 정도면 좀 자극이 됐으려나? 하여간 저 쑥맥들 어휴."

그러다 다리를 앞뒤로 까딱거리며 생각했다.

"어? 여기도 괜찮겠는데? 탈수기 돌려놓고… 흐응…."

느닷없이 19금 상상에 빠져든 은숙이었다.

❖ ❖ ❖

그날 저녁 티타임 시간.

모두가 한데 모여 휴식을 취하는데 수현이 헐레벌떡 뛰어왔다.

“떴어요!”

“뭐가, 비행기라도?”

“아니요! 블랙 마켓 공지요.”

“진짜? 시간 장소는?

수현은 혹시 까먹을까봐 프린트 해온 종이를 들이밀었다.

“여기요!”

인쇄된 종이에는 다음과 같이 적혀 있었다.

〈블랙 마켓 개최 알림〉

주최 : 막고라 길드

시간 : 내일 11:00~18:00

장소 : 올림픽 공원, 88잔디마당

중계 수수료 : 구매대금의 25%(구매자 일체부담)

-다운 계약 적발 시 과징금 200% 부과

-상습범의 경우 블랙리스트 등재

기타 사항

*안전지대 확보.

*지문인식을 통한 신원확인.

*블랙리스트 적발 시 현장 사살.

"이게 공지야? 되게 심플한데?"

"막고라 길드? 무슨 길드 이름이 저러냐? 막 지었나?"

길드 정보를 꿰고 있는 수현이 지식을 뽐냈다.

"막고라 길드는 4개 클랜이 연합한 거대 길드에요. 송파구를 근거지로 하고 있고, 주변 평판도 나름 괜찮았던 걸로 기억해요."

"근디 이름이 왜 막고라여? 막걸리도 아니고."

"아… 그건 '막고라' 길드의 길드장 선출방식에서 유래한 거래요."

"그게 뭔데?"

"그러니까 '막고라'의 의미는 외국 소설에 나오는 '일기토'랑 유사한 거예요. 힘을 숭상하는 오크 부족의 의사결정 방식을 의미하죠."

"오크? 한마디로 판타지 소설에서 따왔다는 거네?"

"그렇죠. 길드장을 선출할 때 실제로 '막고라'를 통해서 뽑았다고 해요. 임기는 총 1년까진데, 다음번에도 막고라로 결정한다나? 암튼 그래서 막고라 길드라고 불려요."

태랑 역시 기억을 더듬었다.

"막고라의 길드 마스터는 나도 아는 사람이야."

"설마 소설속에 등장 해?"

은숙이 놀라서 되물었다. 어지간한 특성의 보유자가 아니면 언급도 안 되는 것으로 보아 굉장한 강자가 분명했다.

"응. 이름은 박성규, 별명은 불꽃의 연금술사. 마법사 계열인데 마나코스트를 점감 받는 희귀한 특성으로 엄청난 화력을 뿜어낼 수 있어. 〈1차 클랜 마스터 대회의〉 당시, 가장 많은 헌터 세력을 끌고 온 것으로 기록되어 있어."

"히야. 불꽃의 연금술사라니… 별명부터 간지나네."

"어쨌든 호인이라는 소리잖아? 그 회의에 모였던 사람들은 적어도 인류를 구원하려는 목적이 뚜렷하다면서."

태랑이 살짝 쓴웃음을 지었다.

"'1차' 때 까지는 그랬지. 연합 전선을 구축하고, 지역 방어 개념을 만들어 책임 클랜을 할당하고…."

"그럼 혹시 2차 땐 문제가 생겨?"

"2년 뒤에 열린 2차 대회의는 명칭부터 바뀌게 돼. 1차 때도 길드 마스터들이 있었지만, 어쨌든 '클랜'이 주도했거든."

"그럼 2차 부턴 길드마스터 대회의?"

"아니, 군주 대회의."

"군주? 클랜이 연합하면 길드, 길드가 뭉쳐서 군주로 나가는거 아냐?"

"응. 정확해."

"근데 어떻게 바로 그렇게 도약을 해?"

"기반을 잡은 클랜들이 급속도로 세를 불려 나가면서

그렇게 됐어. 좀 있으면 수 천개에 달했던 클랜들이 자연스럽게 통합을 시작할 거야. 조그만 눈덩이가 어느 순간 급속도로 팽창하는 것처럼, 길드에서 군주에 이르는 과정이 불과 1년 남짓한 사이 모두 정리되어 버리지."

"와… 장난 아닌데? 그거 스노우 볼링 효과구나."

"문제는 2차 대회의부터, 아니 그 전부터 사냥터를 두고 다투던 세력 사이에 충돌이 벌어져. 몬스터 퇴치보다는 군주끼리의 반목과 갈등이 심화 되는 거지. 생필품이든, 아이템이든 혹은 아티펙트든. 재화는 한정되고 각성자는 차고 넘치니까."

"아하… 그럼 박성규는 어떤 사람이야? 끝까지 좋아?"

태랑은 씁쓸한 표정으로 캐릭터 시트에 적혀 있던 인물평을 떠올렸다.

"글쎄… 좋고 나쁘다고 할 게 있을까? 어쨌든 그는 자신의 세력을 유지하기 위해 노력한 사람이었어. 노른자 사냥터라 불리는 강남에 터를 잡고 서울 남서부 일대를 굳건히 지켜내지. 부하들의 입장에선 좋은 군주가 맞지. 하지만 그의 집단이기주의가 인류에게 도움이 되었는지 묻는다면… 글쎄."

군주들의 세력 다툼이 만연하자, 태랑은 별도의 특공대를 조직 홀로 커널을 파괴하기 위해 나선다. 오로지 그만이 커널의 폭발력을 주시했고, 커널을 파괴하는 것이 무엇보다 중요한 일임을 깨달았다.

그래서 소설 속 주인공의 싸움은 늘 외로웠다.

태랑은 앞으로의 미래가 그렇게 흘러가지 않기를 바랐다.

그때 민준이 테이블에 펼친 서울시 지도를 짚으며 말했다.

"올림픽 공원이면 주변에 지하철이나 고층빌딩이 별로 없어서 몬스터는 드물겠네."

"아마 그 때문에 거길 장소로 잡은 거겠지. 안전지대라고 밝힌 걸 보면 인근 던전들도 벌써 정리한 상황일 테고."

"근디 수수료가 허벌라게 쌔네? 25%를 털어 먹는다고? 이거 순 사기꾼들 아녀?"

한모가 수수료율을 보며 한소리 했다. 그가 생각할 때 장소만 제공하고 높은 중개료를 받는 것은 불로소득이나 다름없었다.

태랑이 대답했다.

"주최하는 쪽도 의외로 부담이 커요."

"어째서? 솔직히 까놓고 말해 지네 땅도 아닌디 그냥 좌판만 열어주고 삥 뜯는 거 아녀? 지들이 무슨 조폭이여?"

"푸하, 아저씨가 그 말하니까 디게 웃기다."

"말이 그렇다는 거제. 조폭은 나와바리 관리라도 하잖여. 양아치 설치믄 혼내주고. 진상도 처리해 주고."

태랑이 웃으며 대답했다.

"그거랑 비슷하겠네요. 블랙 마켓을 주최하는 길드 역시, 주변 던전이나 필드 몬스터들을 소탕하고 안전망을 확보하는 일부터 선행하거든요. 반경 1km까진 정리해야되니까 사전 작업만도 쉬운 게 아니죠. 만약 마켓을 열었는데 몬스터 때문에 사고가 터져버리면, 오롯이 길드가 뒤집어쓰게 되거든요. 그럼 그 길드는 두 번 다신 마켓 못 열어요. 신뢰를 잃어버린 거니까."

"아, 그려?"

"게다가 맨이터의 공격도 대비해야 하고, 중간 사기치거나 깽판 치는 사람도 단속해야 하고. 할 일 많죠. 수수료는 안전한 거래를 위해 지불하는 비용이라 생각하면 돼요."

"형, 근데 다운 계약은 뭐에요?"

"그건 실거래보다 적은 값으로 구매하게 해서 고의로 수수료를 낮추는 경우를 말해. 가령 마켓에선 100만원에 거래한 것처럼 꾸민 다음, 자기들끼리 따로 남은 차액을 주고받는 거지. 세금 포탈이랄까."

"와, 별 방법이 다 있네요. 근데 그걸 막을 수 있어요?"

"원천 차단은 불가능하지. 그래서 값비싼 물건은 죄다 경매에 붙여. 경매 방식은 조작이 불가능니까."

"그럼 값싼 물건 위주로 직거래가 되겠네요?"

"그렇지. 그리고 만에 하나 다운 계약이 적발되면 과징금을 크게 물리는 데다, 상습인 경우 블랙리스트에 올리거든. 그럼 그 사람은 어떤 마켓도 이용할 수 없어."

"근데 뭔가 이상한데요? 마켓을 열만한 길드가 많진 않아도, 다른 데서 거래하면 모르지 않을까요?"

"그 때문에 지문인식을 하는 거야. 왜, 경찰들이 가지고 다니던 기계 있잖아. 거기 만 17세 이상 대한민국 국민들 지문 데이터가 모두 등록되어 있거든."

"아하, 그럼 최신화 된 데이터를 게시판을 통해 공유하는 거군요."

"근데 블랙리스트에 오른 사람은 현장사살한다는 데, 그게 그렇게 큰 범죄야? 막말로 지들 돈 때먹었다고 사람을 죽인다는 거야?"

은숙이 물었다.

"블랙리스트는 꼭 불량이용자만 의미하는 게 아냐. 신원이 확인된 맨이터까지 포함하지. 한마디로 맨이터가 되면 블랙 마켓이 원천 차단된다고 봐야 해. 그런 사람들은 사설 암거래 시장밖에는 못 이용해."

"와… 생각보다 철저하구나."

태랑은 얼음이 녹아 밍밍해진 커피를 들이켰다. 너무 설명을 많이 해서 인지 목구멍이 따끔거렸다.

"이처럼 블랙 마켓을 주최하는 쪽은 신경 쓸 게 한 두가지가 아니야. 보안, 고객관리, 물품 경매… 그래도 수수료가 높다 보니 한바탕 치르고 나면 수익이 짭짤한가 보더라고."

"그렇겠지. 거래만 많아지면 돈을 쓸어 담을 테니."

"블랙 마켓의 전신인 공공 거래장이 시절엔 완전 난장판이었나봐. 강도들 득실거리고, 사기꾼에 심지어 맨이터가 매복해 있다가 물건 산 사람들을 죽이고 강탈해 가는 경우도 빈번했지. 그래서 이런 시스템을 구축하게 된 거야."

태랑의 설명에 다들 감탄하는 표정으로 고개를 끄덕였다.

무질서한 세상 속에서도 사람들은 어떻게든 질서를 만들어 냈다. 어쩌면 인간이 가진 가장 뛰어난 점은 이런 부분에 있는지도 몰랐다.

혼돈에 처해 있어도, 끝끝내 바로 잡고 마는.

이후 태랑은 내일의 여정을 체크하며 회의를 마쳤다.

각자는 맡은 분야를 점검하면서 필요한 준비를 서둘렀다.

"오빠, 한 대 피실래요?"

유화가 손에 쥔 볼펜을 입에 가져가며 담배 피우는 시늉을 했다. 그렇잖아도 설명을 많이 해 머리가 아프던 태랑은 흔쾌히 동의했다.

"그래. 나가자."

'어? 근데 유화 입술이 왜케 번들거리지? 립글로즈라도 발랐나?'

태랑은 유난히 반짝이는 유화의 입술을 보고 이상하다는 생각이 들었다.

❖ ❖ ❖

"훈련은 잘 돼가요?"

연구소 옥상은 두 사람의 흡연 공간이었다. 유난히 바람이 부는 이곳은, 담배 냄새가 옷에 배지 않아 좋았다.

"민준인 정말 괴물이야."

"네?"

"순수한 검술 실력만으로 내 스킬에 맞먹더라니까? 과연 소드 마스터라고 불릴 만해."

"민준 오빠 그렇게 세요?"

"시대를 잘못 태어난 거지. 검술이 인정받는 시대였다면, 분명 이름을 날리는 검객이 되었을 거야."

"그렇구나…."

"넌 어때? 수현이 가르치는 건 할 만해?"

유화가 담배를 비벼 끄며 대답했다.

"애가 근성이 좋아요. 눈빛이 살아있다고 할까? 재능이 좀 부족하지만, 결국엔 그런 애들이 성공하더라고요. 어떤 운동을 하든지 간에요."

"근데 적당히 좀 패. 맨날 저녁때 마다 줘어 터져 와서는 은숙이한테 힐링 받더라. 불쌍해 죽겠어."

유화는 태랑이 자신을 비난하는 것 같아 항변했다.

"그, 그게 아니라요, 제가 살짝만 때려도 그렇게 되는 거예요. 저 진짜 사람 안 패요."

"하긴 니 특성이 그러니까. 나도 힘으론 너 못 당할 걸?"

'하아. 난 왜 오빠한테 이런 이미지지?'

유화가 짧게 한숨을 내쉬었다.

차분하고 조용한 슬아나, 섹시하고 가정적인 은숙에 비하면 자신은 너무 털털한 편이었다. 어쩌면 태랑이 자신에게 관심이 부족한 건 그 때문일까?

유화가 체념하듯 말했다.

"…제가 좀 선머슴 같긴 해요."

"아니? 왜 갑자기 그런 소릴 해?"

"남자들하고만 너무 어울려서 그래요. 배구 할 때까진 그래도 괜찮았는데, 격투기 배우다 보니 주변에 죄다 오빠들밖에 없잖아요. 그래서…."

유화가 초조한 표정으로 변명을 늘어놓았다. 태랑은 그런 모습이 귀엽게 느껴졌다. 태랑이 유화에게 다가가 그녀의 머리를 헝클어트렸다.

"아니. 전혀 선머슴 안 같아. 이렇게 귀여운 걸."

"정말요?"

유화가 주인의 관심을 갈구하는 강아지 같은 표정으로 태랑을 바라보았다. 두 사람의 거리가 몹시 가까웠다. 태랑의 시선이 반짝거리는 그녀의 입술에 머물렀다.

"너…."

두근.

'역시! 언니 조언 듣길 잘했어. 옅게 화장하고 틴트 좀

발랐을 뿐인데 평소랑 반응이 다르잖아. 역시 오빠도 어쩔 수 없는 남자였어!'

"네…."

유화가 키스를 기대하며 살포시 눈을 감았다.

마침내 고대하던 순간이 온 것이다.

"입술 텄네? 그거 립글로즈 바른 거니?"

"…예?"

기껏 잡은 무드가 박살 났다.

'아오 짜증나! 눈치 진짜 없네!'

"네, 네… 방안이 좀 건조한가 봐요."

"여자 방이 그렇게 건조해? 젖은 수건이라도 걸어 놓지 그래."

"…그럴게요. 거는 김에 한 열 장 걸게요."

괜히 심술이 난 유화는 옥상 난간에 몸을 기대며 먼 데로 시선을 돌렸다. 석양이 지는 하늘은 어느새 붉게 물들어 있었다.

'오빤 진짜 바보, 멍청이야! 기껏 꾸미고 왔는데 알아보지도 못하고. 난 또 키스하는 줄 알았잖아…어으 쪽팔려.'

그녀가 잔뜩 실망한 순간.

불쑥 태랑이 유화 뒤에 바짝 붙었다. 자연스럽게 그녀를 백허깅하는 자세가 이루어졌다. 예상치 못한 스킨십에 유화가 흠칫 몸을 떨었다.

"헛! 오, 오빠."

"노을 참 예쁘다. 그치?"

태랑의 과감한 행동에 유화가 똥 마려운 강아지처럼 안절부절못했다. 실은 태랑도 진작부터 눈치채고 있던 것이다.

"네… 예뻐요."

"언젠가 몬스터들 다 몰아내고 나면, 이렇게 노을이 지는 풍경에서 너와 단둘이 있고 싶다. 아무런 걱정 없이."

"오, 오빠…."

"내가 좀 서툴고 잘 표현 못 하는 거 알아. 하지만 항상 마음만은 널 생각하고 있어. 미안하고 고마워, 유화야."

"…아니에요. 제가 더 고마워요."

유화의 귓가에 태랑의 목소리가 노래처럼 속삭여졌다. 그녀가 몸을 돌리자 태랑이 입술을 부딪혀왔다.

저녁노을 배경으로 두 사람이 포개졌다.

첫 키스는 살짝 담배 맛이 났다.

다음 날, 세이버 클랜 멤버들은 전기 오토바이를 타고 올림픽 공원으로 향했다.

가는 길에 필드 몬스터를 만날지도 모른다는 생각에 2시간 일찍 출발 했지만 다행히 몬스터와 마주치는 일은 없었다. 무소음의 전기오토바이는 그 값어치를 톡톡히 했다.

올림픽 공원 주변에는 그들처럼 일찍 도착한 무리들이 삼삼오오 모여 있었다.

저마다 무기를 들고, 서로를 경계하는 모습이 대부분 헌터로 보였다.

모든 사람이 헌터가 될 수 있는 세상이라지만, 의외로 헌터라는 직업이 많은 편은 아니었다.

각성자들 중에는 몬스터와 싸우는 게 두려워 멀리 피난을 가거나, 한적한 산골에서 숨어 지내는 사람도 있었다. 부여받은 특성이나 스킬이 부적절해, 생산직에 머무는 경우도 흔했다.

하지만 그중에서도 최악은 맨이터.

몬스터 사냥은 않고, 사람을 사냥하는 살인마.

모든 각성자들의 공적인 동시에, 서로가 서로를 잡아먹는 동족살상도 서슴지 않는 무뢰배들.

낯선 사람을 만나면 경계부터 하게 되는 것도, 누가 맨이터 인지 겉만 봐선 모르기 때문이었다.

"벌써 사람들 참 많네요."

"오는 길목에 막고라 길드가 보초서고 있더라. 잘 보면 손목에 파란색 아대 찬 사람들이 다 막고라 길드야."

"여기엔 맨이터 같은 거 없겠지? 발견 즉시 사살이라고 엄포도 놓았으니."

"막고라 길드가 원체 큰데 누가 감히 덤비겠어?"

"흑랑 길드 같은 패거리가 우르르 공격해 오면 어떡해요?"

유화가 의문을 제기했다.

지난번 상대한 흑랑 길드 역시 맨이터 치곤 상당한 규모를 자랑했다. 인원만 거의 100명에 육박할 정도. 블랙 마켓의 주최 측인 막고라 길드에 조금 못 미치는 덩치였다.

“그건 쉽지 않을 걸?”

태랑이 대답했다.

“이곳을 지키는 사람들이 막고라만 있는 건 아니니까.”

“누가 더 있어요?”

“마켓 이용자들.”

“이용자들?”

“그래. 우리 같은 평범한 고객들. 주변을 봐. 사람들 많지? 이 사람들도 대부분은 헌터야. 맨이터가 공격해 오면 가만있을 사람 누가 있겠어? 당장 우리들만 해도 그렇잖아. 여기 모인 헌터들은 손님인 동시에 막고라 길드와 잠재적인 동맹 관계인 셈이지.”

“오오, 그러고 보니 여기 사람들이 다 같이 편을 먹으면… 어지간한 맨이터들론 엄두도 못 내겠네요.”

“그렇지. 4~5개 넘는 맨이터 길드가 서로 연합맺고 전쟁을 일으키지 않는 이상… 하물며 그마저도 쉽지 않지. 이런 식으로 하루 전에 공지를 날려 치고 빠지는 식으로 운영해 버리니까, 나쁜 놈들이 작당모의 할 시간을 안 주는 거야. 규모가 늘어나는 만큼 중지를 모으는데도 시간이 걸릴 수 밖에 없거든. 맨이터 같은 건 전혀 걱정 안 해도 돼.”

그때 손목에 파란색 아대를 찬 사람이 세이버 클랜으로 다가왔다.

"탈것은 마켓 내로 들어 올 수 없습니다. 공원 주차장을 이용해 주시기 바랍니다."

"도난이나 파손 우려는요?"

"주차창은 마켓 폐장 시까지 길드에서 관리합니다. 안심하십시오."

태랑은 문득 생각나는 게 있어 물었다.

"환전소는 어디 있죠?"

"마켓으로 들어가는 입구 쪽에 길드 직영의 환전소가 있습니다."

설명을 듣고 난 태랑이 팀을 둘로 쪼갰다.

"난 은숙이랑 수현이 데리고 환전하러 다녀올게. 개장 전이라 줄 서야 할지도 몰라. 너희들은 오토바이 주차하고 입구로 와. 못 찾겠음 무전 날리고."

"알았어."

나머지 사람들이 오토바이를 주차하러 간 사이 태랑은 두 사람을 데리고 환전소로 향했다.

은숙은 클랜의 살림꾼으로 재정을 관리하는 입장이었고, 수현은 체력을 기른답시고 본인이 자청해서 무거운 돈 가방을 매고 있었다.

"근데 환전은 왜 하는 거야?"

"원화는 지급보증이 안 돼서 거래 정지됐어. 한국은행도 없어진 마당에 이젠 휴지 조각같은 신세지. 첨에만 잠깐 쓰이다 잠바브웨급 폭등을 겪고 나서부턴 아무도 안 써."

"아, 그렇겠구나. 통화량 관리가 전혀 안 될 테니… 그럼 대체 화폐를 뭘로 바꾼 거야?"

"금화를 써."

"금화? 금으로 만든 동전 말야?"

"응. 물론 정교한 건 아니고 금을 녹여 똑같은 무게로 나눈 거야. 10그램짜리를 가장 많이 쓸걸?"

"10그램이면 얼마지? 3돈 좀 안되나?"

"그쯤 해. 예전 시세로 금화 하나에 50만원 정도? 단위가 좀 쌔지?"

"와, 장난 없네. 완전 중세시대로 리턴한 느낌이야."

"어쩔 수 없지. 지폐는 화폐로서 가치를 잃어버렸고, 다른 금속들은 가공이 어려운 데다 희소성이 안 받쳐주니까. 어쩔 수 없이 금본위제로 회귀한 거야."

"세상에 이런 날이 올 줄이야. 그 말이 맞았어."

"무슨 말?

"금은 절대 배신하지 않는다."

세 사람이 환전소에 도착하자 예상대로 길게 줄이 늘어져 있었다.

"사람이 좀 많은데?"

"이럴 줄 알고 둘로 갈라서 왔는데…."

"좀 기다리지 뭐. 어차피 아직 개장도 안 한 것 같은데."

"근데 수현이 너 안 무겁니? 골드바(Gold Bar)무게가 상당할 텐데?"

은숙의 물음에 수현이 배낭끈을 꽉 붙들어 매며 대답했다.

"괜찮아요. 운동하는 셈 치죠."

"너도 참 열심히 네. 유화한테 줘 터지는 건 싫은가 보지?"

"그게 아니고, 얼른 실력 길러서 쓸모 있는 사람이 되고 싶어서요."

"수현아, 조급해 안 해도 돼. 지금도 충분히 잘하고 있어. 전격계 마법사가 흔한 건 아니잖아."

그때 뒤늦게 도착한 사람 하나가 앞으로 걸어 나왔다. 근육질에 다부진 체격이 눈에 띄는 사내였다.

그는 허리춤에 거대한 박도를 차고 있었는데, 입고 있는 붉은 도복의 소매 끝이 해져 있어 오랜 시간 수련을 쌓은 무도가 느낌을 주었다.

"태랑, 저 사람 봤어?"

"응 방금. 강해 보인다. 무슨 격투게임에서 막 튀어나온 사람 같네."

그는 환전소 직원을 부르더니 뭐라고 말을 나누었다. 그러고는 곧바로 기다리는 사람들을 가로질러 사무실로 직행하는 것이었다.

"어? 뭐야?"

"저 사람 새치기야?"

기다리는 줄에서 웅성거리는 소리가 들려왔지만, 검사가 풍기는 압박감에 감히 누구하나 토다는 사람이 없었다.

"이봐!"

그때 태랑이 나섰다.

그는 질서를 무시하는 행위를 용납할 수 없었다.

"저 사람 왜 곧장 들어가지? 차별이야?"

태랑의 불만에 동조한 사람들로 대기열의 웅성거림이 더욱 커져갔다. 이에 붉은 도복의 검사가 태랑을 한번 쓱 쳐다보았다.

그는 별말 없이 다시 돌아서더니 사무실로 들어갔고, 그를 안내하던 환전소 직원이 대신 해명에 나섰다.

"잘 모르셨나 보군요. VIP 고객의 경우 별도의 환전 서비스를 해드리고 있습니다."

"VIP라고?"

태랑의 반문에 직원이 살짝 비아냥거리는 표정으로 대답했다.

"네. 10억 이상씩 환전하실 분을 같은 줄 세울 순 없지 않겠습니까? 단위가 다르니까요."

직원은 대기열의 불만을 잠재우기 위해 다시 전체를 향해 크게 소리쳤다.

"혹시 여기서 누구든 10억 이상 바꾸실 분들은 지금이라도 저를 따라오시면 됩니다. 본 환전소는 VIP를 위한 서비스를 제공하고 있으니까요."

기를 죽이려는 게 역력한 태도.

사람들의 웅성거림도 거짓말처럼 잦아들었다.

환전 역시 수수료를 남겨 먹는 서비스인 만큼, 고액의 거래자에게 혜택을 부여하는 점을 납득한 것이었다. 요컨대 은행의 PB(Private Banking)서비스 같은?

태랑 역시 상황은 이해했지만 직원의 대응 방식이 고깝게 느껴졌다. 좋게 설명해도 충분히 알아들을 것을 다른 손님들의 기를 죽일 필욘 없지 않는가?

괘씸한 마음에 오기가 생겼다.

그가 은숙에게 물었다.

"우리 돈 얼마나 챙겼지?"

"1Kg짜리 골드바 12개에 보석 약간."

"그럼 한화로 10억은 넘겠지?"

"아마도?"

태랑은 수현이 매고 있던 배낭을 받아 들더니 직원을 향해 집어 던졌다. 직원은 영문도 모르게 가방을 받아 들더니 묵직한 무게에 "어이쿠"하는 비명을 질렀다.

"뭡니까, 이게?"

"가방 확인해."

직원이 배낭을 열더니, 안에 가득 담긴 금괴를 보고 화들짝 놀라 굽신거렸다.

"앗, 죄송합니다. 고객님. 이쪽으로 모시겠습니다."

태랑은 대기열에 기다리던 사람들에게 가볍게 목례한 뒤

직원을 뒤따랐다. 은숙은 어깨를 으쓱했고, 수현도 난감한 표정을 지었다.

직원을 따라 사무실로 이동하자 응접실 쇼파에 아까 그 검사가 앉아 차를 마시고 있었다. 그는 뒤에 들어오는 태랑 일행을 발견하고는 살짝 놀란 표정을 지었다.

태랑 일행이 나란히 쇼파에 앉자 검사가 말을 걸었다.

"여어, 그쪽도 VIP였구만. 통성명이나 합시다. 싸울아비 클랜 공대장 윤대운이요."

"세이버 클랜의 김태랑입니다."

"세이버 클랜? 처음 듣는 이름이군."

대운은 초면에도 불구하고 거리낌이 없었다. 태랑은 건방진 그의 태도에 똑같이 맞대응했다.

"괜찮습니다. 저도 싸울아비는 처음 들으니까."

"정말? 클랜 랭킹에도 올라 있을 텐데?"

"아… 레이드 게시판에서 새롭게 생긴 클랜 랭킹요?"

게시판 담당인 수현이 아는 체를 했다.

"그래. 이번 달 랭킹에서 20위 안에 들었는데 진짜 못 봤어?"

수현은 본 기억이 났지만, 그의 태도가 아니꼬와 금시초문인척했다.

"5위 정돈 들어야 볼까 말까죠. 게다가 그 랭킹은 활동내역을 올린 클랜들만 관리하잖아요. 레이드에 바쁜 클랜들은 게시판 활동할 시간도 없을 걸요."

대운의 얼굴도 점점 굳어갔다. 자신이 볼 땐 이름도 없는 클랜 주제에 어디서 돈 좀 생겼다고 맞먹는 태도가 영 못마땅했다.

"그거야 영세한 클랜들이 하는 소리지. 우리처럼 조직적으로 관리되는 경우엔 게시판 담당을 따로 두고 있거든. 이름이 알려져야 신규대원 모집에 유리하니까. 세이…뭐시기 클랜이랬나? 암튼 자네들도 실적 나는 데로 등록하는 게 좋을 거야."

"세이법니다. 세이 뭐시기가 아니고."

"그거나 그거나."

듣다 못한 은숙이 막 짜증을 내려 했다. 뭐라도 되는 냥 처음 보는 클랜을 향해 이래라 저래라 하는 건 예의가 아니었다.

"오래 기다리셨습니다, 윤대운 공대장님. 환전 완료했습니다."

마침 환전소 직원이 묵직해 보이는 금화 주머니를 가져오자 대운이 냉큼 받아들며 일어섰다.

"그럼 난 입찰할 물건이 있어서 먼저 가지. 파이팅 하게. 세이… 뭐시기들."

태랑은 심기가 불편했지만 시비가 붙고 싶지 않아 무시하기로 했다. 윤대운이 나가자 은숙이 불만을 터뜨렸다.

"짜증나. 태랑, 확 코를 납작하게 눌러주지 그랬어."

"맞아요. 별것도 아닌 것들이 깝쭉 대기는."

수현도 거들었다.

세이버 클랜은 이름만 안 알려졌을 뿐 이제껏 처치한 몬스터만 해도 유수의 클랜들에 비해 결코 뒤지는 편이 아니었다.

다만 태랑은 그런 유치한 순위싸움에 연연하고 싶지 않았다. 그에겐 그보다 중요한 일들이 많았다.

"됐어. 듣보잡 클랜 따위 신경 써서 뭐해. 저렇게 거만한 놈이 공대장이라니, 그 수준 안 봐도 뻔하지."

"우리가 얼마나 강한지 알면 깜짝 놀랄 텐데 말이에요."

"필요하면 실력으로 보여주면 돼. 입이 아니라."

잠시 후 환전소 직원이 수현의 배낭에 금화를 바꿔왔다.

"기다리시게 해서 죄송합니다. 금액이 너무 많아서 시간이 걸렸습니다. 모두 1560골드입니다. 수수료 5%는 제했습니다."

은숙이 바로 따지고 들었다.

"어? 계산이 좀 이상한데? 1골드를 얼마로 잡으신 거죠?"

"현 시세로 1골드에 70만원 가량입니다."

"그렇게나 많아요?"

"어차피 시세라는 건 고객님들의 직관적인 이해를 돕기 위해 가정된 금액에 불과합니다. 차라리 무게로 따지는 편이 빠르지요. 고객님께서 주신 12Kg의 골드바는 정확히 1200골드로 환산되었고, 다이아몬드를 비롯한 보석류의 감정가는 대략 440 골드 가량이었습니다. 저희 환전소의 감정인은 자격증을 갖춘 전문가집단으로 구성되어 있습니다. 원하시면 자격증 사본을 열람하실 수도 있습니다."

"아니 그럴 필요까진 없구요."

설명을 들어보니 계산은 깔끔한 것 같았다.

생각해 보면 주최 측에서 이런걸로 장난치다간 신용에 막대한 타격을 입을 게 뻔하므로, 당연히 철저할 수밖에 없는 부분이기도 했다.

직원이 가져온 수현의 배낭을 열자, 안에 황금색 금화가 가득 담겨 있었다. 방금전 윤대운이 바꿔간 금액보다 훨씬 많았다. 태랑이 물었다.

"골드를 확인 해봐도 되겠습니까?"

"얼마든지요. 저희 막고라 길드가 명예를 걸고 보증하는 금화입니다. 모든 마켓에서 통용되는 규격이니 안심하셔도 됩니다."

태랑은 금화 하나를 꺼내 들어 표면을 살폈다. 붕어빵 틀에 찍혀 나온 듯 단조로운 금화 가운데, 영어로 "MaKgora" 라는 각인이 뚜렷하게 새겨져 있었다.

"상태는 괜찮네요. 나눠 담을 주머니 몇 개만 챙겨 주세요."

"바로 가져다 드리겠습니다."

환전소 직원이 복주머니처럼 생긴 주머니를 들고 오자 태랑이 금화를 한 움큼 집어 각각에 나눠 담았다. 그리고 무전기를 켜고 말했다.

“너희들 지금 어디야? 우린 막 환전 마쳤어. 오버.”

-치짓… 주차 끝내고 마켓 입구에서 기다리고 있다.

“애들 기다리고 있데. 바로 나가자.”

마켓 입구에서 일행과 합류한 태랑은, 사전에 계획된 대로 지시했다.

“어차피 안에서 맨이터를 만날 일은 없을 테니, 각자 역할을 나눠 움직이자. 우르르 뭉쳐 다니는 건 시간 낭비야.”

태랑은 7명의 일행을 모두 3그룹으로 나누었다.

하나는 아이템을 구입하는 민준, 유화, 슬아 팀.

또 하나는 무기 경매에 참가하는 한모, 은숙, 수현 팀.

마지막으로 자신은 정보상에 들르기로 했다.

“아이템은 내가 적어준 리스트 보고 구입하면 돼. 어차피 감식하면 밑에 설명이 뜨니까 헛갈리진 않을 거야. 없으면 어쩔 수 없지만, 있는 데로 최대한 쓸어와. 자 여기.”

태랑이 방근 전 나눠 담은 금화 주머니 하나를 민준에게 주었다. 민준이 금화를 받아 들고 물었다.

“꽤 묵직한데. 얼마야?”

“대충 200골드? 눈대중으로 집어서 정확하진 않아.”

“이 정도로 충분할까?”

“정확한 시세는 잘 모르지만, 길거리에서 파는 아이템 가격은 대충 10골드 미만으로 알고 있어. 그 이상이 되면 경매장으로 넘어가 가든. 바가지 안 쓴다 싶으면 적당한 선에서 매입해.”

"알았어."

이어서 태랑은 배낭을 매고 있는 수현에게 말했다.

"내가 100골드 가량 챙겼으니 나머지는 다 그 가방에 담겨있을 거야."

"그럼 저희가 1300골드 이상 가지고 있는 거예요? 이렇게나 많이 필요할까요?"

"경매에 참여하려면 실탄은 넉넉할수록 좋지. 한모 형님이 무기에 대해 좀 아는 편이니 잘 판단해서 구매 진행하세요."

"태랑이 니는? 암만 그래도 아티펙트 쪽은 니가 더 잘 알잖여?"

"정보상에 들렀다가 바로 경매 쪽으로 넘어갈게요. 어차피 낮은 등급부터 입찰 올리니까 쓸 만한 물건 올라 올 쯤엔 합류할 수 있을 겁니다."

"오케이."

"그리고 아이템 맡은 팀은 발품 좀 팔아야 할 거야. 좌판이 공원 여기저기 흩어져 있어서 리스트에 적힌 걸 다 찾으려면."

"뭐 그 정도로… 우리도 그럼 끝나는 대로 합류할게."

"무전기는 나랑 민준이 한모형님이 들고 있다가 혹시 무슨 일 생기면 서로 연락하자."

세 사람은 주파수를 체크하며 송수신 상태를 점검했다. 군용 무전기처럼 따로 보안이 걸려있지 않아, 혹시나 다른 클랜과 혼선이 되는지 확인하는 것이었다. 다행히 문제는 없었다.

"근디 막고라 길드가 이라고 철통같이 배치되어 있는데 무슨 일 있을라고."

"그게 아니고 사람이 저렇게 많으니 미아 되지 말라 구요."

태랑이 마켓 쪽을 가리키자 벌써 많은 사람들이 북적이고 있었다. 마침 개장을 시작한 마켓은 번잡한 시골 장터같은 풍경이었다.

"와, 이 사람들이 다 어디서 온 거지?"

"한강 이남에 있는 헌터는 죄다 집합했나 봐요. 진짜 많네. 주말 한강변에 나온 거 같아요."

"설마 그렇게까지야 하겠어. 이동수단이 없는 사람들은 다들 도보로 왔을 텐데."

"아무튼 많긴 많다. 아, 저쪽이 출입군 가봐."

은숙이 사람들이 줄서서 기다리는 것을 보고 말했다. 입구는 공항 체크인 창구처럼 여러 개의 줄이 나란히 늘어져 있었다.

막고라 길드원들은 지문 인식기를 들고 입장객들을 일일이 확인하는 중이었다. 세이버 클랜은 비교적 한적해 보이는 라인에 가서 일렬로 줄을 섰다.

"근데 여기도 설마 VIP는 따로 입장하는 건 아니겠죠?"

수현의 말에 민준이 물었다.

"그게 무슨 소리야? VIP라니?"

수현이 환전소에서 있던 일을 언급했다.

"그런 일이 있었어?"

"아따, 고놈 새끼 내 앞에서 깝쳤음 확 싸다구를 날려 브렀을텐디."

"굳이 소란 일으킬 필욘 없어서요. 그러다 막고라 길드에 찍혀 쫓겨나는 수가 있으니까."

여러 군데서 동시 입장을 하고 있음에도 입장객 하나하나 지문인식을 하는 통에 시간이 제법 걸리는 편이었다. 기다리는 중 지루해진 은숙이 태랑에게 물었다.

"판매자들은 벌써 들어가 있는 거야?"

"어, 길드에 판매 신청을 한 사람은 한 시간 일찍 들어가 준비하는 것 같더라."

"우리도 아이템 좀 가져와 팔 걸 그랬나? 안 쓰는 것들도 제법 있잖아."

"아직 조합법이 안 알려져서 그렇지, 조합하기에 따라 상당히 값어치가 높은 물건들도 많아. 돈이 급하지 않는 이상 아이템은 무조건 들고 있는 편이 좋지."

"근데 이러니까 우리 무슨 RPG 게임 하는 것 같아요."

수현이 말했다.

"왜 몬스터 잡아서 아이템 챙기고 그걸 또 모여서 거래하는 게, 무슨 게임에서 하는 거랑 비슷하잖아요. 어렸을 때 그런 식으로 게임머니 모아서 용돈으로 바꿔 쓰기도

했는데….”

“지금은 황금보다 좋은 무기나 방어구 쪽이 훨씬 값어치 있지. 게임에선 죽어도 다시 시작하면 그만이지만, 여긴 죽는 순간 끝이잖아.”

“근데 따지고 보면, 사냥을 더 잘하기 위한 것도 있지만 죽지 않으려고 좋은 아티펙트를 사모으는 거잖아요.”

“그렇지.”

“근데 또 좋은 아티펙트를 구하려면 어차피 목돈이 필요하니까, 아이템을 구해서 팔아야하구요.”

“응.”

“결국엔 돌고 도는 것 같아요. 아이템 팔아서 장비 사서 레벨링하고, 또 그렇게 레벨링해서 아이템 얻고… 돈만 많으면 나중에는 사냥 안 해도 될 것 같기도 하고.”

“흐흐. 그 말 들은께 우리가 흑랑 길드 쳐부순 게 씨잘데기 없는 짓이 아니었구만? 이 돈도 다 거기서 난 거 아녀.”

한모가 묵직하게 담긴 돈 가방을 받쳐 들더니 껄껄 웃었다. 태랑이 말했다.

“실제로 금화가 적당히 시중에 풀리게 되면, 나중엔 돈을 노리는 맨이터들까지 등장해요. 강도들이랑 다를 바 없죠.”

“근디 맨이터는 블랙 마켓 못 이용 한담서? 개들한테 금화가 필요혀?”

“거래라는 게 마켓에서만 이루어지는 건 아니니까요.”

"하긴 뒷거래가 또 있구만?"

"어, 우리 차례다."

마침 앞줄이 모두 빠져나가자 세이버 클랜의 순서였다. 입구에 서 있던 요원이 말했다.

"마켓 출입 전 신원 확인중입니다. 오른손 엄지를 기계에 대주세요."

요원이 PDA처럼 생긴 묵직한 기계를 들이밀었다. 세이버 클랜원들은 차례로 지문을 찍으며 입장했다. 마지막으로 한모가 지문을 누르는데 갑자기 요원이 멈춰 세웠다.

"어, 잠시만요?"

기계의 디스플레이엔 '요주의'라는 경고가 떠있었다. 그는 고개를 갸웃거렸다.

"이게 뭐지?"

"뭐시여? 무슨 문제 있어?"

"아니 이런 건 처음 보는 메시지라… 잠시만 기다려 주십시요."

요원이 어딘가로 무전을 날렸다.

"예예… 아닙니다. 블랙 리스트에 명단은 아닌데 이상한 메시지가… 아! 네, 아 그렇군요. 알겠습니다."

무전이 끝난 요원이 뒤늦게 한모를 입장시키며 말했다.

"구한모씨는 경찰청 특별관리대상이셨군요. 데이터 베이스가 그쪽 기록을 바탕으로 만들어 진거라 기록이 뜨네요. 일단 블랙리스트는 아니니 입장시켜 드리는데 여기선 문제 일으키면 곤란 합니다. 무슨 말인지 아시죠?"

"뭐시여? 지금 짜바리 새끼들이 나를 감시했다는 소리여? 하-. 요 새끼들이 그럴 줄 알았지."

"한모씨 일단 들어오기나 해."

한모는 관리대상에 올라있었기 때문에 경고 문구가 뜬것이었다. 민준이 그를 보고 한마디 했다.

"형, 잘나가셨나 보네."

"것도 다 옛날 말이제."

"어쨌든 여기서 흩어지자. 경매 쪽이 가장 오래 걸릴 것 같으니 이따 거기로 다 모여."

입구 부근엔 마켓 안내도가 설치되어 쉽게 길을 찾을 수 있었다. 각각은 임무에 따라 갈려졌다.

그때, 세이버 클랜의 바로 뒤에서 따라오던 두 명의 사내가 서로 대화를 나누었다.

"저놈들 확실해?"

"맞다니까? 환전소에서 VIP라고 돈 가방 던지는데 엄청 묵직해 보였어."

"근데 셋이 따로 다니는 데? 돈 가방 쪽으로 붙자."

"아냐. 가방은 오히려 털기 힘들어. 게다가 제일 강한 놈들이 지키고 있을 거야."

"그럼 어쩌자고?"

"차라리 저기 여자 쪽을 노리자. 놈들도 묵직해 보이는 돈주머니를 차고 있어."

"그럴거면 한 놈쪽을 따라가는 게 낫지 않아?"

"한 놈이 돈 들고 있어 봐야 얼마나 가지고 있겠어. 저쪽은 돈이 안 돼."

"하긴… 능력은 잘 모르지만 여자들이 많은 쪽이 상대하긴 편하겠지."

두 사내는 조용히 민준 일행을 뒤쫓았다.

정보상은 외진 곳에 있었다.

다른 곳과 달리 사람들의 발길이 뜸한 곳이었다. 타롯카드 점을 치는 것처럼 조그만 천막이 덜렁 놓여있고, 밖에는 '모든 정보, 사고 팝니다.' 라는 현수막이 걸려있었다.

'생각보다 조촐하군.'

태랑이 천막을 젖히고 들어가자 내부가 무척 어두워 걸음을 멈췄다. 천막 지붕 위에서 내려오는 가느다란 빛줄기가 간이 테이블을 희미하게 비추고 있었다.

그때 어둠 속에서 목소리가 들렸다.

"…오서오세요."

여자 목소리. 태랑은 우두커니 서서 말했다.

"너무 어두운데…."

"어두우면 어떤가요? 말할 입과 들을 귀만 있으면 되지요."

태랑의 눈이 암순응을 마치자 테이블 건너편에 앉은 사람이 보였다. 후드를 뒤집어 쓰고 있어 연령을 확인하기 어려웠다.

'있어 보이려고 별짓을 다하는 군. 순 사기꾼 아냐?'

"사기꾼 아닙니다."

갑작스런 대답에 태랑이 흠칫 놀랐다.

"뭐라고 했어?"

"방금 사기꾼이라고 생각하셨죠? 아니니까 안심하세요."

태랑은 등골이 오싹했다.

'설마 생각을 읽는 능력자(Mind Reader)인가?'

능력은 수천 가지가 넘는다. 태랑이 잘 모르는 능력도 얼마든지 존재할 수 있다. 태랑은 순간 고민했다.

'만에 하나 내가 가진 지식을 빼내는 종류라면 더이상 접촉해선 안 돼.'

"혹시 마인드 리딩 능력자인가?"

태랑이 단도직입적으로 물었다. 여자가 태연한 목소리로 대답했다.

"그에 대한 대답은 예, 혹은 아니오 둘 다입니다."

"뭔 소리야? 확실하게 말해."

"능력에 대한 정보 역시 비용이 듭니다. 그건 제 능력도 마찬가지죠."

태랑의 입꼬리가 살짝 비틀렸다. 지금 흥정을 하자는 건가?

"좋아. 얼마에 팔 건데? 네 능력."

"1골드면 충분하지요."

'1골드? 고작? 아니 고작이 아닌 건가? 하긴 70만원이 적다고 보기엔…'

태랑이 주머니에서 금화를 꺼내 튕겼다. 팽그르르 회전하며 날아간 금화가 테이블 위에 정확히 안착했다.

"지불했다. 말해."

"저에겐 특별한 능력이 있습니다. 어떤 내용을 듣고 나면 그것의 참과 거짓을 구분하는 능력이지요."

"참과 거짓?"

"어떤 내용이 진실인지 거짓인지 가려낼 수 있습니다."

"이상한데? 그걸로 어떻게 내 생각을 읽은 거지?"

"호호. 그건 생각을 읽은 게 아닙니다. 입구에 서서 망설이길래 한번 떠 본 거지요."

'체엣. 당했군.'

"그나저나 살아 남는데 크게 도움 될 능력은 아니군."

"제 능력은 특별합니다. 모든 정보의 진위를 가리는 등불과 같죠. 생존에 도움은 안되겠지만 정보상을 하기엔 최적이 아닐까요?"

태랑은 그녀의 말을 곧이곧대로 믿기 불안했지만, 만약 그 말이 정말이라면 노트북의 대한 단서를 발견할 지도 모른다는 희망을 가졌다.

"계속 거기 서 계실 건가요? 제 점궤에는 당신이 곧 제

앞에 앉을 거라고 나오는데."

"그럼 내가 등 돌려 나가는 순간 드디어 틀리게 되겠군."

태랑은 살짝 장난기가 발동했다.

금기를 깨고 싶은 욕망이 든 것이다.

"그럼 그냥 가세요. 하지만 당신이 원하는 정보는 절대 들을 수 없을 겁니다. 제 능력을 불신하고 희롱한 자에게 두 번의 기회는 없으니까요."

"……."

태랑은 결국 테이블 앞에 앉았다.

그녀가 예언한 대로였다.

'말로는 당할 수 없겠군. 쉽게 보이면 안 되겠어. 처음부터 세게 나가자.'

강자에겐 더 강하게, 약자에겐 매너있게 대하는 것이 태랑의 원칙. 그녀는 다른 의미에서 강자였다. 태랑은 결코 휘둘리지 않으리라 결심했다.

가까이 다가가자 후드에 가려 있던 얼굴이 어렴풋이 드러났다. 음침하게 들리는 목소리와 달리 보이는 피부가 무척 고왔다. 오똑한 코끝에 갸름한 턱선만 봐도 상당한 미인으로 보였다.

"…생각보다 젊군. 목소리 봐선 늙은 할망구라고 생각했는데."

"정말인가요? 전혀 다른 생각을 한 것으로 나오는데요?"

"그게 무슨 말이지?

"방금 예쁘다고 생각하셨죠?"

"……."

태랑은 말문이 막혀 가만히 입을 다물었다. 대화를 나누면 나눌수록 생각을 간파당하는 기분이었다. 태랑이 잔뜩 경계하는 표정을 짓자, 여자가 입을 가리며 다소곳이 웃었다.

"호호. 농담이에요, 농담. 그런 일에 능력을 쓸 만큼 여유롭진 않거든요. 보기보다 순진하시군요."

태랑을 들었다 놨다 하던 여인이 천천히 후드를 벗었다. 후드를 내리며 고개를 젖히는 동작마저 고혹적으로 느껴졌다.

그녀는 긴 생머리를 어깨까지 기른 단아한 분위기의 미인이었다. 특히 후드에 가려 드러나지 않던 두 눈은 무척 맑고 투명해 보는 이를 끌어당기는 매력이 있었다.

'쩝… 예쁘긴 예쁘네. 은숙이 이후로 이렇게 강렬한 첫인상은 처음이야.'

"뭘 그렇게 빤히 보세요?"

"안 봤어."

"제 앞에서 거짓말은 통하지 않아요."

"무슨 말을 못 하게 하는군."

"그게 제 능력인 걸요. 용건 말씀하시죠, 던전에 대한 정보는 5골드, 몬스터 공략 정보는 10골드부터, 그리고 클랜이나 길드 혹은 능력자들에 대한 정보는 상대에 따라 다르구요. 아, 혹시 정보를 팔러 오신 건 아니죠?"

정보상 여인이 빠르게 내용을 소개했다. 집중하지 않으면 주워 담기 힘들 만큼 빠른 속도. 자연스레 귀를 기울이던 태랑은 문득 그녀의 페이스에 말려드는 느낌을 받았다.

그녀는 출중한 미모를 앞세워 상대방을 주눅 들게만드는 스타일 같았다. 어지간한 사내들은 감히 눈도 못 마주칠 정도로 압박감이 들었다.

게다가 어두컴컴한 분위기, 시대를 종잡기 힘든 옷차림, 사람 속마음을 읽는 듯한 단정적인 언행이 결합 되면, 대부분 사내들은 홀리는 것처럼 그녀에게 빠져들었다.

과거의 태랑이라면 분명 현혹되고 말았을 것이다.

하지만 지금의 태랑은 과거와 전혀 다른 사람이었다.

목숨을 건 사투를 통해 그는 두둑한 배짱을 길렀다.

그보다 강한 사람은 손에 꼽았고, 그만큼 새로운 세상을 알고 있는 이도 없었다. 그러한 사실이 태랑을 고무시켰다.

자신은 미래를 내다본 자이며, 모든 몬스터의 특성을 강탈하는 포식자다.

'휘둘리지 않겠다.'

"그전에 잠깐. 너의 능력부터 확인하지."

"방금 전 보여드리지 않았던가요?"

"아니. 나는 눈으로 보기 전까진 아무것도 믿지 않아."

"무슨…?"

태랑은 불쑥 오른손을 뻗어 그녀의 왼쪽 귀를 만졌다.

예상치 못한 행동에 정보상 여인은 아무 저항도 할 수 없었다.

[성명 : 주수진, 우(25)]

포스 : 12.23

쉴드: 18.12

{오크의 가죽 갑옷-쉴드 +4}

{놀의 각반-쉴드 +3}

{고블린 전투원의 훈장-포스 +1}

스킬 : (0/3 Point)

'없음'

특성 : 진실의 눈. (6/6)

-거짓을 말하면, 상대방 몸 주위로 붉은색의 오라가 피어오름. 단, 아직 일어나지 않는 일에 대해선 확인할 수 없다. 능력은 120시간 동안 6번 발휘할 수 있으며, 시간이 지나면 다시 충전된다.

'진실의 눈이라니… 능력이 정말이었군.'

"이게 무슨 짓이죠?"

수진이 처음으로 평정심을 잃고 동요했다. 설마 태랑이 기습적으로 자신의 스텟을 훔쳐볼 줄 몰랐던 것이다.

포스가 상승하면서 기민해진 그의 움직임은, 평범한 각성자인 수진으로선 도저히 대응할 수 없는 것이었다.

"나에겐 중요한 사항이라 꼭 확인해야 했다. 불쾌했다면 미안하군."

수진의 표정이 싸늘하게 바뀌었다.

"…무례한 사람이군요. 당신은."

"물론 비용은 지불하지."

태랑은 금화 5개를 꺼내 테이블 위로 올렸다. 스텟을 확인하는 것 치곤 지나치게 많은 금액이었다. 테이블 아래 연결된 비상 버튼으로 손을 옮기던 주수진이 멈칫했다.

'흠, 기분 나쁘긴 하지만 특별히 위해를 가할 것 같진 않는단 말이지….'

수진은 물리적 저항능력이 부족했기 때문에 막고라 길드에 보호를 요청한 상태였다. 배선으로 연결된 비상 버튼을 누르면 곧장 경비원이 달려오는 식이다. 밀폐된 공간에서 일하는 만큼 필수적인 부분이었다.

그녀는 테이블 위에 올려진 금화를 보고 곧 마음을 바꾸었다.

'이번만은 넘어가 주지.'

"굉장히 희귀한 특성을 부여받았군."

"아까 말했잖아요. 정보상을 하기엔 최적이라고."

"나는 특별히 정보를 사로 온 게 아니야. 네 능력을 이용해 확인하고 싶은 게 있다."

"봐서 알겠지만, 이 능력을 다 쓰고 나면 5일간 저도 개점 휴업이에요."

"그래서?"

"비용이 무지 비싸다는 거죠."

태랑은 정확한 정보만 확인할 수 있다면 비용에 대해 신경 쓰지 않을 작정이었다. 어차피 돈은 차고 넘쳤다.

"얼마면 되지?"

"한 번에 20골드."

태랑은 주머니 속에 금액을 생각했다. 아까 6골드를 쓰긴 했지만 100골드 이상은 충분할 것 같았다.

"좋아. 거래하지. 단 조건이 있어."

"뭐죠?"

"내가 오늘 물어본 것에 대해 절대 다른 사람에게 발설하지 않아야 한다는 거야. 지킬 수 있어?"

"저는 정보상이에요. 금액만 맞으면 무엇이든 팔아요."

"못 지킨다는 소린가?"

태랑이 무서운 눈으로 그녀를 노려보았다. 어지간해선 절대 기죽지 않는 수진이지만, 이번만큼은 심장이 떨렸다. 그만큼 태랑의 기세가 매서웠다.

"…금액을 맞춰 주면 지킨다는 소리죠."

태랑은 노골적으로 돈을 밝히는 그녀의 행동이 짜증났지만 당장 아쉬운 건 본인이었으므로 참을 수밖에 없었다.

"대체 얼마를 더 달라는 거지?"

"50골드."

"50씩이나?"

"대신 절대 말하지 않을게요. 맹세할 수 있어요."

수진이 태랑의 눈을 똑바로 쳐다보며 말했다. 태랑은 그 눈빛에 말려들지 않으려 애쓰며, 최대한 살벌하게 목소리를 깔고 대답했다.

"맹세 같은 건 필요 없어."

"네?"

"지키지 않으면 내가 직접 널 응징할 테니까."

"흥, 걱정 말아요."

수진은 침을 꿀꺽 삼키면서 태연한 척 연기 했지만, 손에 땀이 나는지 연신 후드에 손을 문질렀다.

"먼저 알아두세요. 제 능력은 벌어진 일에 대해서만 작용해요. 미래에 어떻게 될지 물어봐도 저는 알 수 없어요."

"명심하지."

"그리고 질문식으로 하지 말고 문장식으로 진술하세요. OX 퀴즈를 생각하면 쉬워요."

"알았어."

태랑은 신중하게 질문을 떠올렸다.

'가장 궁금한 건 역시 노트북이 아직 63빌딩에 있느냐데….'

"내가 잃어버린 노트북은 현재 63빌딩에 있다."

수진은 한동안 말없이 정신을 집중했다. 태랑은 긴장한 기색이 역력했다. 만약 노트북이 다른 곳으로 이동했다면, 모든 계획이 수포로 돌아 갈 수도 있었다.

기다림 끝에 수진이 입을 열었다.

"네."

"정말이야?"

"네."

태랑은 깜짝 놀랐다. 이렇게 쉽게 알아낼 것이라곤 생각 못했기 때문이었다. 그녀의 능력은 정말로 놀라운 것이었다.

"20골드."

"응?"

"질문 마치면 바로 주세요. 다 물어본 다음 배째라 하면 저도 곤란하니까."

"참나…."

주수진은 무척이나 돈을 밝혔다.

전투능력이 전무한 그녀로선, 골드를 모아 아티펙트를 장만해야 했다.

그러나 아티펙트의 가격은 상상을 초월했고 어떻게든 바득바득 돈을 끌어모으는 수밖에 없었다. 그녀에게 있어서 골드를 탐하는 것은 생존과도 직결된 문제였다.

태랑은 살짝 열이 받았지만, 그대로 금화 스무개를 집어 카지노의 칩처럼 쌓아 올렸다. 수진은 정확하게 수효를 헤아리더니 게 눈 감추듯 골드를 쓸어 담았다.

태랑은 연이어 질문을 던졌다.

"내 노트북을 훔쳐간 자는 지금 살아있다."

역시 한참을 기다린 후에 수진이 대답했다.

"아니요."

'뭐? 그럼 그 십자가 문신이 죽어버렸단 소리야?'

태랑은 살짝 안도감이 들었다.

연유를 알 수 없지만 노트북을 훔쳐간 자는 벌써 죽은 상태. 게다가 노트북은 아직까지 63빌딩에 머물러 있었다. 그렇다면 정보가 외부로 유출되거나 악용될 걱정은 없다고 봐도 무방했다.

기분이 좋아진 태랑은 순간적으로 수진의 경고를 깜빡했다.

"나는 노트북을 찾아낼 것이다."

"흠, 분명 아까 분명히 말했잖아요. 미래에 대해선 알 수 없다고. 그 질문은 못 들은 걸로 하죠. 그리고 묻기 전에 돈부터."

'아차! 그랬지.'

수진이 손을 내밀자 태랑은 자연스레 20골드를 건냈다. 역시 계산하난 철저한 여자였다.

이제는 노트북의 구체적인 위치를 파악할 차례.

하지만 63개 층을 전부 물어볼 수는 없었다. 그녀의 특성은 5일에 6번까지. 다시 만나지 않는 이상 기회는 앞으로 4번뿐이다. 그 안에 최대한 범위를 좁혀야 한다.

"내 노트북은 63빌딩 30층보다 위에 있다."

"예."

태랑은 큰 단위부터 범위를 좁혀가기로 했다. 다음 질문을 하기 전 태랑이 골드를 건냈다.

"내 노트북은 45층보다 위에 있다."

"예… 아니요? 어? 이게 무슨 일이래? 잠시만요."

주수진이 당황하며 말을 더듬거렸다.

자신의 능력은 말하는 내용의 진실 여부를 판가름 한다.

거짓을 말하면 상대의 몸에 붉은빛의 오라로 둘러싸이고, 진실 말하면 아무 변화가 없다. 그것은 질문이 끝나고 나서 이루어지는 것으로, 약간의 시간을 필요로 했다.

그러나 방금 전 도저히 이해할 수 없는 일이 벌어졌다.

태랑이 질문을 끝마쳤을 때 만해도 아무런 변화가 없다가 마지막 순간 그의 전신에서 붉은 오라가 피어오르는 것이었다. 이는 능력을 발휘하면서 처음 있는 일이었기 때문에 주수진역시 혼란에 빠졌다.

"이런 적이 없었는데… 뭔가 잘못된 거 같아요. 한 번만 더 물어봐 주세요."

"뭐? 그런 식으로 돈을 뜯어내려는 수작은 용납할 수 없어."

"아니에요. 이건 제 실수니까 비용은 따로 받지 않을게요."

그 말에 태랑이 화를 풀었다.

"좋아. 다시 묻지. 내 노트북은 63빌딩 45층 위에 있다."

"아니요."

"뭐? 방금전까진 분명 예라고 했잖아?"

"맞아요."

"근데 왜 갑자기 대답이 바뀌는데? 지금 나랑 장난해?"

태랑은 그녀가 농간을 부린다고 생각했다. 돈을 밝히는 모습을 계속 봤던 터라 의심이 드는 건 어쩔 수 없는 일이었다.

"아! 혹시 그런 건 아닐까요?"

주수진이 뭔가가 떠올랐는지 태랑에게 말했다.

"질문을 하는 동안 노트북이 이동한 거예요. 그러니까 중간에 결과가 바뀐 거죠."

"그게 말이 돼? 노트북을 들고 간 놈은 진작 죽었다면서?"

"그건 맞아요. 그런데 왜 말이 안 된다고 생각하죠? 그 노트북 이라는 걸 몬스터가 집어삼켰을 수도 있잖아요. 아니면 그 사람에게 일행이 있었던가."

"일행이라고?"

태랑은 한 방 맞은 기분이었다.

노트북을 훔쳐간 놈에게 동료가 있었다고?

어째서 그 생각을 못 했을까? 왜 놈이 계속 혼자라고 생각했을까? 그렇다면 놈이 죽었다고 무작정 안심할 순 없는 일이다.

태랑이 연이어 질문을 하려는데 주머니에 금화가 잡히지 않았다. 어느새 100골드를 모두 소진한 것이었다.

그러나 아직 마지막 질문이 남아있었다. 최소한 노트북을 움직인 게 몬스터인지 사람인지는 확인해야 했다.

태랑이 솔직하게 말했다.

"지금 돈이 떨어졌어. 대신 내 동료가 더 가지고 있어. 이번 질문만 마치고 바로 가져다줄게."

"뭐라구요? 분명 50골드도 더 준다면서요?"

"그래. 그것도 줄게. 누가 안 준데? 나중에 줄테니 질문부터 받아."

수진이 싸늘한 표정으로 고개를 저었다. 그녀는 추가로 받기로 했던 50골드를 못 받는다는 생각에 이미 기분이 상한 상태였다.

"됐어요. 여기까지 하죠."

"뭐?"

"전 이 능력 하나로 먹고사는 사람이에요. 당신을 어떻게 믿고…."

"진짜 너무 하네!"

"너무 한 건 당신이죠! 처음부터 100골드밖에 없었으면서 무슨 50골드를 주네 마네. 참나."

"지금 수중에 없을 뿐이야. 동료들이 천골드 이상 들고 있어."

"흥, 저희 집엔 금송아지도 있어요. 그런 말은 나도 하겠네."

주수진이 방어적으로 후드를 뒤집어썼다. 그녀가 씩씩

거리는 태랑을 향해 말했다.

"…대신 당신이 오늘 물어봤던 내용을 비밀로 해 드리죠. 뭔진 몰라도 그런 걸 궁금해하는 사람은 없을 테니까요."

"진짜 이런 식으로 할 거야?"

태랑은 조급한 마음에 그녀의 손목을 꽉 붙잡았다.

"아, 아파요! 자꾸 이러면 가드를 부르겠어요."

태랑은 겨우 흥분을 가라앉혔다.

다그친다고 해결될 일이 아니었다.

"좋아. 그럼 내가 가진 정보를 팔지."

"뭐라구요?"

"아까 그랬잖아. 정보를 팔지만 사기도 한다고. 내가 알고 있는 정보를 팔겠어. 뭘 팔면 되지? 던전? 몬스터? 아티펙트? 다 말해줄게."

태랑의 제안에 수진이 입술을 가리고 웃었다.

"호호. 재밌는 분이군요. 그러면 제가 덥썩 믿을 것 같아요?"

"확인해 보면 되잖아."

"진실의 눈으로? 그렇게 되면 당신이 질문 할 기회가 날아가 버릴 텐데요?"

"아니, 니가 알고 있는 걸 나에게 물어봐. 내 정보력을 확인시켜 줄 테니."

수진이 팔짱을 끼며 의심스런 눈초리를 보냈다. 어쨌든 밑져야 본전이므로 그녀가 질문했다.

"좋아요. 자신감이 대단하군요. 음…노량진 역엔 뭐가 있죠?"

"노량진은 전기 박쥐 소굴이지. 자기들끼리 전하를 주고받으며 라이트닝 결계를 만드는 몬스터. 던전 보스는 뱀파이어 백작이라고 불리는 변신과 흡혈의 이능을 가진 F급 몬스터다."

술술 나오는 태랑의 대답에 수진의 두 눈을 치켜떴다.

노량진 던전 정보는 최근에 입수된 것이었다.

특히 던전 보스, 뱀파이어 백작을 만나고 살아 돌아온 공략대는 이번이 처음이었으므로 태랑이 보스가 가진 특수기까지 언급하자 깜짝 놀랄 수밖에 없었다.

'헉! 도대체 어떻게 아는 거지? 혹시 어디서 정보를 들었나?'

"그럼 정발산 역은요?"

"미노의 미궁 말인가? 거길 공략할 수 있는 레이드 팀은 현재까지 없다고 봐도 돼. 보스 몬스터인 미노타우르스는 G급이나 되는 괴물이지. 놈은 주변을 미로로 만드는 지형변화 능력을 가지고 있어서 그냥 들어갔다간 그대로 개죽음이야."

'세상에! 대체 뭐야 이사람? 정발산 역은 극소수만 알고 있는 미궁의 던전인데?!'

나름 정보통임을 자처하는 수진은, 태랑의 지식에 혀를 내둘렀다.

"당신도 혹시 정보상인가요?"

"아니, 난 헌터다."

태랑이 짧게 대답했다.

"그런데 어떻게…."

"궁금해?"

"네."

"안 알려 줌."

"……."

모든 정보는 댓가를 치룬다. 그것이 정보상들의 불문율.

어쨌든 태랑의 능력을 확인한 수진은 평소 궁금해 하던 것을 물었다.

"혹시 아이템 조합에 대해서도 잘 아시나요?"

"어떤거 말이지?"

"음… 나이트 크롤러의 발톱을 조합해 만드는 아이템이 있다고 하던데…."

"대답해 주면 50골드를 지불 한 걸로 쳐도 되나?"

"아니요. 그걸론 부족하죠. 혹시 트롤의 스킬이나 특성에 대해서도 아는 바가 있나요? 아직 3가지밖에 몰라서…."

"둘 다 대답해 주면 내 질문에도 답해줄 건가?"

"네. 약속하죠."

태랑은 수진의 질문에 대해 곧바로 답변을 내놓았다.

그 내용은 매우 디테일하고 한 치의 막힘이 없었기에

도저히 즉석에서 꾸며낼 수 있는 수준이 아니었다. 수진이 확인차 다시 물었다.

"방금 말한 것 분명하겠죠?"

"확실하다. 나중에 진실의 눈으로 확인해 보면 되잖아."

태랑의 태도가 너무 당당하였기 때문에 수진도 수긍하지 않을 수 없었다.

'이상해, 오히려 내가 끌려다니는 기분이야.'

수진은 처음 느끼는 낯선 감정에 기분이 싱숭생숭했다. 이제껏 자신 앞에서 이 정도로 주도적인 인물은 없었다. 대부분은 자신의 신비주의 컨셉 앞에 한 수 접고 들어갔다.

"당신 대체 정체가 뭐죠? 어떻게 정보상인 저보다 더 많은 정보를 가지고 있는 거죠?"

"이봐, 이번엔 내 차례 아닌가?"

"치사하군요."

"난 받은 대로 돌려줄 뿐이야."

"좋아요. 그럼 물어보세요. 이번이 마지막 기회니까 최대한 신중하게."

'말 안 해도 그렇게 할 거야.'

아까도 노트북이 이동 중이라는 사실을 알았더라면 층수를 확인하느라 쓸데없이 기회를 날리지 않았을 것이다.

'현재 가장 궁금한 건 노트북을 이동시킨 것이 몬스터냐 사람이냐 하는 점이지.'

"지금 내 노트북을 가지고 있는 것은 사람이다."

"맞아요."

태랑은 주먹을 강하게 주먹을 움켜쥐었다. 노트북을 지닌 누군가가 아직까지 63빌딩에서 살아있다는 사실은 그에게 엄청난 정보였다.

63빌딩은 몬스터가 거주하는 타워 중에서도 가장 혹독한 곳이다. 모르긴 몰라도 지금껏 살아남았다는 사실만으로 그는 엄청난 능력자임에 틀림 없었다.

'하지만 단서가 너무 부족해. 질문을 더한다 해도 그가 누군지 알아채는 건 불가능하겠지.'

어쨌든 이것으로 분명해졌다.

노트북은 아직 63빌딩에 있으며, 밖으로 유출되진 않았다. 정체불명의 사내가 여태껏 63빌딩을 전전하는 걸 보면 그 역시 밖으로 나갈 수 없는 처지일 것이다.

'그렇다면 최대한 빨리 63빌딩을 공략하는 수밖에….'

태랑이 그런 생각을 하는데, 자신을 뚫어지게 보고 있는 수진의 시선을 느껴졌다.

"뭐야?"

"누군지 알려주세요."

"왜, 내 정보 팔아먹게?"

"그냥 개인적인 호기심이라면요?"

태랑은 살짝 흔들렸으나 그녀를 온전히 믿기란 불가능했다. 차라리 같은 편이라면 모를까….

문득 태랑은 수진을 합류시키는 것에 대해 생각해 보았다.

전투력은 없지만, 그녀가 가진 진실의 눈은 이용하기에 따라 굉장히 유용한 특기가 될 수 있을 것이다.

"우리 클랜에 들어온다면 고려해 보지."

"그건 제가 사양하죠."

"어째서? 이렇게 떠돌이로 지내는 것보다 클랜의 비호를 받는 편이 좋을 텐데? 우리 클랜의 규모가 크진 않지만, 너 하나 보호하는데 전혀 부족하지 않아."

"그런 이유는 아니에요. 저에겐 지켜야 할 가족들이 있어요. 제가 당신들을 따라가면 그들은 죽고 말 거에요."

태랑은 잠시 고민했지만, 한두 명 정도 더 받아도 무리 없을 것 같았다.

"그럼 가족도 함께…."

"스무 명."

"뭐?"

"제가 지켜야 할 아이들은 스무 명이에요. 감당할 자신 있으신가요?"

"음…."

연유는 모르지만, 그녀는 많은 아이들의 보호자 역할을 하는 것 같았다.

'짐덩이가 스무 명이나 되면 절대 감당 못 해.'

태랑이 곤란한 표정을 짓자, 수진이 씁쓸한 표정으로 말했다.

"그럴 줄 알았어요."

"미안하군. 우리 클랜은 위험한 던전들을 공략하고 있다."

"괜찮아요. 어차피 따라갈 마음도 없었으니까. 저는 레이드 같은데 관심 없어요. 아이들을 지키는 것으로 충분해요. 그걸 위해 아티펙트를 사 모으는 거구요."

"적당한 사냥으로 능력치를 개발하는 것도 나쁘지 않아."

"그러다 제가 다치기라도 하면 누가 아이들을 지켜주죠?"

"음…."

"이 얘긴 그만하죠. 어쨌든 용건은 끝났죠?"

태랑은 살짝 아쉬운 마음에 나가기 전에 한 번 더 말했다.

"세이버 클랜의 마스터, 김태랑이다. 혹시나 도움이 필요하면 레이드 게시판에서 나를 찾아."

"제가 당신 정보를 팔아도 상관없다는 건가요?"

"그럴 사람은 아니라고 믿어."

"……."

태랑이 천막을 나가고, 수진은 한참 그가 사라진 쪽을 응시했다.

'세이버의 김태랑이라… 훗. 제법 귀엽네.'

그러나 이내 그녀는 태랑에게서 받은 금화를 꼼꼼하게 챙겼다. 금화로 식료품을 구입 한다면 한동안 음식 걱정은 안 해도 될 것이다. 그녀는 굶주리고 있을 아이들을 생각하며 다음 손님을 기다렸다.

한편 경매장에 온 멤버들은 나름 분주하게 움직이고 있었다.

경매장은 소극장으로 쓰이던 건물에 꾸며져 있었다.

무대에는 빔 프로젝터에서 쏘는 스크린이 띄워져 있었고, 경매에 참여한 사람들이 객석에 앉아 물품에 대한 설명을 읽고 있었다.

"다음 경매 물품은 방어구입니다."

정장을 차려입은 경매사가 프리젠테이션 화면을 가리켰다. 그는 능숙한 솜씨로 아티펙트를 소개했다.

"3등급 아티펙트입니다. 악몽 클랜이 망원역 보스를 해치우고 획득한 물품으로 손목에 차는 완갑 종류입니다."

스크린에 띄워진 철제 완갑이 3D 랜더링 방식으로 천천히 돌았다. 그 모습을 보며 수현이 말했다.

"3D 스캐너로 작업했나 봐요."

"그게 뭔데?"

"물건 전체를 스캔해서 컴퓨터상에 3D로 띄워주는 거예요. 왜 격투 게임에서 모션 켑쳐 할 때 쓰는 거랑 비슷해요."

"그럼 완전히 실물이랑 똑같겠네?"

"그렇죠."

이어서 경매사가 손짓하자 다음 화면으로 전환되었다.

화면에는 완갑의 능력이 제시되어 있었다.

[칼바람의 완갑] 3등급 아티펙트

–나이트 워치가 착용하는 완갑

+사용자가 위기에 처하면 칼날 부채 스킬이 시전 된다.

+쉴드 11% 상승효과.

+ '해제/장착' 명령으로 인장에 소지할 수 있음.

"감식으로 보이는 능력치를 그대로 옮겨놨구나."

"칼날 부채 스킬은 뭘까?"

은숙의 말이 끝나기 무섭게 경매사가 화면을 넘겼다.

고화질로 녹화된 영상에는 한 헌터가 장비를 실착용하고 A급 몬스터인 리저드맨과 싸우는 장면이 나타났다. 연출용으로 촬영된 것인 듯 장면 전환이 무척 매끄러워 한 편의 영화를 보는 듯했다.

헌터가 리저드맨 무리에 둘러싸이자, 완갑이 하얀 빛을 발하며 사방으로 칼날 파편이 부채꼴로 펼쳐나가 리저드맨을 폭사시켰다.

관객석에서 탄성이 나왔다.

"오오! 엄청난 기능인데?"

"역시 3등급 아티펙트!"

"대단해!"

영상은 결정적인 장면을 느리게 리플레이 시키면서 참가자들의 구매욕을 한껏 끌어 올렸다. 잠시 후 예쁘게 차려입은 여성이 실제 완갑을 받쳐 들고 무대로 나왔다. 사람들의 시선이 일제히 쏠리는 순간, 경매사는 곧바로 선언하듯 소리쳤다.

"자! 지금부터 칼바람 완갑의 경매를 시작합니다. 시작가는 100골드부터!"

그것은 완벽한 연출이었다.

화려한 프리젠테이션과 경매사의 능숙한 소개, 그리고 극적인 순간에 등장한 물건은 경매장의 열기를 대번에 끌어 올렸다. 전문적인 PD가 손을 댄 연출 같았다.

객석에 있던 헌터들이 일제히 손을 들며 참가를 외쳤다. 경매사는 빠르게 거수한 사람들을 지목하며 경매를 시작했다.

"자, 120골드 나왔습니다. 130 계십니까? 네, 130! 130에 낙찰 들어갑니다. 5, 4, 3… 아! 150? 지금 150 나왔습니다!"

한모는 경매 장면을 지켜보면서 심드렁하게 말했다.

"무슨 3등급 아티펙트 따위가 1억이 넘어가냐? 어이가 없구만."

그는 자신의 가슴에 인장으로 박힌 서리마녀의 판금

갑옷을 떠올리며 한껏 코웃음을 쳤다. 은숙이 말했다.

"그래도 3등급 나온 건 처음이지? 이제 슬슬 높은 등급이 나오긴 하네. 저건 어떡할까?"

"뭐? 완갑? 필요 없어. 딱 보니까 하급 몬스터한테나 통할만한 아티펙트구만. 차라리 슬아가 차고 있는 불굴의 완갑이 훨씬 좋겠다."

"당연하지. 그건 4등급이니까. 그럼 이번 건 넘기자."

후끈 달아오른 경매장의 분위기는 한 번에 250골드를 부른 사내의 등장에 찬물이 끼얹듯 조용해 졌다. 단번에 100골드를 올려버린 사내를 향해 투덜거리는 소리가 들려왔다.

"뭐? 250골드?"

"아무리 3등급 방어구라도 200골드 이상 가는 건 절대 아니지."

"참나, 저것들 물건 다 쓸어가기로 작정했나?"

"재들 싸울아비 클랜이지?"

수현도 그를 알아봤는지 두 사람에게 말했다.

"어, 저 사람 알아요."

"수현이 니가 어떻게?"

"왜, 환전소에서 띠껍게 굴던 자식 있다고 했잖아요. 바로 저 사람이에요."

수현의 말에 한모가 눈썹을 꿈틀 거렸다.

"저놈이었어?"

경매사가 카운트를 외쳐도 더 경쟁자가 나타나지 않으면서 물건은 자연스럽게 싸울아비 공대장 윤대운의 차지가 되었다.

윤대운은 부하를 시켜 장비를 챙긴 뒤 이어지는 경매를 기다렸다. 경매사의 목소리가 점점 고조되었다.

"그럼 다음은 무기류입니다. 여러분 놀라지 마십시요! 무려 4등급짜리 아티펙트입니다!"

"오! 4등급이라니? 말이 돼?"

"왜, 저번에 비상 클랜에서 절반 가까이 사상자가 발생했던 레이드 있잖아. 그때 구한 게 4등급 아티펙트였을 걸?"

"대단하구만, 목숨 걸고 구한 물건이 드디어 경매에 나온 건가?"

앞선 방어구와 마찬가지로 3D 랜더링 된 화면이 스크린으로 떠올랐다. 화면에 등장한 것은 야구 배트를 닮은 묵직한 몽둥이였다. 특이한 점은 몽둥이 끝에 가시가 돌출되어 전래동화에 나오는 도깨비방망이와 닮아 있었다.

경매사가 설명을 곁들었다.

"본 아티펙트는 트윈헤드 오우거의 몽둥이로 불립니다. 총 길이는 1.2M, 재질은 알 수 없지만 굉장히 무겁습니다. 포스가 20이하인 분들이 쓰기엔 다소 부담이 될 수도 있습니다."

묵빛의 몽둥이를 보는 순간 한모의 눈이 반짝였다.

"저거 손맛 죽이겠는데?"

"왜, 한모씨 탐나?"

"무기 나왔으니까 슬슬 시동 걸어야지."

"스펙 괜찮은데요? 포스를 7이나 올려주는데다, 타격한 적에게 랜덤하게 스턴을 먹이면…."

수현의 말에 한모가 결심을 굳혔다.

"우리 저거 사자."

"태랑이한테 안 물어 보고?"

"기다리다가 놓치는 것보단 낫지. 근데 얘는 왜 아직 안 와?"

"그러게 슬슬 올 때가 됐는데. 혹시 무전기로 찾고 있는 거 아냐? 여기 들어 올 때 무전기 다 수거하는 거 모를 텐데…."

"일단은 무조건 입찰하자. 어차피 돈도 많은데 아껴서 뭐해."

마침 소개가 끝나자 경매사가 시작가를 외쳤다.

"4등급 아티펙트인 만큼 200골드부터 시작합니다! 자, 트윈헤드 오우거 몽둥이의 새로운 주인이 되실 분은 누구십니까?"

높은 시작가 때문인지 생각보다 참여자가 적었다.

"네, 220골드 한 분 나왔습니다. 더 안 계십니까?"

그때 한모가 팻말을 들었다.

"230!"

"네, 230골드 나왔습니다."

동시에 싸울아비 클랜의 윤대운이 뒤따라 손을 들었다.

"300!"

그의 전략은 단순했다.

순식간에 확연한 격차를 보임으로써, 감히 엉겨붙을 생각을 차단하는 것이었다. 하지만 한모는 전혀 밀릴 생각이 없었다.

"저 씨벌놈 보소?"

"300골드는 좀 과하지 않아?"

"나 말리지 마라잉, 350골드!"

카운트가 시작되자마자 한모가 호기 좋게 소리쳤다.

사람들의 시선이 일제히 세이버 클랜의 세 사람에게 쏠렸다. 망설임 없는 반격에 사람들이 흥분에 차올랐다.

"붙었다."

"싸울아비 클랜에게 덤비다니 이거 재밌겠는데?"

윤대운도 한모 쪽을 슬쩍 쳐다보더니 피식 웃으며 금액을 상향했다.

"400!"

돈으로 찍어 누르려는 심산.

하지만 한모가 지지 않고 응수했다.

"난 450!"

"오오오!"

"전혀 밀리지 않아!"

"저 클랜 대체 정체가 뭐야?"

곧바로 따라붙는 한모를 보며 윤대운이 처음으로 머뭇거렸다.

그가 생각하기에 4등급 아티펙트에 450골드는 무리한 금액이었다.

특히 다음번에 나올 물건이 이번 경매의 하이라이트라는 걸 알고 있는 그로선, 더 이상의 금액을 쏟아붓기 어려웠다.

'체엣. 별 듣보잡 같은 놈들이. 아주 전 재산을 때려박아 버리네.'

결국 경매사의 카운트가 끝나고, 오우거의 몽둥이는 한모의 소유가 되었다. 물건을 수령한 한모가 만족스러운 웃음을 터트렸다. 마침내 바라던 아티펙트 무기를 갖게 된 것이었다.

"이햐. 그립감 죽이네."

"축하드려요."

"근데 오빠 골드라서 감이 잘 안 오나 본데, 450골드면 3억 넘는 거 알지?"

"흐흐, 돈이야 또 벌면 되지. 뭐시 걱정이여."

그때 태랑이 일행을 찾아왔다.

"낙찰 받으셨네요. 들어오면서 봤어요."

"왔어?"

"어쩐지 답신이 없더라니 입구에서 무전기를 수거하더

군요. 경매 조작을 막는다나? 암튼 형님 목소리 듣고 바로 찾았죠."

"그려, 나 잘 산 거 맞지?"

태랑은 감식의 눈으로 아티펙트를 확인했다.

[트윈헤드 오우거의 몽둥이] 4등급 아티펙트

-트윈헤드 오우거의 주무기.

+포스 +7 상승.

+타격한 적에게 일정 확률로 스턴에 빠지게 함.

+비생물을 제외한 몬스터에 타격 시, 30% 추가 데미지.

"스펙 좋네요. 무기도 없는데 잘 됐어요. 저라도 구매했을 거예요."

"다행이다. 삽질했나 싶었지 나는."

"정보상 들른 건 어찌됐어?"

은숙이 태랑에게 물었다.

자세한 설명을 하기에는 장소가 부적절하다고 판단했는지 태랑이 말을 아꼈다.

"그건 나중에 말해줄게."

"앗, 다른 아티펙트가 나왔어요."

수현이 스크린에 새롭게 떠오른 무기를 가리켰다. 경매사는 화면이 바뀌자 곧바로 소개를 시작했다.

"자, 오래 기다리셨습니다! 오늘의 경매에서 가장 많은 주목을 받은 아티펙트의 경매가 지금 막 시작됩니다!"

그것은 한 자루 칼이었다.

핏빛을 머금은 듯 유난히 붉은 색의 검신이 태랑의 이목을 잡아끌었다.

'저건?!'

태랑은 자기도 모르게 아티펙트의 이름을 언급했다.

"철혈도(鐵血刀)?"

"엉? 저거 알아?"

그때 경매사가 설명을 시작했다.

"무려 5등급 아티펙트! 이름하여 철혈도! 이름부터 무시무시하죠? 놀라지 마십시오. 이 핏빛의 검에는 놀라운 특수효과가 담겨 있습니다. 바로 라이프 스틸!"

"라이프 스틸?"

"그게 뭐에요?"

철혈도는 태랑의 소설 속에 등장했던 아티펙트다.

바로 민준의 무기.

"문자 그대로 생명력 강탈이라는 권능을 지닌 검이야. 공격을 적중시키면 적의 피를 흡수해 자신의 쉴드를 수복할 수 있어."

"우아, 대박인데?"

"저건 본래 민준의 무기였어. 소설대로 진행되었다면 민준은 저 검을 획득하면서부터 놀라운 무용을 뽐내게 되지. 그걸 바탕으로 '진격의 군단' 이라는 클랜을 성장시키고.

근데 왜 저 물건이 경매장에 나오게 되었을까?"

"이유는 알 수 없지. 이미 소설이랑은 한참 틀어져버렸으니까."

"어쨌든 저 물건을 놓쳐선 안 돼. 5등급 무기지만 상위 등급 무기 이상으로 값어치가 있는 물건이야. 민준에게 더 필요하고."

철혈도의 스펙이 공개되자 구경하던 사람들의 입이 떡 벌어졌다. 라이프 스틸이라는 특수효과가 사용하기에 따라 엄청난 폭발력을 내포하고 있다는 걸 깨달은 것이었다.

헌터 가운덴 흔히 '유리대포'라고 불리는 보직이 있다.

보통의 공격 포지션을 딜러(Dealer)라고 칭한다면, 이들은 딜러와 구분하는 의미로 누커(Nuker)라 부른다. 쉽게 말해 순간적으로 폭딜을 퍼붓는 최강의 공격수들이다.

하지만 유리대포라는 말처럼, 누커의 대부분 방어력이 취약하다. 적을 강력한 대포처럼 부셔버리지만, 자신도 유리처럼 쉽게 깨져버린다.

철혈도는 그런 유리 대포에게 있어 최적의 아이템이었다.

라이프 스틸의 놀라운 권능은 부족한 방어력을, 공격력으로 메꾸는 효과가 있었다.

비단 검을 들고 싸우지 않아도 상관없었다. 마법사가 들어도, 궁수가 지니고만 있어도 그 효과는 발동한다.

이어지는 영상에서도 화살을 날리는 궁수의 쉴드가 차

오르는 장면이 연출되었다. 분위기를 한껏 끌어 올린 경매사가 오늘의 마침내 입찰을 선언했다.

"자, 그럼 철혈도의 경매를 시작합니다. 시작가는 300골드 부터!"

"우리 돈 얼마나 남았어?"

"아까 쓴 게 전부야. 1350 골드에서 450골드 썼으니까 대충 900골드 쯤?"

"다 때려 부어."

"정말? 그래도 돼?"

"그래. 남김없이. 저 무기는 어떻게든 손에 넣어야 돼."

좋은 무기를 구하는 건 어렵다. 저 정도 아티펙트는 상당한 운이 따라야 한다. 돈으로 살 수만 있다면, 전 재산을 털어 넣어서라도 손에 넣는 편이 이득이다.

'철혈도에는 그만한 가치가 있어. 저 물건이 어쩌다 여기까지 흘러왔는지는 모르지만, 민준에게 엄청난 힘을 실어줄 무기야.'

철혈도는 이번 경매의 메인 아티펙트였다. 블랙 마켓 공지에서도 언급되었을 만큼 많은 주목을 받아서인지 시작부터 열기가 굉장했다.

"400!"

곧바로 누군가 100골드 이상을 올려 불렀다. 그동안 숨죽이고 있던 큰손들이 움직이기 시작했다. 오로지 이것만 노리고 온 사람들도 있었다.

"410골드."

"440!"

"여기 460."

"그럼 난 470."

동시 호가가 사방에서 쏟아졌다.

순식간에 무기의 값이 한화로 3억원을 돌파했다.

"지금 들어갈까?"

"기다려봐. 아직 눈치작전인 것 같아."

수현이 싸울아비의 윤대운을 힐끔거렸다. 아마도 최후의 경쟁자는 그가 될 가능성이 컸다.

"600!"

마침내 윤대운이 손을 들었다.

이전과 마찬가지로 통 큰 배팅.

500 정도를 저지선으로 여기던 참가자들이 무더기로 이탈했다. 태랑이 마침내 참여를 선언했다.

"700!"

"우아, 또 붙었다! 아까 몽둥이를 가져갔던 클랜이야!"

"자금력이 대단한데?"

"그러게 어디서 금광이라도 발견한 건가?"

현재의 화폐는 금본위에 바탕을 둔 실물경제다.

과거의 주식부자, 땅부자, 혹은 건물주… 한 때 떵떵거리며 거드름 피우던 부자들은 싸그리 자취를 감추고, 금과 보석 등의 실물자산을 갖추고 있던 사람들이 새롭게 부흥했다.

따라서 현재의 1억, 2억은 과거와 비교할 수 없는 값어치를 지니고 있었다. 싸울아비 길드의 자금을 담당하던 헌터는 윤대운에게 난색을 표했다.

"공대장님 저희 자금이…."

"뭐임마? 쪽팔리게 여기서 물러서라고? 웃기지 마! 800!"

싸울아비 클랜은 한계에 가까운 돈을 쏟아부었다. 그들이 애초에 생각했던 금액을 이미 한참 넘긴 상태였다. 거래 수수료를 따지던 막고라 길드원들에게서 웃음꽃이 피어났다.

경쟁이 과열될수록 이문이 많이 남는다.

경매는 블랙 마켓 최고의 히트 상품이었다.

태랑 역시 물러서지 않고 금액을 불렀다.

"900!"

"우아! 900골드 터졌어!"

"대체 저게 얼마야? 6억도 넘는 거잖아?"

"말이 6억이지 현찰 6억이 애들 장난이야? 것도 요즘 같은 시대에?"

"지난 번 레드불 길드에서 열었던 경매 최고 입찰가가 얼마였지?"

"아마 1000골드 넘었을 걸?"

"잘하면 그 기록 깨지는 거 아냐?"

사람들은 어느덧 두 클랜의 대결을 흥미롭게 지켜보았다. 둘 중 하나의 패배가 확실한 위너 테익스 올.

지는 쪽은 아무것도 손에 쥘 수 없다.

"900! 900골드 위로 더 없습니까? 5, 4, 3, 2, 1! 낙찰입니다! 축하드립니다!"

결국 백기를 든 쪽은 싸울아비였다.

그들은 앞선 경매에서 하급 아티펙트를 이것저것 구매하는 바람에 자금의 여력이 부족했다.

800골드는 그들이 부를 수 있는 마지노선이었다.

"젠장! 저것들이 진짜!"

흥분한 윤대운이 좌석을 쾅- 내리쳤다. 듣보잡 클랜이라고 생각했던 놈들에게 두 번이나 물을 먹었다.

그의 자존심에 상처가 났다.

"진정하십시오 공대장님, 아직 마지막 경매가 남아있습니다."

"쓸 만한 무기를 두 개나 놓쳤어! 마스터에게 꼭 가져오겠다고 호언장담을 했는데…."

"이렇게 된 거 마지막 물품은 꼭 챙기죠."

태랑은 철혈도를 품에 넣으며 생각했다.

'잘됐다. 민준에게 주면 무척 좋아할 거야. 이로서 민준은 훨씬 강력해 지겠지.'

그때 경매사가 오늘의 마지막 경매 물품을 소개했다. 4등급의 방어구로 쓸만하긴 하지만, 딱히 세이버 클랜 입장에선 큰 돈 들여 구입할 필요는 없는 물건이었다.

"돈도 다 썼는데 이만 가자. 민준이네 팀이 아이템 구매

끝내고 기다릴지도 모르는데."

"잠깐 기다려봐."

은숙이 윤대운 쪽을 쳐다보며 태랑을 멈춰 세웠다.

"왜 그래?"

"쟤들 지금 바짝 독 오른거 보이지?"

"우리 때문에 두 번이나 입찰을 실패했으니 그렇겠죠. 근데 뭐 일부러 그런 것도 아니고, 저희도 가진 돈 탈탈 털어서 산 거잖아요."

"나 사실 쟤들 아까부터 맘에 안 들었거든, 골탕 좀 먹여 볼까?"

"어떻게?"

은숙이 작전을 설명했다.

"아까보니 800골드까진 있는 것 같더라고."

"응 맞어. 800까진 불렀지."

"이번에 전 재산 털어버리자."

"어떻게? 저 4등급 아티펙트로? 에이, 4등급짜리를 800골드 주고 사는 정신 나간 사람이 어딨겠어?"

"물론 제정신이면 안 그렇겠지. 근데 지금 물불 안 가릴 분위긴데 장단 좀 맞춰 주면 알아서 자폭하지 않을까?"

태랑은 환전소의 일을 떠올렸다.

세이버 클랜을 멋대로 부르는 둥 자신들을 듣보잡 취급하던 놈의 콧대를 눌러줄 수 기회였다. 그렇잖아도 손을 봐주고 싶던 차에 태랑도 흥미가 동했다.

"좋아, 그럼 한번 골탕 좀 먹여볼까?"

마침 마지막 경매 물품의 시작가가 공개되었다.

"자 그럼, 200골드부터 시작합니다!"

"여기 200!"

"250!"

마지막이다 보니 아티펙트의 실제 가치와 무관하게 경쟁적인 입찰이 전개되었다. 이마저 놓치면 빈손으로 돌아가야 할 헌터들에게서 사고 보자는 심리가 발동한 것이었다. 이것은 경매사의 교묘한 언변도 한몫 거들었다. 그들은 어떻게 해서든 물건의 가치를 높여 수수료를 챙기기 위해 노력했다.

"400 골드!"

윤대운이 움직였다. 벼르고 있던 태랑이 기다렸다는 듯이 손을 들었다.

"난 500!"

"와! 장난 없다! 4등급에 500이래!"

"아주 재벌들이네!"

"다 쓸어 담을 기세야! 대단하다."

윤대운의 미간이 꿈틀했다.

'이것들이 진짜 한번 해보자는 거냐?'

평소라면 절대 4등급 아티펙트에 500골드 이상을 지출하지 않았을 것이다. 그러나 자꾸 덤벼드는 태랑의 도발이 그를 자극했다.

"야, 나 말리지 마라. 600!"

"고, 공대장님!"

재정을 담당하는 헌터는 윤대운의 성깔을 아는지라 말리지도 못하고 쩔쩔맸다. 600골드는 누가봐도 오버페이였다.

빈털터리인 태랑은 두근거리는 심장을 애써 진정시키며 다시 한번 값을 튀겼다. 실패하는 순간 독박이다.

"700! 쫄리면 포기하던가?"

"와! 싸울아비 클랜 꼴이 말이 아니군."

"그러게 이번에 밟히면 연속으로 세 번째잖아?"

"완전 굴욕이다 굴욕!"

사람들의 웅성거림이 윤대운을 자극했다.

그가 재정담당을 향해 말했다.

"야! 우리 가진 거 다 털면 모두 얼마야?"

"공대장님 이건 진짜 아닙니다. 마스터께서 아시면…."

"야이 새끼야! 마스터는 보이고 나는 안 보이냐? 내가 싸울아비 공격대장 윤대운이야! 내가 윤대운이라고!"

둘이 치고받는 사이 경매사가 바로 카운트를 시작했다.

"더 이상 입찰자가 없으면 카운트 하겠습니다. 5, 4…."

경매사의 카운트에 오히려 낙찰을 기다리는 태랑의 안색이 하얗게 질려갔다. 낙찰이라도 되는 날엔 돈을 지불 할 여력이 없었다. 경매 방해 행위는 그 즉시 블랙 리스트에 올라가는 중범죄로 취급된다. 그게 아니라면 이미 낙찰받은 철혈도라도 넘겨야 할 판이다.

'젠장, 너무 배짱 튕겼나? 진짜 낙찰 받으면 안되는데.'

"…3, 2…."

그때 윤대운이 번쩍 손을 들었다.

"853골드!"

"네?"

"귀먹었어? 853골드라고!"

윤대운은 정말로 주머니를 탈탈 털었다.

경매사는 움찔하더니 좌중을 향해 소리쳤다.

"네, 85…3골드 나왔습니다. 그 이상 있으십니까?"

경매사의 시선을 정확하게 세이버 클랜을 향해 있었다. 최종까지 맞붙은 그들 외에는 누구도 끼여들 여지가 없어 보였다.

은숙은 터져 나오는 웃음을 간신히 참으며 배를 움켜쥐었다. 수현도 참다못해 등을 돌렸고, 한모는 어깨를 들썩였다.

태랑이 담담한 표정으로 손을 들더니 말했다.

"…포기합니다."

"네?"

"포기한다구요. 도저히 이길 자신이 없네요."

"아… 예. 그러면 카운트 들어가겠습니다. 5, 4…."

"자, 잠깐! 기다려!"

그제야 태랑의 농간에 놀아난 것을 깨달은 윤대운이 급히 손을 들었다.

"포기라고? 어째서지?"

윤대운의 울부짖음에도 경매사는 냉정하게 카운트를 마쳤다.

"…3, 2, 1 축하드립니다. 놀(Gnoll)의 늪지대 바지 낙찰 되셨습니다!"

3. 도둑 길드

포식의 군주

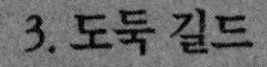

3. 도둑 길드

그러나 낙찰을 받은 윤대운의 표정은 말이 아니었다. 그의 얼굴이 붉으락푸르락 주체못하고 있었다.

"저 개새끼들이!"

그는 물품을 전달하려 다가온 직원에게 소리쳤다.

"말도 안 돼. 4등급짜리 아티펙트를 그 가격에 팔다니! 이건 바가지야!"

윤대운의 발언에 생글거리던 직원의 표정이 딱딱하게 굳었다.

"지금 그거 무슨 말씀이시죠?"

"저 거지같은 놈들 작전에 당한 거라고! 이건 무효야!"

"하지만 저희가 가격을 제시한 것도 아니잖습니까? 직접

호가를 부르셨잖아요."

"아, 아니 그건…."

"그리고 낙찰 거부는 경매 방해 행위에 해당합니다. 알고 계시죠?"

이제껏 살갑게 대하던 표정이 아니었다.

윤대운은 돌변한 직원에 태도에 흠칫 주변을 둘러보았다. 경매장에 있던 직원들이 서서히 자신을 향해 모여들고 있었다.

이들은 모두 막고라 길드 최정예 헌터들.

경매장은 값비싼 물건이 거래되는 곳이니만큼, 만약의 불상사를 대비해 가장 뛰어난 헌터들이 배치되어 있는 곳이다.

윤대운은 막고라 길드의 위상을 떠올리며 한발 물러섰다.

"아, 아니. 그런 뜻 아니었소. 내가 잠시 흥분해가지고… 야, 대금 지불해드려."

부하에게 바통을 넘긴 윤대운은 사람들 틈에 섞여 빠져나가는 태랑 일행을 뒤쫓았다.

'그래, 경매장 측에 열불내봐야 뭐해. 저것들이 원흉이야. 감히 나를 가지고 놀아?'

태랑은 등 뒤에 따가운 시선을 느끼고 돌아섰다. 어느새 씩씩거리며 다가온 윤대운이 흉흉한 기세를 내뿜고 있었다.

"뭡니까? 저한테 할 말 있습니까?"

태랑은 성난 그를 보고도 태연했다.

이곳은 막고라 길드가 주관하는 경매장.

결코 난동을 피우진 못할 것이다. 설사 놈이 진상을 떤다 해도, 제압할 자신은 충분했다.

"일부러 그랬지 너희들?"

"뭘 말입니까? 좋은 아티펙트를 확보하는 건 누구에게나 중요한 일이죠. 그것이 랭킹 안에 든 클랜이건, 듣도 보도 못한 클랜이건 말입니다."

"웃기지 마! 네놈들 때문에 바가지 썼잖아!"

지켜보던 은숙이 나섰다. 결정은 태랑이 했지만 사실 싸울아비를 골탕 먹인 것은 그녀의 의중이었다. 그녀는 환전소에서 무시 받았던 일을 되갚아 주고자 했던 것이다.

"참나, 별걸로 다 억지 부리네. 우리가 당신한테 강매라도 시켰어? 당신이 직접 가격 써내서 낙찰 받은 거 아니야? 우린 돈이 부족해서 사고 싶어도 못 산 거고. 도리어 우리가 열 받아야 될 상황 아니야? 지금 누굴 놀리러 온 것도 아니고."

"뭐, 뭐라고! 진짜 이것들이!"

"그리고 경매라는 게 원래 그래. 운 좋으면 제값보다 싸게 살 수도 있지만, 경쟁이 과열되면 싼 것을 비싸게 살 수도 있지… 너 혼자 무리하다 바가지 쓴 것을 왜 우리 탓으로 돌려?"

그녀의 말은 논리적으로 틀린 점이 없었기 때문에 윤대운은 할 말을 잃고 버벅댔다. 얄미울 정도로 조목조목 따지는 은숙의 언변을 당해낼 재간이 없었다.

그러나 자신이 노리고 있던 무기를 두 개나 뺏기고, 심지어 작전에 당해 터무니없이 비싼 값에 아티펙트를 구매하게 된 그의 입장에선, 도저히 화를 참을 길이 없었다.

"네, 네놈들 이러고 무사할 것 같아? 우리 싸울아비가 그렇게 졸로 보여?"

윤대운의 위협성 발언은 도를 넘어서는 수준이었다.

마침내 한모가 빡돌았다.

"뭐시여? 니 시방 사람 협박했냐? 쥐톨만한 새끼가 누굴 보고 야부리를 털어? 뒈지고 싶어?"

한모는 금방이라도 달려들 것처럼 가슴을 내밀었다.

마주 선 두 사내의 눈에서 불꽃이 튀었다. 순식간에 분위기가 경색되며 사람들이 웅성거리며 모여들었다.

일이 생각외로 커지자 태랑도 살짝 후회스런 감정이 들었다.

'흠… 적당히 할 걸 그랬나. 거들먹거리는 뽄새가 하도 밉상이라 한 방 먹여 줬는데, 그게 좀 과했나 보군.'

하지만 다혈질인 한모가 시동이 걸린 이상 쉽게 끝날 일이 아니었다. 그는 항상 '남자는 가오가 죽으면 끝이여.'라는 말을 입에 달고 살았다. 유달리 자존심이 센 편인 그에게, 덤벼오는 시비를 그냥 넘긴다는 건 상상할 수 없는 일이었다.

만약 경매장에서 소란이 벌어진다면 이유 불문하고 둘 다 징계를 받을 수도 있었다. 그것은 최악이다.

"무슨 문제 있습니까?"

그때 경매장 소속으로 보이는 사람이 다가왔다.

그는 보통 막고라 길드원이 차고 있는 파란색의 아대가 아닌 붉은색 아대를 차고 있었다. 좀 더 높은 직위에 있는 사람이 분명했다.

"지금 저 사람이 행패 부리는 데요?"

수현이 바로 고자질했다.

붉은 아대를 찬 헌터는 윤대운과 한모를 한 번씩 번갈아 보더니 침착한 목소리로 말했다.

"마켓 내에서 폭력은 절대 안 됩니다. 분명 경고하지만 저희 막고라 길드는 고객 사이의 폭력 행위를 결코 용납지 않습니다."

태랑이 그의 얼굴을 보면서 뭔가를 떠올렸다. 실제로 본 것은 처음이지만, 그의 독특한 외양은 소설 속에서 묘사된 그대로였다.

"어! 혹시 막고라 길드 마스터 박성규님?"

"나를 아시오?"

박성규에겐 독특한 특징이 하나 있었다.

어렸을 적 사고로 한쪽 눈이 의안으로 되 있던 것이었다. 유심히 보면 그의 왼쪽 눈은 전혀 깜빡이지 않고 시선이 고정되어 부자연스러웠다.

"신기하군. 일부러 폭염의 망토도 안 걸치고 나왔는데…."

폭염의 망토는 박성규의 화염 마법을 증폭시키는 5등급 아티펙트로 그의 트레이드 마크였다.

불꽃의 문양이 새겨진 화려한 망토는, 보는 이의 이목을 잡아끌었다. 덕분에 사람들은 그를 기억할 때 망토와 한 묶음으로 생각했다. 그것을 입고 있지 않으니 사람들은 그를 보고도 막고라의 마스터인지 못 알아챘던 것이다.

"소문은 익히 들었습니다. 전 세이버의 마스터 김태랑입니다."

태랑이 박성규에게 악수를 청했다.

"반갑소. 막고라 길드의 수장 박성규요. 당신 클랜원들은 하나같이 쟁쟁해 보이는군."

박성규는 안목이 남달랐다.

결코 이름값으로 사람을 평가하지 않았다. 그는 짧은 사이에 세이버 클랜원들을 스캔했고, 하나같이 범상치 않은 헌터들임을 직감했다.

"과찬입니다."

"아, 저, 저기 저는 싸울…."

"네. 압니다 싸울아비 공대장이시죠? 윤대운님."

"지, 직접 뵙게 돼서 여, 영광…."

윤대운 역시 잘나가는 클랜의 공대장이지만, 그 명성이

결코 막고라 길드에 비할 바는 아니었다.

그는 갑작스레 등장한 박성규에 당황하고, 그를 못 알아본 것에 두 번 당황했다. 더욱이 태랑의 발 빠르게 대처하는 바람에 더욱 우스운 꼴이 되고 말았다.

박성규가 양쪽을 돌아보며 말했다.

"마켓을 주최한 내 체면을 봐서라도 서로 얼굴 붉힐 일 없었으면 하오. 비록 소속은 다르지만, 결국 몬스터에 맞서는 다같은 헌터들 아니오? 우리끼리 다투는 것은 무의미하오."

"네… 네. 지당한 말씀입니다. 전 그냥 얘기 좀 나눈 겁니다. 언성 높여서 죄송합니다."

윤대운은 박성규 앞에서 바짝 저자세를 취했다.

그도 그럴 것이 현 싸울아비의 마스터는 막고라 길드에 편입하려고 애쓰고 있었다.

기실 싸울아비 클랜이 이번 블랙 마켓에 참여한 목적도 바로 그것이었다. 따라서 박성규는 그에게 감히 거역하기 어려운 상대였다.

태랑은 박성규의 출현으로 갈등이 대충 봉합된 것에 안도했다. 다음에는 좀 더 신중하게 행동해야겠다는 것도 잊지 않았다.

"그나저나 이것도 인연인데 차나 한 잔 하시겠소?"

"차요?"

"네, 대접해 드리고 싶소."

태랑은 갑작스런 박성규의 제안을 듣고 생각했다.

'그는 분명 뛰어난 헌터다. 당장은 길드 마스터를 맡고 있으니 합류는 어렵겠지만 그와 친분을 쌓아두는 것은 분명 도움이 될 거야.'

한편 박성규의 꿍꿍이는 따로 있었다.

'저들은 이름이 알려지지 않았지만, 상당히 잠재력이 높은 클랜으로 보이는군. 우리 길드로 영입해야겠다.'

"헌데 아직 저희 동료들이 밖에 더 있어서…."

"아, 그렇소? 마켓 내부는 우리 길드원들이 철통같이 경계를 서고 있으니 별일 없을 거요. 나중에 이리로 오라고 하시오."

"그래, 어차피 아이템 사는 데로 이쪽으로 오기로 했잖아."

"그래요 형."

"저, 저는 그럼 어떻게…."

윤대운도 끼고 싶은 마음에 말을 꺼냈다.

그러나 그는 이미 박성규의 눈 밖에 난 상태였다. 박성규는 태랑에게 말 할 때와 달리 사무적인 태도로 일관했다.

"아, 그러고 보니 싸울아비 클랜 마스터가 접견을 요청했더군. 가서 전하시오. 오늘은 시간이 좀 곤란하니 다음에 뵙자고 말이요."

"아… 지, 지금요?"

"그렇소. 지금. 그럼, 가봅시다."

박성규가 태랑 일행을 데리고 안으로 들어가자 홀로 남게 된 윤대운은 울상이 되었다. 그때 눈치 없는 부하가 다가와 말을 걸었다.

"혹시 공대장님이 아까 소란 피운 것 때문에…."

"뭐? 이 새끼가 진짜! 불난 데 부채질 하냐! 너 마스터한테 이번 일 말하면 죽을 줄 알아!"

윤대운은 닭 쫓던 개가 된 심정이 되어 씁쓸한 입맛을 다셨다. 경매 실패도 모자라, 대사를 그르치게 되었으니 마스터의 추궁이 몹시 두려워졌다.

민준은 양편에 두 여자를 끼고 아이템 쇼핑을 하고 있었다. 그러나 표정이 영 밝지 못했다.

'아이고 내 신세야….'

사실 처음부터 그런 배치는 아니었다. 여자 둘을 한데 붙이니 수시로 티격 대는 바람에 불가피하게 중재자의 위치에 서게 된 것이었다.

무슨 일인지는 모르지만, 두 사람 사이는 무척 불편해 보였다.

'여자들 속은 정말 알 수가 없구나. 사이가 좋다가도 곧장 틀어지고, 틀어졌다가도 또 금세 화해하니…이것 참.'

두 사람이 태랑을 두고 신경전을 벌인다는 사실을 모르는 민준으로서는, 냉랭한 분위기의 배경을 짐작도 못 하는 형편이었다.

"드래곤 플라이의 눈알부터 보러 가죠."

"그보다는 트런들의 견갑골을 사는 게…."

늘 이런 식이었다. 무엇 하나 의견통일이 되지 않았다. 사야 할 아이템도 많고, 둘러볼 곳도 많았지만 두 사람이 때를 쓰니 시간만 지체되었다.

"음… 저건 별로 품질이 안 좋아 보이는데?"

"니가 그걸 어떻게 알아?"

"아까 오기 전에 다른 데서도 팔던 걸요? 그게 훨씬 깨끗했어요."

"그럼 그걸 왜 지금 말하는데?"

"언니가 여기부터 오자면서요."

"이게 진짜 말끝마다 대드네?"

"야! 니들 진짜!"

참고 있던 민준이 드디어 폭발했다.

여자들의 신경전 때문에 해야 할 일이 지체되는 것은 도저히 참을 수 없었다.

"니들 아까부터 왜 그러는 거야? 둘 사이에 무슨 문제 있어?"

"없는데?"

"전혀요."

태연한 표정으로 어깨를 으쓱하는 유화와, 팔짱을 끼고 고개를 가로젓는 슬아를 보며 민준은 돌아버릴 지경이었다. 분명 뭔가 있는데 이유를 모르니 답답하기 짝이 없었다.

유화가 슬아를 흘겨보며 생각했다.

'흥, 은숙이 언니한테 그랬다지? 뭐? 두 사람이 무슨 사이건 신경 안 쓴다고? 오냐오냐 해줬더니 이렇게 뒤통수를 쳐? 태랑이 오빠는 내꺼라구!'

반면 슬아도 지지 않고 허리를 꼿꼿이 편 체 가슴을 부각시켰다.

'몸매도 빈약하면서….'

세 사람이 한참 옥신각신하는 중에 그들을 미행하던 두 사내가 마침내 기회를 포착했다.

–지금이다.

–오케이, 내가 시선을 끌어 줄 테니 잽싸게 돈주머니 챙겨.

한 사내가 건들거리는 자세로 민준에게 다가갔다.

"아니 왜 이렇게 시끄러. 니들 여기 전세 냈냐?"

예의 바른 민준이 황급히 사과했다.

"소란 피워서 죄송합니다."

"뭐? 죄송하면 다냐? 거 진짜 여자끼고 다닌다고 더럽게 유세 떠네 씨발. 하나도 없는 놈은 서러워 살겠냐?"

도가 지나친 비난에 민준도 얼굴을 굳혔다.

"…뭐라고요?"

"왜? 내가 뭐 틀린 말 했어? 물뿌리개는 하난데 이쪽저쪽 물 주느라 밤 마다 힘들겠다 아주? 니가 밤일이 시원찮으니까 여자들이 서로 물 주라고 보채는 거 아냐? 내 말이 틀렸어?"

"이 새끼가 보자보자 하니까."

흥분한 민준이 검 자루를 움켜쥐었다. 그러나 주위 사람들을 의식해서 인지 차마 칼을 뽑진 못했다.

"왜? 배기라도 하시게? 여기서 칼 뽑으면 막고라 길드가 가만있을 것 같아?"

"너, 당장 사과해라."

민준은 칼자루를 놓고 놈에게 경고했다. 그러나 놈은 맞기로 작정한 사람처럼 얼굴을 들이밀었다.

"사과는 니미, 저기 과수원가서 찾으시구요."

"이 놈이 진짜!"

그러나 먼저 나선 것은 민준이 아니었다. 유화 역시 한성깔 하는 성격. 그녀는 성희롱에 가까운 모욕을 그냥 넘길 수 없었다. 그러나 무작정 팰 수는 없었기 때문에 놈의 손목을 비틀어 꺾어 그를 제압했다.

"이게 어디서 시비야? 한번 혼나 볼래?"

"아이쿠, 아이고 내 손목아! 이놈들이 사람을 패네! 가드! 가드 좀 불러주시요!"

손목이 바깥으로 꺾인 놈은 몸을 비틀며 사람들을 향해

소리쳤다.

모두가 정신이 팔린 그때, 민준의 그림자 밑에서 불쑥 손이 뻗어 올라오더니 그의 돈주머니를 낚아챘다.

민준은 유화를 말리느라 눈치 못 챘지만 한 발 떨어져 있던 슬아는 그 장면을 똑똑히 목격했다.

'헉! 뭐야? 바닥에서 손이 올라왔잖아?'

"오빠! 돈!"

"엉? 내 돈? 뭐야? 어디 갔지?"

돈 주머니를 소매치기 당한 민준이 당황해서 시비를 걸던 사내에게 소리쳤다.

"너 이 자식이 내 돈 훔쳤지?"

"뭔 소릴 하는 거야! 가드! 가드 불러 달라고!"

"이게 진짜!"

그러나 그림자 속에서 뻗어 나온 손을 본 슬아는 그것이 능력자의 솜씨임을 직감했다.

'범인이 근처에 있어!'

슬아의 눈이 예리하게 주변을 훑었다.

그때 슬아의 눈에 한 사내가 자세를 낮추는 것이 보였다.

'뭔가 수상한데 저 사람?'

그는 신발 끈을 묶는 척 앉아 있었는데, 자세히 보니 땅 속으로 손을 집어넣고 있었다. 그가 손을 뽑아 올리자 놀랍게도 민준의 돈 주머니가 그의 손에서 딸려 나오는 것이었다.

'세상에! 저게 뭐야? 땅속에서 돈 주머니를 끄집어냈잖아?'

그 장면을 목격한 사람은 슬아 뿐이었다.

민준에게 시비를 건 사내가 하도 지랄 발광을 하는 바람에, 몰려든 사람들의 시선은 온통 그 사내에게 쏠려 있었던 것이다. 그녀는 바로 놈들의 수작을 알아차렸다.

'둘이 한패구나!'

돈주머니를 품에 넣은 소매치기는 몰려드는 사람들 좌우로 해치며 달아나기 시작했다. 슬아가 급히 유화에게 말했다.

"언니! 그 놈 꼭 붙잡고 있어요! 전 소매치기 쫓을게요!"

"소매치기? 이놈 아니었어?"

"아뇨, 다른 패거리가 있어요. 지금 도망치고 있어요!"

"알았어!"

"나랑 같이 가!"

유화가 다른 놈을 붙잡고 있었기 때문에 민준이 슬아 뒤를 따랐다. 그새 저만치 벗어난 소매치기는 힐끔 뒤를 돌아보더니 점점 복잡한 곳을 향해 달아나기 시작했다.

슬아 곁에 붙은 민준이 물었다.

"공범이 있다고?"

"바로 저기, 저 놈이에요! 지금 뒤돌아 본 사람."

"대체 어느 틈에 훔쳐 간 거지? 분명 가까이 온 사람은 없었는데?"

"그림자 능력자 같아요!"

"그림자?"

더이상 지체할 시간이 없었다. 놈은 미꾸라지처럼 인파를 파헤치며 점점 멀어져 갔다.

"설명할 시간 없어요! 저 먼저 갈게요!"

슬아가 가속의 능력을 발휘했다. 그녀의 속도가 순간적으로 빨라지면서 벌어진 거리가 좁혀져갔다. 그녀는 한 손에 투검을 뽑아 들고 사거리에 들어온 놈을 겨냥했다.

'흠, 도둑질을 한번 했다고 죽일 필요까진 없겠지.'

슬아는 동정심에 급소를 노리지 못하고 놈의 다리를 향해 투검을 날렸다.

슉-!

빠르게 날아간 투검이 놈의 종아리에 박혔다.

"크헉!"

"맞췄어."

민준이 영리하게 방향을 틀어 포위망을 좁혀왔다.

퇴로가 차단된 놈은 절뚝거리며 도망치다 건물로 둘러싸인 막다른 길까지 몰리게 되었다.

"으윽… 제기랄."

"두 번은 안 봐줄 거야."

슬아가 투검을 든 체 놈을 향해 소리쳤다. 그 사이 뒤따라온 민준 역시 검을 뽑아 들고 질풍참을 날릴 채비를 마쳤다.

"잡았다, 이놈!"

이제 더 이상 도망갈 칠 곳은 없었다.

"죽고 싶지 않다면 항복해라."

"웃기는 소리!"

놈이 절뚝거리며 물러나더니 벽 뒤에 바짝 붙었다. 그 순간 그의 몸이 벽 뒤로 삼켜지듯 스며들었다.

"어엇? 저게 뭐야?"

"이런! 담벼락에 비친 그림자를 이용해서 사라졌어요."

슬아는 땅속에 손을 집어넣는 장면만 보았기 때문에 그의 능력에 대한 파악이 부족한 상태였다.

설마하니 몸 전체를 그림자 속으로 집어넣을 줄은 꿈에도 상상 못했다. 다 잡았다가 놓친 셈이었다.

"젠장 어디로 갔지?"

"분명 멀리 못 갔어요. 아까 돈주머니를 훔칠 때도 그다지 멀지 않은 곳에 있었어요. 능력에 거리제한이 있는 것 같아요. 제가 찾아 볼 테니, 오빤 태랑 오빠한테 무전으로 알려요! 그리고 유화 언니가 붙들고 있는 사람 역시 한패니까 꼭 놓치지 말구요."

"알았다."

슬아가 무릎을 굽히더니 도약 스킬을 발휘해 훌쩍 공중으로 뛰어올랐다. 근처에 가장 높은 건물 지붕까지 솟구친 슬아는, 주변을 360도 둘러보며 놈을 찾았다.

그러나 공원에는 사람이 너무 많았다.

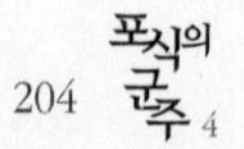

블랙 마켓 중에서도 길거리 시장이라 불리는 이곳은 저급의 아이템뿐 아니라 생필품이 거래되었기 때문에 인파가 잔뜩 몰린 곳이었다.

공원 전체가 곳곳에 좌판을 펼쳐놓은 상인들과, 아이템이나 생필품을 거래하기 위해 모여든 사람들로 인산인해를 이루고 있었다.

자칫 놓칠 수도 있는 상황, 슬아가 정신을 집중했다.

'맞아, 다리에 칼을 맞았지? 절뚝거리는 사람을 찾으면 돼.'

지붕 위에서 한참을 둘러보던 그녀는 멀리 절뚝거리는 사내 한 명을 찾아냈다. 단망경을 꺼내 보니 그 소매치기가 분명했다. 그녀는 쿨타임이 돌아온 도약 스킬을 재차 발휘해 빠르게 지붕 사이로 몸을 날렸다.

'내가 놓칠까 보냐!'

슬아가 소매치기를 뒤쫓는 사이, 민준은 무전기를 붙잡고 태랑을 호출했다. 그러나 대답이 없었다.

그 무렵 태랑 일행은 경매에 참여하느라 무전기를 맡겨 놓은 상황이었다.

"이런, 둘 다 연락이 안 되네. 일단 유화랑 합류해야겠다."

민준은 유화에게 되돌아갔다. 그녀는 여전히 놈을 제압하고 있는 상태였다.

"어떻게 됐어요?"

"놓쳤어. 슬아가 찾고 있는 중이야."

"어떻게요? 슬아의 가속능력보다 빨라요?"

"그건 아닌데, 엄청 독특한 능력을 쓰더라고. 야. 너 그 놈이랑 한패지?"

유화에게 붙들린 사내는 여전히 완강한 저항을 보이고있었다.

"뭐라고? 이것들이 사람 패는 것도 모자라, 이젠 누명까지 씌우네? 이보시요! 누가 가드 좀 불러 주시요! 여긴 법도 없냐!"

"어쭈? 계속 발뺌한다 이거지?"

유화가 좀 더 손목을 비틀었다.

합기도로 다져진 그녀의 관절기 솜씨는 보통이 넘었기 때문에 어지간한 솜씨론 풀어낼 방법이 없었다.

"으악! 이것들이 진짜 생사람 잡는구나!"

때마침 막고라 길드원 들이 달려왔다.

"거기 무슨 일입니까?"

"소매치기에요!"

"소매치기요? 이 사람입니까?"

"일당이 더 있어요. 훔친 놈은 벌써 달아났어요."

"무슨 소리야? 증거 있어? 내가 니들 무고죄로 고소할 거야"

유화에게 붙잡힌 사내는 끝까지 발뺌했다. 가드들은 서로 이야기를 나누더니 말했다.

"조사를 위해 센터로 데려가야 겠습니다. 신원조회를 해 봐야 할 것 같습니다. 두 분도 따라 오십시오."

"알겠어요. 오빠, 태랑 오빤 뭐래요?"

"두 사람 다 무전을 안 받아. 무전기를 안 들고 있는 것 같아."

"하필 이런 때…."

"이보시오, 난 정말 죄가 없단 말이요. 이 사람들이 오해 한 거라니까?"

"일단 센터까지 동행하시죠. 혐의가 입증되지 않으면 풀어 드리겠습니다."

두 명의 가드가 공범을 양 팔을 붙들고 공원 중앙의 관리센터 쪽으로 향했다. 유화와 민준은 그들을 뒤따랐다.

"슬아 혼자 괜찮겠죠?"

"그녀를 일대 일로 누를 수 있는 사람은 없어. 괜찮을 거야."

민준이 자신 있게 말했지만, 유화는 여전히 근심을 거두지 않은 체였다.

정상적인 대결에서는 확실히 슬아는 강했다. 하지만 지난 번의 염동력자 이후로, 유화는 능력자간의 상성이 존재함을 깨닫게 되었다.

아무리 뛰어난 각성자라 할지라도 천적을 만나면 어떻게 될지 모르는 것이다.

포스와 쉴드만큼 중요한 것이 바로 특성이었다.

어떤 특성은 몬스터를 상대하는 데 뛰어나지만, 대인 전투에는 부적합 할 수 있다. 또 어떤 특성은 근접 전투에 특화되어 있지만, 거리를 벌리며 싸우는 상대로 힘을 발휘하지 못한다.

이처럼 능력자 간 상성은 거미줄처럼 얽혀 있었기 때문에, 완전무결한 능력은 존재키 어려웠다. 그것은 슬아라도 마찬가지일 것이다. 민준은 걱정스런 표정으로 손톱을 깨무는 유화를 보며 생각했다.

'아깐 둘이 그렇게 으르렁대더니 지금은 또 걱정하는 건가? 여자들 마음은 정말 알 수 없군. 너무 복잡한 존재야.'

그때 그들 사이로 팔목에 파란 색 아대를 두른 헌터들이 다가왔다.

"혹시 당신들이 소란피운 사람들입니까?"

"네? 소란이라뇨?"

"저흰 이곳 경비를 맡고 있는 막고라 소속의 가드입니다. 신고를 받고 왔습니다."

"아, 방금 전 다른 분들이 먼저 오셨어요."

"그게 무슨 소립니까? 이 섹터는 저희 관할인데요."

"네? 아니 분명히 저 앞에…."

유화가 앞서간 가드를 가리켰지만 그들은 어느 틈엔가 사라져있었다. 아무 생각 없이 따라가다가 그들을 놓치고 만 것이었다.

"뭐야 설마! 가드로 위장한 거였어? 이것들 진짜!"

유화가 놈들을 찾아 나서려고 하자 막고라 길드의 가드가 그녀를 멈춰 세웠다.

“일단 두 분 저흴 따라 오시죠.”

“놈들이 소매치기를 데려갔단 말이에요! 싹 다 한 패라구요!”

“그 말은 센터에 가서….”

“아니 이 사람들이 진짜! 우리가 지금 피해자라니까요?”

“그거야 그쪽의 일방적인 주장이구요, 우린 소란 피운 사람을 통제하는 게 임무입니다. 지금 동행협조를 거부하시는 겁니까?”

막고라 길드원들은 완고했다. 맡은 일에 최선을 다하는 것이지만, 융통성이라곤 눈꼽 만큼도 없었다.

민준은 일이 틀어지는 것이 못마땅했지만, 여기서 그들의 권위를 무시했다간 더욱 일이 복잡해 질 것 같았다.

“유화야. 일단 말대로 하자.”

“이게 무슨 황당한 상황이에요! 죄지은 놈은 안 잡아가고, 왜 우릴 데려가는 건데!”

“일단 태랑이를 만나서 상의하는 게 좋을 것 같아. 어차피 슬아가 소매치기를 뒤쫓고 있으니까….”

“그게 문제잖아요. 아니, 태랑 오빠 왜 하필 이럴 때 무전이 안 된담!”

유화가 성질을 못 이기고 버럭 소리쳤다.

❖ ❖ ❖

태랑 일행은 과거 공원 관리동으로 쓰이던 2층 건물에 도착해 있었다.

사무실로 쓰이던 공간을 깨끗이 들어낸 뒤 블랙 마켓의 진행과 운영을 총괄하는 컨트롤 센터 역할을 수행하는 곳이었다.

"오셨습니까, 마스터."

건물을 지키고 있던 가드들이 깍듯이 인사했다. 박성규는 한 명 한 명에게 성의껏 답례하며 일행을 응접실로 안내했다.

"누추해서 송구하구만."

"아닙니다."

그의 말은 빈말이 아니었다.

응접실이라고 해봐야 허름한 탁자에 오래된 가죽 쇼파 하나가 덩그러니 자리할 뿐이었다.

아무래도 마켓 운영 기간에만 사용하는 곳이기 때문에 갖춰진 집기들이 변변치 못했다. 박성규는 부하에게 일러 차를 시킨 후 태랑에게 물었다.

"세이버 클랜은 규모가 어떻게 됩니까?"

"아직 작습니다. 여기 넷에, 나머지 셋을 합쳐 모두 일곱이 전부입니다."

"호오…."

마침 마실 것이 도착해 각기 차를 들었다. 태랑이 블랙 커피를 홀짝이는데 박성규가 담배를 꺼냈다.

"난 꼭 커피랑 같이 해야 돼서 말이요. 한 대 펴도 되겠소?"

묻지 않아도 무방했을 터인데, 굳이 허락을 구하는 그의 모습이 꽤 인상적이었다.

'부하들 대하는 것도 그렇고, 무척 경우가 바른 사람이군.'

현존하는 길드 중에서 손꼽힐 만큼 강력한 막고라의 수장치고는 무척이나 겸손한 자세였다. 보통 그의 위치에 오르면 거만해지거나 권위적이기 십상인데 본래 성격이 소탈한 편인 것 같았다.

어쩌면 길드가 이렇게 커진 것도 그의 온후한 성격에 비롯된 것 같다는 생각이 들었다.

"저도 한 대 펴도 되겠습니까?"

"얼마든지. 담배는 함께 필 때 더 맛이 좋은 법이지."

태랑이 담배를 꺼내 무는데 그가 불쑥 손을 내밀었다.

"라이타요."

"예?"

순간 그의 집개 손가락에서 촛불 크기의 불꽃이 피어올랐다. 어찌 보면 손에 불이 붙은 것처럼 보였다.

"지금 그거 마법인가요?"

같은 마법사를 보고 흥분한 수현이 소리쳤다.

길드의 마스터를 대하는 태도치고 다소 예의 없는 행동이었지만, 박성규는 크게 괘념치 않는 것 같았다.

"그렇네. 파이어 핸즈라는 스킬이지. 조절하기에 따라서 이렇게 담뱃불을 붙일 수도 있다네."

태랑이 담뱃불을 붙이고 바로 고마움을 표했다.

"감사합니다."

"별 말씀을."

한동안 의미 없는 대화가 오고 갔다.

레이드에 대한 이야기, 독특한 외양을 가진 몬스터, 피난지의 계엄령 선포와 군부독재에 대한 우려 등….

적당히 분위기가 무르익자 박성규가 슬슬 본론에 들어갔다.

"경매장에서 쭉 지켜봤소."

"보셨습니까?"

"인상적이더군. 특히 싸울아비 공대장을 돈으로 찍어 누르는 패기가 대단했소."

"아닙니다."

박성규는 태랑이 경매장에서 낙찰 받은 철혈도를 가리키며 말했다.

"철혈도는 좋은 물건이요. 사실 매물로 내놓지 말까 하는 고민도 했었지."

"그렇습니까?"

"하지만 쓸 만한 물건을 풀어야, 괜찮은 사람들이 올 것이라 생각했소."

"그게 무슨…?"

박성규가 경매장에 있던 것은 우연이 아니었다.

그는 자신의 정체를 숨긴 채 경매장에 모여든 헌터들을 면밀하게 관찰하고 있던 것이었다.

"알다시피 우리 길드는 현재 네 개의 클랜이 뭉쳐 있소. 소속된 헌터만 백여명에 이르고 관할 구역 내에 보호하고 있는 주민들의 수도 상당하지."

관할 구역이란 막고라 길드가 몬스터의 침입으로부터 안전지대로 확보한 곳이었다.

그들은 주변의 던전을 클리어 하고, 순찰활동을 통해 침입해 오는 몬스터들을 물리치며 안전지대를 넓혀가고 있었다. 그리고 그곳에서 전투 능력이 부족한 각성자들을 보호하며 거주지를 일구었다. 쉽게 비유하면 군대를 일으켜 영지의 기반을 잡는 것과 유사했다.

"그렇군요. 대단합니다."

"김태랑씨, 나는 지금의 혼란이 언젠간 극복되리라 믿고 있소. 비록 몬스터들이 날뛰고 맨이터들이 활개치고 있지만, 인류는 언젠가 과거의 평화를 쟁취할 것이요."

"저도 그렇게 되면 좋겠습니다. 헌데 왜 저에게 그런 말씀을…."

박성규는 단도직입적으로 말했다.

"세이버 클랜도 우리 길드와 뜻을 함께하지 않겠소?"

"…네?"

"나는 지금 당신에게 영입을 제안하는 것이요. 우리 길드에 들어오시오. 함께 평화를 일구는데 동참해 주시오."

'설마 박성규는 이때부터 군주를 생각했던 것인가?'

태랑은 갑작스러운 영입제안보다, 그의 발 빠른 형세판단에 더욱 놀랐다.

이제 막 클랜의 한계를 깨달은 헌터들이 느슨한 연합형태로 길드를 구체화해 가던 시기, 그는 남들보다 한발 앞서 군주의 밑그림을 그리고 있었던 것이다.

'통찰력이 대단한 사람이구나. 어쩌면 주어진 본연의 능력보다 바로 이런 점이 그가 가진 강점일지도….'

박성규는 아티펙트보다 헌터의 중요성을 일찍 깨달은 사람 중 하나였다. 그는 우수한 부하를 될 수 있는 한 확보하는 것만이 왕도에 오르는 지름길이라 확신했다.

그가 블랙 마켓을 주최하는 배경에는 길드 운영 자금을 조달하려는 목적 외에도, 주변에 흩어져 있는 인재를 영입하려는 또 다른 목적이 숨어있었다.

꽃향기를 맡고 모여드는 꿀벌을 기다리듯, 모두가 탐낼 법한 아티펙트를 경매에 올려 이를 보고 몰려든 헌터들을 자기편으로 끌어들인다.

어찌 보면 굉장히 효율적인 인재 모집책을 펼치고 있는 셈이다.

하지만 태랑에겐 아직 해야 할 일이 남아있었다.

길드에 소속되어 그들의 비호를 받는 것도 좋지만, 달리 말하면 그만큼의 의무도 주어진다는 소리.

그의 명령에 따라 불필요한 싸움을 해야 할지도 모르고, 차후의 활동도 제약받을 것이다.

게다가 태랑은 기왕이면 누군가의 밑으로 들어가는 것보다는 자신이 위에 서는 편이 좋을 거라 생각했다. 그는 마음만 먹는다면 누구보다 뛰어난 군주가 될 수 있었다.

박성규의 발 빠른 행보가, 태랑의 잠재되어 있던 권력욕을 자극했다.

"…제안은 감사합니다만, 저희가 아직 준비가 안 된 것 같습니다."

"준비라니?"

"제가 알아본 결과 막고라 길드는 모두 4개의 클랜이 연합해 있다지요? 각각의 클랜장들도 하나같이 쟁쟁하구요."

박성규가 희미하게 웃었다.

"내 입으로 얘기하기 쑥스럽지만, 그렇소. 우리 클랜장들은 다른 곳에선 능히 길드 마스터까지 될 수 있는 인물들이지."

"그래서 더욱 준비가 필요한 겁니다."

"그게 무슨…?"

태랑은 굳이 노트북의 존재까지 밝힐 필요는 없다고 판단했다. 그것이 세상에 알려진다면 엄청난 파장이 일게 분명하니까.

그렇다고 자신을 등용하려고 손 내민 박성규의 성의를 대놓고 무시할 순 없었다. 그래서 다른 거절의 이유를 생각해 냈다.

"막고라 길드에는 독특한 길드장 선출의식이 있다지요?"

"막고라(MAKGORA) 말이요?"

"네. 1년에 한 번씩 '막고라'를 벌여 새로운 길드장을 추대한다는…."

태랑의 바라보는 박성규의 눈빛이 이채를 띠었다. 눈앞의 젊은 사내가 자신의 생각보다 훨씬 포부가 큰 사람임을 알아챈 것이다.

"흐음…."

"저는 길드에 들어간다면 언젠가 마스터에 오르고 싶습니다. 하지만 혼자선 제아무리 뛰어난들 길드를 이끌어 가기 역부족이겠지요. 그것은 어느 정도 세력기반을 갖춘 다음에야 할 수 있는 일 아니겠습니까?"

"옳은 판단이요."

박성규는 쇼파 뒤로 몸을 기댄 체 턱을 쓰다듬었다. 무언가 골똘히 생각하는 모습이었다.

'…젊은이의 패기인가, 근거 있는 자신감일까.'

"저희 클랜의 멤버는 아직 일곱밖에 되지 않습니다. 어지간한 클랜의 삼분의 일도 안 되는 수준이지요. 어쩌면 막고라 길드에 편입되는 순간 흔적도 없이 사라져 버릴 겁니다. 해서 길드 가입은 우선 다른 클랜장들과 대등한 규모까지 올라선 후에 생각해 볼 문제 같습니다. 좋게 봐주신 점은 감사합니다."

"김태랑씨는 보기보다 야심만만한 사람이군."

'당신의 그릇이 아무리 커도 나를 품기엔 부족해.'

"과찬입니다. 아직 부족한 게 많습니다."

"어쨌든 나는 긍정적인 대답으로 받아들이겠소. 설사 우리 길드에 들어오지 않는다 해도 앞으로 우호적인 관계를 유지해 가면 좋겠소."

"그건 저희 쪽에서도 바라는 바지요."

마스터끼리의 공식적인 대화였기 때문에 다른 멤버들은 끼어들지 않았다. 평소 격의 없이 지낸다 해도, 대외적인 회동에선 태랑의 면을 세워줘야 했기 때문이다.

은숙은 막고라의 마스터 앞에서 전혀 주늑 들지 않는 태랑을 보며 생각했다.

'역시! 저 정도 배포는 되어야 우리 마스터지. 비굴한 모습을 보였으면 실망했을 거야. 잘했어 태랑.'

그때 응접실 바깥에서 소란스런 소리가 들려왔다.

"여기 우리 동료들이 있다면서요!"

"지금 마스터랑 접견 중이십니다. 이러시면 저희도 곤란합니다."

"아니 기다릴 상황이 아니라니까요!"

수현은 바로 유화의 목소리임을 알아챘다.

"이거 유화 누나 목소리 아니에요?"

"어? 정말 그런 것 같은데?"

곧 문이 벌컥 열리며 유화가 뛰어 들어왔다. 그녀를 말리던 헌터들은 민준과 대치하고 있었다.

"태랑 오빠!"

"유화야, 왜 그래? 무슨 일이야?"

민준은 신중한 성격이다. 그가 유화를 말리지 않았다는 것은 분명 뭔가 큰 일이 벌어졌다는 의미였다.

의자에 앉아 있는 태랑을 본 유화가 울먹이는 목소리로 말했다.

"슬아가, 슬아가 사라졌어요!"

'어디까지 도망칠 셈이야!'

슬아는 홀로 그림자 능력자를 쫓고 있었다.

잡았다 싶으면 자꾸 그림자 속으로 사라지는 놈을 따라가다보니, 어느새 마켓 외곽까지 이르게 되었다.

마켓 주변에는 높은 울타리가 쳐져 출입이 통제된 상태.

일정한 간격으로 배치 된 CCTV가 외부의 접근을 감시하고 있었다.

놈은 끈질기게 추격하는 슬아를 따돌리기 위해 그림자

능력을 발휘하여 울타리 반대편으로 넘어갔다. 그림자만 확보되어 있다면 놈에게 물리적인 장벽은 아무런 효과가 없었다.

"내가 놓칠까 보냐!"

약이 오른 슬아가 도약 능력을 발휘해 울타리를 훌쩍 뛰어 넘었다. 높이 솟구친 그녀는 공중에서 투검을 뽑아 놈을 향해 날렸다. 그러나 투검은 아슬아슬 빗나가고 말았다. 자신이 움직이는 와중에 도망치는 적을 맞추기란 여간 쉽지 않았다.

'치잇!'

또 다시 이어지는 추격전.

놈은 다리에 부상을 입었음에도 신출귀몰한 솜씨로 슬아를 따돌렸다. 특히 공원을 벗어나 도심으로 나오자 건물과 건물사이 벽들이 놈에게 유리한 환경으로 작용했다.

그는 그림자만 드리워져 있다면 어디든 넘나들 수 있었다.

'제길, 어디로 갔지?'

또 다시 놈이 벽을 뚫고 사라졌다. 슬아는 사방을 뒤지며 흔적을 찾았다. 그때 바닥에 떨어진 핏자국이 보였다. 핏자국은 한 건물로 주욱 이어져 있었다.

'여기 숨었구나!'

놈의 종아리에서 흘러내린 핏자국이 틀림없었다. 슬아는 단검을 뽑아 들고 건물로 침투했다.

'그림자 능력이 무한대 일리는 없어. 게다가 계속 피를 흘렸으니 분명 지쳐 있을 거야. 여기서 붙잡는다.'

슬아는 발자국 소리를 죽여 가며 조심스럽게 접근했다. 문 뒤에서 거친 숨소리가 들렸다. 놈이 맞은편에 숨어있었다.

'내가 온 것을 모르는구나. 놈이 다신 도망치기 못하게 단번에 제압해야 돼.'

슬아가 문 앞에 바짝 붙은 체 호흡을 가다듬었다.

'또 다시 그림자 속으로 숨으면 강제로라도 끄집어 내주지.'

계속된 추격으로 슬아도 바짝 독이 올랐다. 어떻게든 놈을 제압해야 겠다는 생각뿐이었다.

쾅–!

슬아가 문을 걷어차며 안으로 진입했다. 그러나 방안은 텅 비어 있었다.

'어라? 분명 숨소릴 들었는데? 벌써 도망쳤나?'

그녀가 당황하며 주변을 두리번거리는 순간, 갑자기 천장에서 놈이 떨어져 내렸다. 핏자국은 처음부터 그녀를 유인하기 위한 술책이었던 것이다.

빡–

놈은 손에 쥔 벽돌로 슬아의 머리를 후려 갈겼다. 순간 정신을 잃은 슬아가 풀썩 쓰러졌다.

놈이 거친 숨을 몰아쉬며 소형 무전기를 꺼내 들었다.

"헉헉, 이쪽으로 와. 그년 생포했어."

그는 다리에서 흘러내린 피를 보고는 열이 받아 기절한 슬아의 옆구리를 한 번 더 걷어찼다.

퍽-

"제기랄 년. 몸값만 아니면 확 죽여 버리는 건데…."

❖ ❖ ❖

슬아가 다시 눈을 떴을 땐 두 손 두 발이 밧줄로 꽁꽁 묶인 상태였다. 벽돌에 맞은 뒤통수에서 피가 흘렀는지 목 뒤가 끈적했다.

자신의 주위에는 네 명의 사내가 빙 둘러 있었다.

그 중 둘은 소매치기 일당이었고, 나머지 둘은 처음 보는 사람들이었다. 그들은 특이하게 왼 손목에 파란색 아대를 차고 있어 막고라 길드처럼 보였다.

"깨어났나?"

민준에게 처음 시비를 걸었던 사내가 입을 열었다.

그는 슬아의 투검집을 탄띠처럼 어깨에 걸쳐 메고 있었다. 불굴의 완갑과 단검 역시 그의 손에 들린 체였다.

"나를 어쩔 셈이지?"

"걱정 마. 죽일 생각이라면 벌써 죽였을 테니까. 네년 일행 중에 돈 가방을 멘 놈을 봤다. 그것과 너를 맞교환할 생각이야."

"너희들 이러고도 무사할 것 같아?"

슬아는 계속 손발을 움직여 보았으나 어찌나 꽁꽁 동여 맸는지 옴짝달싹도 할 수 없었다. 지난 폭룡 클랜의 경우처럼 수갑 형태라면 모를까, 두 손 두 발이 모두 묶인 상태에선 자력 탈출이 불가능했다.

"글쎄다, 그 질문은 우리가 너에게 물어야 할 것 같군. 너 그렇게 계속 건방진 태도를 보이면 무사할 것 같아?"

그가 무릎을 구부려 슬아와 눈높이를 맞췄다. 그리고 단검을 슬아의 볼에 바짝 들이밀었다.

검 끝의 차가운 느낌에 슬아의 솜털이 곤두섰다.

"그 예쁜 얼굴 흉지기 싫으면 말 가려서 하란 말이야. 우린 여자라고 딱히 봐주고 그런거 없으니까."

슬아는 잠자코 입을 다물었다. 놈들을 자극해 봐야 좋을 게 없었다. 그는 입을 꼭 다문 슬아를 보고는 만족스럽게 웃으며 몸을 일으켰다.

"쓸데없이 객기 부리지 않는 건 마음에 드는군. 제법 능력이 출중하던데 어디 소속이야?"

그들은 슬아가 기절한 틈에 능력을 훔쳐본 상태였다. 상당히 높은 스텟과 독특한 특성을 보고 그녀를 유명 클랜의 헌터라 짐작하고 있었다.

슬아는 잠시 망설였지만, 괜히 거짓말을 해봐야 소용이 없을 것 같았다.

"세이버 클랜."

"세이버? 그건 무슨 듣보잡 클랜이야? 정욱이 너 들어봤냐?"

놈의 물음에 그림자 능력자 임정욱이 대답했다. 그는 다친 다리 쪽에 드레싱을 하고 있었다.

"금시초문인데? 우리 정보망에 잡히지 않을 정도면 랭킹 100위 안에도 못 든 다는 소리잖아?"

"너, 거짓말이면 혀를 뽑아 버릴 거니까 똑바로 말 안해? 너 같은 능력자가 속한 클랜이 100위 안에도 못 든 다는 게 말이 돼? 이게 누굴 속이려고!"

"정말이야. 우린 게시판 활동을 하지 않아서 알려지지 않았을 뿐이야."

슬아가 눈을 똑바로 쳐다보며 대답하자, 놈도 살짝 수긍하는 눈치였다.

"흐음. 하긴 모든 클랜이 다 실적을 떠벌이는 건 아니지. 우리 도둑 길드만 해도 그렇고."

"도둑 길드? 그게 너희 길드 이름인가?"

"그래. 직관적이어서 좋지? 몬스터는 사람을 잡고, 헌터는 몬스터를 잡지. 그리고 맨이터는 헌터를 잡고. 정말 지긋지긋해. 서로가 서로를 죽고 죽이기만 해서. 하지만 도둑 길드는 아무도 죽이지 않아. 단지 빼앗을 뿐. 몬스터에게 조금, 헌터에게 조금, 설사 맨이터라도 상관없어. 우린 뭐든지 훔쳐낸다."

슬아는 슬쩍 고개를 들어 정욱을 쳐다보았다. 그의 그림자 능력은 확실히 놀라운 데가 있었다.

"그런 진귀한 능력을 고작 물건 훔치는데 쓰다니!"

"도둑질이 뭐 어때서? 우린 도둑질에 최적화된 능력을 가지고 있지. 여기 두 친군 사실 쌍둥이야. 인사해라."

"반가워."

"나도."

하지만 쌍둥이라고 소개한 사람들은 얼굴이 전혀 달랐다. 이란성이라도 그렇게 닮지 않는 것은 힘들어 보였다.

"무슨 쌍둥이가…."

"아! 아직 얼굴을 안 바꿨구나."

아대를 차고 있던 두 사내가 세수를 하듯 얼굴을 문지르자 놀랍게도 눈앞에서 얼굴이 바뀌기 시작했다. 주름이 펴지고 코가 세워지는 등 마치 찰흙 반죽을 주무르는 것 같았다.

잠시 후 두 사람은 똑같은 얼굴이 되어 있었다.

"어때? 이제 좀 쌍둥이 같아?"

"세상에!"

"역용술이란 특성이다. 사기치긴 딱 좋은데, 몬스터랑 싸울 때는 아무리 얼굴을 바꿔도 소용없더라고. 잘생기면 봐줄 줄 알았는데 말이야."

"양현! 뭘 그렇게 다 설명하고 있어? 그리고 그 농담 내가 재미 없댔지?"

"양아! 너 또 형한테 말 놓는다?

"무슨 5분 일찍 나왔다고 꼬박 꼬박 형대접 받을라고."

"이게 진짜!"

두 쌍둥이가 투닥거리자 정욱이 두 사람을 뜯어 말렸다.

"너희들 왜 그래! 인질 앞에서 창피하게 진짜."

"그래, 적당히 좀 해. 이것들은 어째 진지한 구석이 없어."

그러나 쌍둥이중 하나가 다시 얼굴을 문지르더니 정욱의 얼굴로 탈바꿈해 똑같이 말하는 것이었다.

"인질 앞에서 창피하게 진짜."

이어 다른 쌍둥이 역시 얼굴을 복제했다.

"이것들은 어째 진지한 구석이 없어."

"야! 내가 내 얼굴 따라하지 말랬지! 소름끼친 다니까!"

"야! 내가 내 얼굴 따라하지 말랬지! 소름끼친 다니까!"

"이 자식이 진짜 죽을 라고!"

슬아는 눈앞에서 벌어지는 촌극에 어이가 없으면서도 한편으로는 그들의 희귀한 능력에 혀를 내둘렀다. 그림자 능력도 대단했는데, 얼굴을 복사하고 변용하는 능력은 상상도 못하던 종류였다.

'…그래도 체형은 바뀌지 않는구나. 눈썰미가 예리하면 알아챌 순 있겠다.'

자기 얼굴을 따라한다고 역정을 내던 사내가 멱살을 움켜쥔 뒤에야 양현, 양아의 장난이 끝이 났다.

한창 씩씩거리는 그를 정욱이 달랬다.

"철진이 니가 참아. 저것들 아직 철이 없어서 그래."

"에이 씨발, 진짜 한두 번도 아니고."

"미안."

"나도."

"됐어 새끼들아!"

"알았어."

"그래."

쌍둥이의 장난을 지켜보던 김철진은 점점 머리가 아파왔다.

'조직도 진짜 해도 너무하는군. 하고 많은 애들 중에 하필이면 덤엔 더머 형제를 보낼 건 뭐야? 우리가 무슨 쓰레기 처리장도 아니고….'

별명에서 짐작할 수 있듯, 양현 양아 형제는 평소에도 생각 없는 행동으로 길드 내 평판이 좋지 못한 편이었다. 그러나 상부에서는 지난번 임무 실패로 발생한 결원을 보충해야 한다며 처치 곤란한 쌍둥이 형제를 내려 보낸 것이었다.

'차라리 이건 병력충원이 아니라 혹을 떼다 붙인 셈이야. 그것도 두 개씩이나 말이지.'

할 수만 있다면, 그들을 돌려 보내고 정욱이랑 둘이서만 활동하고픈 철진이었다.

도둑 길드는 여타 길드와는 다르게 점조직 형태로 움직인다.

각각의 점조직들은 아무리 인원이 많아도 다섯을 넘지 않았다. 길드의 결성 이유가 주로 조직의 덩치를 불리는 데 있는것에 비춘다면 도둑 길드의 운영 방식은 무척 이례적인 것이었다.

하지만 거기엔 나름 합리적인 이유가 있었다.

우선 그들은 '빈집털이' 스타일을 선호했다.

태랑의 세이버 클랜도 그렇지만, 소규모 클랜의 경우 레이드를 나갈 때 모두 함께 움직일 수밖에 없다.

헌터 한명 한명의 전투력이 아쉽기도 하고, 괜히 인원을 쪼갰다 맨이터에게 각개격파 당할지도 모른다는 우려 때문이었다.

도둑 길드는, 타겟으로 삼은 클랜의 아지트가 몬스터 사냥으로 비워지길 기다렸다가 몰래 침입해 물건을 싹쓸이했다.

문자 그대로 '빈집털이'.

텅 빈 아지트는 주인 없는 보물창고나 마찬가지였다.

각종 생필품은 물론 전투 시 당장 쓰지 않는 아이템이라든지 혹은 숨겨놓은 아티펙트를 발견할 때도 있었다.

분명 누군가가 목숨 걸고 획득한 것이지만, 그들은 아무런 희생 없이 차지했다. 그들이 한 유일한 노력이라면, 목표로 삼은 클랜이 사냥을 나갈 때까지 끈기 있게 기다린 것뿐.

다만 이런 식의 빈집털이는 두 번은 안 통한다는 것이

문제였다. 한번이라도 빈집털이를 당한 클랜들은, 귀찮더라도 귀중품을 싸들고 다니거나 혹은 레이드를 떠난 척 매복을 하고 있다가 다시 돌아와 도둑을 처단하는 경우도 있었다.

이 때문에 도둑 길드는 조직을 수십 개로 분할해 흩뿌려 놓았다.

어차피 빈집털이를 수행할 인원은 많을 필요도 없을 뿐더러, 대상을 물색하고 잠복하는데 상당한 시간이 소요되므로 쓸데 없는 시간 낭비를 줄이자는 의도였다.

그것이 바로 도둑 길드가 점조직 형태로 운영되는 이유였다.

게다가 도둑길드는 단순히 도둑질에 그치는 게 아니라, 지역 내 정탐 활동도 함께 하고 있었다.

이들은 서울 전역에 흩어져 있는 클랜들의 동향을 파악하여 비밀 사이트를 통해 공유하고, 이렇게 취합된 정보를 다시 정보상들을 통해 비싼 값에 팔아넘겼다.

쉽게 말해 도둑질이 주업이라면, 정보 수집은 부업이랄까?

철진이 속해 있는 '강동지부' 는 지난 번 빈집털이 때 지부장이 살해당하는 바람에 한동안 숨 고르기에 들어간 상태.

그는 새로운 지부장이 오기 전까지 임시지부장을 맡고 있었지만, 아무래도 임시인 만큼 동료들이 딱히 대우를 해주는 것도 아니었다.

본래 같은 지부 소속이던 정욱도 그렇고, 새로이 합류한 쌍둥이 형제 역시 전혀 지부장에 대한 예우 따윈 없었다. 그저 감투하나 더 달고 있는 동료로 취급할 뿐.

철진은 솔직히 그 점도 불만이었다.

'이럴 거면 지부장부터 빨리 내려보낼 것이지, 뭐하러 나한테 임시지부장 직함을 맡겨가지고는…'

그러나 지부장의 경우 마스터가 직접 임명하는 자리인 만큼 시간을 필요로 했다. 특히 도둑 길드의 마스터는 정말로 신임하는 자가 아니면 사람을 쉽게 믿지 않는 것으로 유명했다.

때문에 도둑 길드 강동지부 소속 멤버들은, 최근 관할 지역 내에 블랙 마켓이 열린다는 소식에 갈등했다.

마켓이 열리게 되면 돈을 들고 온 헌터들이 사방에서 몰리기 때문에 소매치기 몇 건만 성공시켜도 짭짤한 수입을 올릴 수 있었다. 이들은 맨이터처럼 사람을 죽이거나 하는 것이 아니라 검문에 걸리는 위험도 없었다.

다만 상부에서는 지부장의 부재를 이유로 한동안 잠수타고 있으라는 지령을 내린 상태. 멋대로 움직였다간 나중에 징계를 받을지도 몰랐다.

고지식한 정욱은 상부의 지시에 따라야 한다며 반대하는 입장이었고, 철진은 자기들 끼리 몰래 해보자는 쪽이었다.

-안 돼. 위에서 잠수타고 대기하랬잖아.

–야, 마켓 열릴 기회가 얼마나 자주 온다고 그래? 가서 푼돈 조금 훔쳐도 아무도 모른다니까? 우리가 보고 안 하면 그만이야.

–그래도 만에 하나 위에서 알게 되면….

–아이고 이 답답아. 야, 정욱아. 솔직히 말해서 상부에서 우리 지부 좆도 신경이나 쓰는 것 같냐? 신경 썼으면 잘도 저런 떨거지들 보냈겠다.

–덤엔 더머 형제들?

–그래. 저 병신같은 것들은 맨날 누가 형이네 하고 싸우기만 하는 놈들이잖아. 게다가 지부장은 대체 언제 보내준다는 건데? 무슨 임시지부장이랍시고 권한도 없이 책임만 잔뜩 주고는 구석에 짜져 있으라니… 완전 우리만 손해보고 있잖아.

–흠….

–그리고 니 그림자 능력이면 절대 걸릴 일 없어. 만약 걸린다 해도 쌍둥이 형제가 있으니 어떻게든 빠져나올 수 있을 거야.

–그게 무슨 말이야?

–놈들을 막고라 길드의 가드로 위장시키는 거지, 그러니까….

그렇게 가벼운 마음으로 시작했던 소매치기 행.

그러나 생각과 달리 납치극으로 번져버린 사태에, 김철진은 무척 난처한 입장에 처하고 말았다.

이 정도 사안이면 벌써 상부에 보고를 올리고 지시를 기다려야 했지만, 지은 죄가 있었으므로 철진은 자기 선에서 일을 종결시키고자 마음먹었다.

'어쨌든 인질은 우리 손에 있어. 이번 일만 적당히 수습해 내면 길드 마스터가 나를 바로 지부장으로 승격시켜줄지도 모르잖아? 한번 해보는 거야.'

"야. 나한테 좋은 생각이 있으니까 다들 모여 봐."

그들은 슬아를 조그만 방에 가두고는 작당 모의를 시작했다.

"여기 씨씨티비에 찍힌 분, 그 여자분 맞죠?"

센터에 설치된 막고라 길드의 상황실에는 세이버 클랜 맴버들이 가득 차 있었다. 모니터 화면에서 도약 스킬로 울타리를 벗어나는 슬아의 모습이 흘러나왔다.

"대략 30분 전 녹화된 화면입니다. 당시엔 불법 침입자로 판단하고 곧바로 가드를 출동시켰지만, 도착해 보니 멀리 사라진 뒤였습니다. 설마하니 이 정도 높이를 도구 없이 한 번에 뛰어넘을 거라곤 저희도…."

상황실을 책임지는 헌터의 설명엔 약간의 변명이 섞여 있었다. 그도 그럴 것이 그 자리엔 막고라 마스터인 박성규가 함께 있었기 때문이었다. 마켓의 경계를 책임지는 그는,

30분전 탈출 상황이 불가항력적인 부분임을 어필하는 중이었다.

"저기가 어디죠?"

"남문 부근입니다. 저 울타리를 넘어가면 바로 시내로 연결 되구요."

태랑은 슬아에 앞서 울타리를 건너간 능력자를 상기했다.

블링크와 유사해 보이지만 전혀 다른 방식의 스킬이었다. 갑자기 땅속으로 꺼지는가 싶더니 반대편에서 쑤욱 올라왔다.

'슬아가 민준이에게 그림자 능력자라고 했다지? 짐작 가는 게 있긴 한데….'

태랑이 유일하게 기억하는 그림자 능력자는 쉐도우 마스터라 불리는 살수. 2년 뒤 최악의 맨이터 길드라 불리게 되는 암살자 길드의 마스터였다.

그러나 도망친 사내가 정말 쉐도우 마스터인지는 알 수 없는 일이었다. 다만, 그림자 능력이 응용에 따라 무척 상대하기 까다로운 스킬인 것만은 확실했다. 아무리 슬아라도 방심하면 당할 수밖에 없을 것이다.

"바로 가자. 수현이 넌 혹시 모르니까 여기서 기다리고 있어. 길이 엇갈려서 슬아가 다시 올지도 모르니까."

"네."

태랑이 나머지 일행을 데리고 떠나려는데, 박성규가

그에게 말했다.

"나도 같이 갑시다."

"네? 같이요?"

"우리 마켓에서 벌어진 사건이잖소. 나에게도 책임이 없다고 할 수 없지. 도와드리겠소."

박성규가 직접 나서자 부하들이 그를 만류했다.

"마스터께서 굳이… 정 그러면 저희가 가겠습니다."

"됐다. 중간에 연락이 닿지 않았던 건 내가 이들을 초대했기 때문이다. 나로 인해 벌어진 일에 너희들을 보내는 것은 손님에 대한 예의가 아니지."

"하오면 저희가 동행하겠습니다. 상대의 정체도 모르는데 마스터 혼자 보낼 순 없습니다."

"동행?"

박성규의 목소리에서 처음으로 '오만' 비슷한 감정이 표출되었다. 항상 점잖고 겸손한 사람인 줄 알았는데, 그 역시 자부심 넘치는 전사였다.

"지금 누가 누굴 걱정하는 것이냐. 그럴 필요 없으니 내 망토나 가져와."

곧이어 붉은색 망토가 도착했다.

그에게 불꽃의 연금술사라는 호칭을 달게 한 폭염의 망토였다. 5등급에 달하는 아티펙트인만큼 외양부터가 화려하기 짝이 없었다. 과연 사람들이 막고라의 마스터를 망토로만 기억하는 이유를 알 것 같았다.

망토를 착용한 박성규가 태랑에게 말했다.

"해당 시가지는 우리 길드가 정화작업을 하던 곳이라 도로가 확보되어 있소. 시간을 줄이기 위해 차 타고 이동합시다."

"신경 써 주셔서 감사합니다."

곧 센터 앞에서 태랑 일행과 박성규를 태운 검정SUV가 출발했다.

"놈들이 오고 있다."

건물 창가에서 멀리 도로를 내려다보던 철진이 말했다. 뻥 뚫린 도로를 가로질러 검은색 차량이 달려오고 있었다.

"근데 저놈들 차도 있었나?"

"뭐 VIP라니 있을 수도 있지 않을까?"

"그럼 저것도 뺏을까?"

"도로가 정비된 데가 있어야 달리지. 여긴 막고라 길드가 도시정화 작업을 하는 곳이라 길이 뚫려 있지만, 서울 시내에 중장비 동원해 길을 터놓은 곳이 얼마나 되겠어? 있어봐야 애물단지야."

"하긴 그렇네. 근데 저놈들 가진 돈 다 써버렸으면 어쩌지?"

"상관없어. 어차피 돈을 썼다면 뭔가를 구매했다는 소리니까. 그걸로 대신 받으면 돼."

"과연 생각대로 될까?"

"나만 믿으라고. 분명 할 수 있어. 자 그럼, 놈들을 불러볼까?"

철진이 품속에 감추고 있던 권총을 꺼내 하늘 향해 발사했다.

탕-

"어? 방금 소리 들었어?"

"권총소리다!"

"설마 슬아가…."

"에이! 재수 없는 소리 하지 말고!"

"민준아, 왼쪽 방향이야 좌회전!"

운전대를 잡은 민준이 핸들을 돌리자 멀리서 경광봉을 든 사내가 크게 X를 그리고 있었다.

"저기다!"

"근데 저게 무슨 신호야?"

"차를 멈추라는 것 같은데?"

"요 좆만한 새끼들이 누굴 세워라 마라야! 민준이, 그냥 밟아!"

"잠깐만. 만약 슬아가 인질로 잡혀있다면 위험할지도 몰라. 상황을 모르니 시키는 대로 하자."

"그러다 함정이면?"

"어차피 함정이라면 차 속에 있는 편이 더 위험해. 일단 내리자."

세이버 클랜은 멀찌감치 떨어진 거리에서 차를 세워 하차했다. 50미터 쯤 떨어진 위치에서 경광봉 든 사내가 소리쳤다.

"너희 동료를 인질로 붙잡고 있다!"

"그녀를 풀어줘!"

"자, 잠깐 가까이 오지 마! 오면 인질을 죽일 테다!"

놈은 허둥거리며 경광봉을 휘저었다. 그 꼴이 몹시 어설퍼서 실소를 자아내게 했다.

'뭐야 저 병신자식은?'

태랑은 일단 슬아의 안위부터 확인해야 했다.

"인질이 무사한지 확인부터 하겠다."

그러자 건물 안에서 세 사람이 걸어 나왔다.

두 명은 소매치기 일당이었고, 두 팔이 묶인 체 걸어오는 사람은 슬아가 분명했다.

"슬아야! 괜찮니?"

"저 놈들 슬아에게 무슨 짓을!"

그러나 입이 테이프로 봉해진 슬아는 아무 대답도 할 수 없었다. 철진은 슬아의 머리에 총을 겨누며 소리쳤다.

"이 년을 살리고 싶으면 가진 돈을 전부 내 놔! 그럼 풀어주겠다!"

유화가 울먹이는 눈으로 태랑을 바라보았다. 경매장에서 아티펙트를 구입하느라 수중에 돈이 전혀 없었던 것이다.

태랑이 소리쳤다.

"돈은 반드시 준다. 당장은 가진 골드가 없어."

"흥, 돈이 없다면 네놈들 아티펙트라도 바쳐라! 최소 3등급짜리 세 개 이상!"

그 말을 들은 한모가 흥분해 소리쳤다.

"이 개새끼가 지금 누굴 호구로 아나!"

"어쭈? 그렇게 나오면 곤란하지. 이 년 다치는 꼴 보고 싶어서 그래?"

철진이 위협적으로 슬아를 향해 총구를 들이밀었다. 금방이라도 방아쇠를 당길 것 같은 자세였다. 아무리 각성자의 쉴드가 방호효과를 부여한다 해도 근거리에서 머리에 총알을 맞으면 버티기 힘들었다.

태랑은 어쩔 수 없이 고개를 흔들며 이번에 구매한 무기를 풀어 놓았다.

각각 트윈헤드 오우거의 몽둥이와 철혈도, 그리고 자신이 지닌 서리궁수의 활이었다. 모두 3등급은 넘는 아티펙트들.

"그걸 저기 그늘진 곳에 던져."

"뭐라고?"

"귀 먹었어? 저기 그늘진 곳에 던지라고!"

태랑은 그의 말대로 그늘진 곳에 무기를 집어 던졌다. 잠시 후 발목에 붕대를 감은 사내가 절뚝거리며 걸어오더니 멀리서 땅속에 손을 집어넣었다.

그러자 마치 웜홀을 통과한 것처럼 그의 손이 그림자와

그림자 사이를 통과하여 반대편에서 뻗어 나와 아티펙트를 챙겼다.

잘 모르는 사람이 봤다면 그의 손이 땅속에서 길어져 나와 솟아오른 것처럼 보일 정도였다.

태랑은 실제로 처음 본 그림자 능력에 감탄하면서도 날카로운 눈으로 거리를 가늠했다.

'대략 20m 쯤? 그림자가 드리워진 곳으로 신체를 넘나드는군. 설마 저자가 후에 쉐도우 마스터가 되는 건 아니겠지? 만약 그렇다면 놈을 반드시 여기서 없애 버려야 해.'

한편으론 다른 생각도 들었다.

'만약 그가 후에 쉐도우 마스터가 된다 한들, 그를 여기서 처단하는 것이 옳은 일일까?'

당연히 미래는 아직 결정되지 않았다.

슬아만 해도 소설 속에선 자신을 죽이려고 했던 인물.

그러나 그녀의 뛰어난 특성을 미리 알고 있던 태랑은, 폭룡 클랜 입단 전 그녀를 가로챔으로써 같은 편으로 합류시킬 수 있었다.

'어쩌면 그림자 능력자도 슬아처럼 포섭할 수 있을지도….'

잠시 갈등하던 태랑은 이내 고개를 저었다.

'아냐, 슬아 케이스하곤 전혀 달라.'

슬아는 본래부터 악인이라기보다, 강찬혁의 꼬임에 빠져 이용당한 인물이었다. 길드에 속한 이상 마스터의 명령을 거부하긴 힘들었을 터. 그러나 지금 인질극을 벌이고 있는 그림자 능력자는 아무리 호의적으로 해석해도 나쁜 놈이 틀림없다.

절도와 납치, 감금에 협박까지….

악행을 저지르는 모습 어디에도 갱생의 여지는 보이지 않았다. 그냥 근본부터가 썩어 있었다. 저 많은 죄목 가운데 살인죄 하나 추가된다 해도 전혀 어색하지 않을 놈이었다.

'검은 머리 짐승은 함부로 거두는 게 아니랬어. 저자는 설사 같은 편이 되더라도 언제든 등 뒤에 칼을 꽂을 놈이야. 능력이 아깝다고 해도 미련 갖지 말자.'

잠시나마 망설였던 태랑은 다시금 결심을 굳혔다. 미래에 불안요소를 결코 남겨두지 않을 작정이었다.

"오, 5등급짜리 무기도 있네? 대체 이게 얼마짜리람?"

건내받은 아티펙트를 감식하던 김철진이 흥분으로 몸을 떨었다. 그의 눈엔 아티펙트가 그저 돈으로 보일 뿐이었다.

본래 도검이나 화살 등의 무기들은 해당 무기술 수련자가 아닌 이상 제 효과를 발휘하기 어려운 편이다. 해서 대게 외부로 유통되는 아티펙트는 적절한 주인을 찾지 못한 것들이 많았다.

돼지 목에 진주 목걸이 신세로 전락하느니, 자신에게 필요한 아티펙트로 교환을 하는 것이다. 일단 골드로 바꾸고 나면 무엇이든 구입이 가능했으니까.

따라서 무기류에 조예가 없던 철진에게 있어, 아티펙트의 가치와 무관하게 돈부터 떠올린 것은 어찌 보면 당연한 일이었다.

태랑은 그 모습이 무척 역겨웠지만 내색하지 않았다.

"약속대로 물건은 건냈다. 이제 그녀를 풀어줘."

철진은 속으로 생각했다.

'여자를 풀어주고 나면 곧바로 우릴 공격하겠지? 내가 네놈들 시커먼 속셈을 내가 모를 줄 알고? 나를 호락호락 봤다간 큰코 다칠 거야.'

이제부터 도둑 길드는 출구전략을 펼쳐야 했다.

슬아는 어찌어찌 제압했지만, 눈앞에 다섯 명의 헌터들은 하나같이 용감무쌍한 전사들.

특히 칼을 찬 검객과 쇠파이프를 든 덩치는 눈빛부터 남달랐다. 무쇠장갑을 착용한 계집애 역시 장난이 아니었다. 이들이 동시에 달려든다면 뼈도 못 추릴 것이다.

철진은 여전히 슬아에 향한 총구를 거두지 않고 소리쳤다.

"너희 차를 이쪽으로 끌고 와."

"뭐라고?"

"우리가 무사히 도망갈 수단이 있어야 할 것 아니야? 여자를 풀어주고 나서 우릴 공격해 오면 방법이 없잖아?"

"그게 무슨 말도 안 되는 소리야! 우린 분명 약속 지켰어. 슬아부터 풀어줘!"

"그건 걱정마. 그녀와 같이 가진 않는다. 여기 가로수에 묶어 놓을 테니 우리가 차에 오르고 나면 데리고 가."

그는 밧줄을 꺼내 슬아를 가로수에 묶기 시작했다. 그 모습을 보던 은숙이 태랑을 향해 속삭였다.

"어쩌지? 다른 방법이 없는 것 같은데…."

"일단 슬아의 안전부터 확보하는 게 우선이야. 다른 건 나중에 생각하자."

상의를 마친 태랑이 소리쳤다.

"만에 하나 허튼짓하면 너 죽고 나 죽는 거야! 알아들어?"

"흥, 속고만 살았나."

잠시 후 민준이 차를 운전해 놈들 근처로 가져갔다.

시동을 켜놓고 하차한 민준은, 머리에 총이 겨누어진 슬아를 보며 주먹을 움켜쥐었다.

'제길 내가 실수하는 바람에….'

그는 이번 사태에 대해 강한 책임감을 느끼고 있었다. 그녀가 털끝이라도 다친다면 놈들을 절대 가만두지 않을 작정이었다.

"이제 한 명씩 차에 오르겠다. 너희들은 거기 꼼짝 말고 있어."

도둑 길드의 조직원들은 하나 둘씩 차에 올랐다.

경광봉을 휘두르던 양현이 운전석에, 다리를 절뚝거리는 정욱은 보조석에 앉았다. 마지막까지 슬아에게 총을 겨누고 있던 철진은 총구를 지향한 상태로 천천히 차 쪽으로 물러섰다.

그의 말처럼 슬아를 끌고 가지 않았기 때문에, 태랑 일행은 숨죽인 체 그들의 후퇴를 지켜보는 중이었다.

그때 민준이 뭔가 이상한 걸 느꼈다.

'가만있자, 이놈들 모두 네 명 아니었나? 왜 셋뿐이지?'

소매치기 일당 둘에, 막고라의 가드로 위장했던 놈들을 합하면 최소 네 명이 넘어야 했다. 그러나 지금 차에 오르는 사람은 셋뿐이었다.

민준이 묘한 위화감에 운전석에 오른 양현의 표정을 살폈다.

놈은 어딘지 모르게 불편한 표정이었다.

그런데 전혀 괴로워하는 느낌이 아니었다. 한쪽 입꼬리가 올라가고, 어깨를 들썩이는 꼴을 봐선 분명 터지는 웃음을 참고 있는 것처럼 보였다.

'…뭐지? 지금 이게 웃겨?'

뭔가 쌔한 느낌을 받은 민준은, 다시 한번 슬아를 살폈다. 멀리서 볼 때는 몰랐는데 가로수에 매어진 그녀의 모습이 어딘가 이상했다.

입고 있는 옷도 아까랑 달랐고, 밧줄에 가려지긴 했지만 체형도 평소 그녀의 실루엣이 아니었다. 늘씬한 몸매라기보다 어딘지 모르게 강팍하게 마른 느낌이었다.

결정적으로 그녀는 전혀 겁먹은 얼굴이 아니었다. 실실

쪼개고 있는 모습이, 마치 상황을 즐기는 것처럼 보일 정도였다. 민준은 그녀의 표정이 운전석에 앉아 있는 놈과 소름끼치게 닮았다고 생각했다.

'뭔가 잘못됐어! 저건 슬아가 아냐!'

민준이 소리치려던 순간, 갑자기 밧줄에 묶여 있던 슬아가 차량 쪽으로 내달리기 시작했다.

그녀를 포박하고 있던 밧줄은 처음부터 헐겁게 묶여 있었기 때문에 살짝 몸을 비틀자 후드득 떨어져 나가버렸다.

"어어? 저게 뭐야"

"슬아가 풀려났다!"

"근데 왜 차 쪽으로 뛰는 거야?"

갑작스레 벌어진 황당한 상황에 다들 돌처럼 굳어 버렸다. 설마 그녀가 납치범에게 동화된다는 '스톡홀름 신드롬' 이라도 일으켰다는 말인가?

모두가 패닉에 빠진 그때, 민준이 소리쳤다.

"속았어! 저건 슬아가 아냐!"

"뭐라고!"

슬아로 위장했던 놈의 얼굴이 달리는 도중 변하기 시작했다. 격렬한 움직임으로 인해 자연스레 역용술이 풀리는 것이었다.

분명 밧줄을 풀고 나올 땐 슬아의 얼굴을 하고 있던 놈은, 차 쪽으로 향하면서 점점 남자의 형상으로 변해갔다. 그것은 마치 컴퓨터 그래픽을 보는 것 같은 놀라운 광경이라, 민준은 두 눈으로 보고도 믿기지 않았다.

완벽한 사내의 얼굴로 변신한 놈은 젖혀진 차문을 향해 몸을 던졌다. 그와 동시에 검쟁색SUV가 풀악셀로 치고 나갔다. 엄청난 급가속에 헛바퀴가 돌아간 타이어에서 타는 냄새가 났다.

철진은 창문을 내려 민준을 향해 권총을 갈기며 시간을 끌었다.

탕탕탕-!

민준이 황급히 총알을 피하는 사이 차는 그대로 앞으로 달려나갔다. 제로백이 7초에 이르는 고급 SUV가 순식간에 멀어져갔다.

태랑 일행은 도주하는 차량을 멍하니 지켜볼 수밖에 없었다.

삽시간에 벌어진 상황이 도무지 이해가 되지 않을 뿐이었다.

'인질이 처음부터 슬아가 아니었던 모양이군. 그렇다면 진짜 슬아는 다른 곳에 있다는 소린데….'

한 가지 이상한 점은 도망치는 도둑 길드를 보면서도 세이버 클랜 맴버들이 그다지 조급해하지 않는다는 점이었다. 오히려 놈들과 슬아가 따로 있다는 사실에 안도하는 표정이었다.

'얕은 수를 부렸다만, 너희들만 머리를 쓸 줄 아는 건 아니지.'

태랑은 어느새 조그만 점으로 변해버린 차량을 바라보며 무전기를 들었다.

"마스터. 예상대로 놈들이 차를 타고 달아나고 있습니다. 차에는 놈들만 타고 있지만, 아직 동료의 행방을 모르니 다 죽이지 말아 주십시오."

-치직… 그렇게 하지. 오버.

무전기에서 불꽃의 연금술사 박성규의 낮은 목소리가 흘러나오고 있었다.

"푸하하! 봤냐? 저런 멍청한 놈들!"

"얼굴 보니까 완전 멘붕 온 것 같더라?"

"당연히 그럴 수밖에! 분명 자기편으로 알았던 여자애가 지 발로 밧줄을 끊고 차로 뛰어드는데 그런 걸 상상이나 했겠어?"

"거봐, 내가 분명 통할 거라 그랬지? 일단 그년부터 찾으러 가자. 그냥 죽이기는 능력이 아까우니 적당히 구슬리면 써먹을 데가 있지 않겠어? 우리 마스터가 그런 거 잘하잖아."

"뭐 계집애니까 하다못해 육변기라도 쓸모가 있겠지. 왜 아티펙트 중에 포스를 확 태워버리는 체인도 있다며? 그거 채우면 꼼짝 못 한데."

"야, 어차피 그럴거면 우리끼리 먼저 돌리는 게 낫지 않아?"

"그건 나중에 차에 태워가지고 해. 뒷시트 접으면 되겠다."

"나부턴 거 알지?"

"우린 2:1로 할게. 그거 꼭 해보고 싶었어."

"참나, 누가 쌍둥이 아니랄까봐. 변태같은 취향 하고는."

놈들은 처음부터 슬아를 건내 줄 생각이 없었다. 애초에 다른 장소에 그녀를 감금해 두고 협상 테이블에 선 것이었다.

이는 철진의 아이디어였는데, 만에 하나 협상이 틀어질 경우 신변안전을 확보하겠다는 목적과, 지금처럼 작전이 성공하면 그녀를 마스터에게 끌고 가려는 이유였다.

결과적으로 그들은 슬아를 풀어주지도 않고 값비싼 아티펙트 3개나 확보하게 된 셈이었다.

철진은 자신의 작전이 완벽히 들어맞은 것에 무척이나 통쾌해했다. 차기 지부장감으로 손색없는 전략이었다고 자평했다.

'흐흐, 이대로 마스터에게 성과보고를 하면….'

"근데 길이 어디까지 나있더라?"

"큰 도로로 쭉 달리면 돼."

막고라 길드의 도시 정화작업으로 인해 도로위에 방치된 차들은 깨끗히 정리되어 있는 상태. 그러나 아직 구역 전체를 감당하기엔 역부족이었으므로 큰 도로 위주로 정리가 되어 있었다. 이는 이들의 도주로를 강제 시키는 결과를 낳았다.

그리고 도시에 진입하기 전부터 차에서 내려 길목을 차단 중이던 박성규가 서서히 그들에게 다가오고 있었다.

"어라? 앞에 저 새낀 또 뭐야?"

"상관없어, 그대로 깔아버려!"

"가만 근데 저 붉은 망토 어디서 많이 본 것도 같은…."

"설마!"

박성규는 속도를 줄이지 않고 달려오는 차를 향해 거대한 불덩이를 집어 던졌다. 3레벨에 달하는 파이어 볼은 짐볼에 이르는 어마어마한 크기였다.

"우아아악! 저게 뭐야?"

"피, 피해!"

콰아아앙-!

엄청난 크기에 화염구가 직격하며 차량 앞 유리 전체가 불길에 타올랐다.

"으아악!"

시야를 잃은 양현이 무리하게 핸들을 틀었고, 그대로 보도블럭을 타고 오르더니 차량이 전복되고 말았다.

콰광-

운전석에 앉아있던 쌍둥이 형 양현은 옆 창문으로 튕겨져나가 머릴 부딪혀 즉사했다. 겨우 목숨을 건진 세 사람은 뒤집어진 차체에서 힘들게 몸을 끄집어냈다. 다들 충돌의 여파로 만신창이가 되어있었다.

"으윽… 대체 뭐였지…."

"마, 망토, 부, 분명 막고라의 마스터야!"

"뭐라고? 불꽃의 연금술사라고? 어째서 놈이 여길!"

그때 파이어 볼을 갈겨댄 박성규가 차량 쪽으로 저벅저벅 걸어왔다. 뒤집어진 차량은 심하게 찌그러져 폐차를 시켜야 할 처지였다.

"흐음. 아끼던 찬데…."

그는 차에서 튕겨 나와 죽은 사내를 보고도 별다른 감흥이 없어 보였다. 오히려 자기 차가 파손된 것에 훨씬 신경 쓰는 모습이었다.

"이, 이 새끼가! 감히 우리 형을!"

양현이 죽을 걸 깨달은 쌍둥이 동생 양아가 박성규를 향해 무모하게 달려들었다. 이미 이성을 잃은 상태였다.

"한 놈 더 죽여도 별 차이 없겠군."

심드렁하게 혼잣말을 내뱉은 박성규는, 달려오는 양아를 향해 손바닥을 내밀었다. 곧 그의 손에서 화염방사기 같은 불길이 뿜어져 나왔다.

화르르르륵-!

엄청난 열기!

방사형으로 퍼져나간 불꽃의 파도가 양아를 휘감았다. 포스 소모를 점검받는 놀라운 특성을 지닌 그는 머뭇거림 없이 강력한 마법을 쏟아냈다.

양아는 한순간에 온몸이 불타오르며 분신자살을 한 것 마냥 새까만 통구이로 변해버렸다. 무의미한 희생이었다.

눈 깜짝할 사이 동료 둘이 잔인하게 살해당하자 철진과 정욱은 극도의 공포에 빠졌다. 소문으로 듣던 막고라의 길드 마스터는 상상 이상으로 압도적이었다.

"더 덤벼 볼 텐가?"

"하, 항복합니다."

"듣기로 아직 동료를 풀어주지 않았다던 데 어디에 숨긴 거지?"

"GT빌딩 3층입니다."

"거짓말이면 바로 한 놈 더 죽인다."

"네, 넵."

박성규는 파이어 월 마법으로 불길을 일으켜 놈들을 원형의 불구덩이 속에 가두었다.

"도망칠 생각은 안 하는 게 좋아. 내 마법의 불길은 굉장히 뜨겁거든."

"으으…."

예상치 못한 공격에 모든 것이 수포로 돌아간 철진은 아직 가슴팍에 권총이 있는 것을 깨달았다. 그때 박성규가 무전기를 들고 태랑에게 슬아가 구금된 위치를 알렸다. 그들을 가둔 것에 박성규가 살짝 방심하는 모습을 보이자, 철진이 정욱에게 속삭였다.

-이대로 잡혀가면 개죽음이야.

–그럼 어쩌지?

–나의 비장의 특성이 있잖아.

–아….

–내가 총을 갈기면, 니가 그림자 수법을 이용해서 놈의 뒤를 노려. 놈이 아무리 강하다 해도 혼자일 뿐이야.

–좋아. 어차피 죽을 거면 한번 해보자.

김철진이 임시지부장으로 뽑힌 것은 우연이 아니었다.

그는 실제로 강동지부의 조직원들 가운데 가장 뛰어난 무력을 지니고 있었다. 도둑 길드의 철칙이 결코 상대와 정면 승부를 벌이지 않는 것이지만, 필요에 따라선 싸움이 불가피한 경우도 있었다.

이 때문에 각각의 지부에는 전투를 담당하는 왈패가 하나씩 배치되어 있었는데, 강동지부의 경우 김철진이 바로 그 역할이었다.

그의 특성은 '첫 타 무효'.

어떤 스킬이건 첫 번째로 주어지는 공격에 대해서라면 100% 확률로 무효화시키는 놀라운 특성이었다.

그 공격이 물리적인 타격이든, 마법이든 스킬로 발생한 것이라면 무조건 첫방을 씹어 버리는 것이다.

내용을 간파 당할 경우 별 볼일 없는 특성이지만, 이를 모르는 상대에겐 무척이나 쓸모가 많았다. 철진이 방심하고 있는 박성규를 향해 권총을 뽑아 들었다.

"죽어랏!"

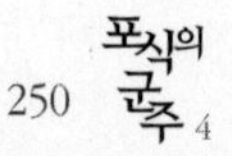

그러나 박성규는 역시 만만한 상대가 아니었다. 뭔가 이상한 낌새를 눈치챈 그는 곧바로 몸을 비틀며 파이어 볼을 난사했다.

콰-!

그것은 삽시간에 벌어진 일이었다.

거대한 불덩이가 파이워 월에 갇혀 있던 김철진을 향해 폭사되었다. 동시에 철진이 발사한 총알도 박성규의 옆구리를 뚫고 지나갔다.

"웃-"

박성규는 지금 상황을 도무지 이해할 수 없었다.

자신 정도의 쉴드에 오르면 결코 총알 한방에 죽지 않는다. 반면 자신의 공격은 상대를 일격에 태워버릴 수 있다. 죽기를 각오하지 않는 이상 이런 식의 자폭공격을 선택할 필요는 없었다.

'쯧쯧. 미련하기 짝이 없는 놈이구나. 고작 총알 한방 먹이려고 죽음을 자처하다니.'

박성규가 사그라지는 화염을 보며 그런 생각을 하는데, 갑자기 불길 속에서 또 한 번 총성이 울려 퍼졌다.

탕-!

"크헉!"

믿기지 않은 일이었다. 김철진이 불길 속에서 아무런 상처도 입지 않은 채 자신의 심장에 총알을 꽂아 넣은 것이다.

그가 3Lv에 달하는 파이어 볼에 정면으로 직격당하고 살아날 것이라곤 상상도 못했다.

그러나 이미 박성규는 심장에 직격한 총탄에 심대한 타격을 입은 이후였다. 강력한 쉴드가 그를 보호하며 즉사를 면했지만, 그 충격량은 아까와 견줄 바가 아니었다.

탕-탕-탕-!

철진이 연이어 총알을 쏟아내며 박성규를 몰아세웠다. 막고라의 마스터는 온 몸을 비틀대며 총알세례를 당했다. 최초의 데미지가 너무 컸기에 일시적으로 정신을 차릴 수 없었다. 곧 충격에 휘청이는 그의 등 뒤로 서늘한 기운이 느껴졌다. 박성규는 고통 속에서도 의식을 집중했다.

'이대론 위험하다!'

그는 순간적으로 불꽃의 기운을 폭발시키며 파이어 쉴드 마법을 가동했다. 그를 중심으로 불덩이 여러 개가 빠른 속도로 휘감아 돌기 시작했다.

"크앗!"

예상대로 뒤에서 비명 소리가 들려왔다.

그림자 기술로 후방 진입을 시도하던 정욱이 불시에 생성된 불덩이를 맞고 나가떨어졌다. 파이어 쉴드 스킬은 모두 6개의 불덩이가 주위를 공전하며 시전자를 보호하는 기술로서, 방어와 반격이 동시에 이루어졌다.

"아, 아닛!"

정욱의 기습만 철썩 같이 믿고 있던 철진은 회심의 반격이

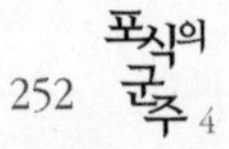

무위로 돌아가자 몹시 당황하고 말았다. 그의 특성은 일회성이기 때문에 더 이상의 공격을 버텨낼 재간이 없었던것이다.

박성규는 어쩔 줄 몰라 하는 철진의 모습을 보고 잔인한 표정을 지었다. 총탄의 피격으로 온몸에 피를 흘리고 있었지만, 그의 의식은 어느 때보다 또렷했다.

"네깟놈이 감히!"

탕-탕-!

다시 한 번 총구가 불을 뿜었으나, 두 번 다시는 통하지 않았다. 빙글빙글 돌아가는 불덩이는 날아오는 총알과 부딪히며 대신 터져나갔다.

박성규는 파이어 볼 마법으로 실패를 본 터라 더욱 강력한 마법을 준비했다.

"뼛가루마저 불살라 주겠다! 플레임 버스터!"

주문이 떨어지자 김철진의 발밑이 지진이 난 것처럼 요동치기 시작했다.

"뭐, 뭐야!"

쩍쩍 갈라진 틈 사이로 붉은 기운이 뿜어져 나오는가 싶더니 간헐천이 폭발하는 것처럼 불꽃이 솟구쳐 올랐다.

콰르르릉!

그것은 엄청난 폭발이었다.

마치 화산이 발밑에서 터지는 것 같았다.

거대한 불기둥이 하늘 높이 치솟아 오르며 김철진을 집어삼켰다.

포스의 50%를 한 방에 소모시키는 어마어마한 기술이지만, 박성규 특유의 마나코스트 점감으로 인해 반절의 포스만으로도 똑같은 위력이 발휘되었다.

불기둥이 사리지고 난 뒤 예상대로 김철진의 모습은 흔적도 찾을 수 없었다. 폭발의 원점에 있었던 그는 마치 지상에 존재하지도 않았던 사람처럼 자취를 감추고 말았다. 실로 놀라운 파괴력이었다.

"흐음, 조금 과했나?"

박성규는 심장을 움켜쥔 체 파이어 쉴드에 튕겨나간 정욱을 찾았다. 그러나 놈의 모습이 보이지 않았다.

'그 사이 도망쳐 버린 건가? 이런 의리 없는 놈들 같으니….'

부상 당한 상태로 흔적도 없이 사라진 정욱을 찾기란 요원한 일이었다. 박성규는 총상을 입은 상처에서 고통을 느끼며 서서히 허물어졌다.

'크흑. 생각보다 상처가 심각한데….'

박성규는 더 버티지 못하고 쓰러진 상태로 마지막 무전을 날렸다.

"정신이 좀 드십니까, 마스터?"

"으음. 여긴…."

"안가로 모셨습니다. 저분들께서 피격당한 마스터를 부축해 오셨습니다."

정신을 차린 박성규는 침상에서 몸을 일으키려다 극심한 고통을 느끼고 다시 쓰러졌다.

"크흑. 몸이 말이 아니군."

"마스터, 절대 안정을 취하셔야 합니다. 총상을 여러 군데 입으셨습니다. 탄알을 모두 제거하고 힐링 마법으로 상처를 봉합했지만, 기력을 되찾는데 다소 시간이 걸릴 것입니다."

"방심하고 말았다. 그런 놈들에게 당할 줄이야. 부끄럽구만."

병상 앞에서 기다리던 태랑이 정신을 차린 박성규에게 다가가 고마움을 표했다.

"감사합니다. 덕분에 저희 동료를 무사히 찾을 수 있었습니다. 이 은혜를 어찌 갚아야 할지…."

"은혜는 무슨… 오히려 내가 빚을 진 셈일세. 아쉽게도 한 놈을 놓쳐 버렸어."

"혹시 달아난 놈이 그림자 능력자였습니까?"

"그림자라고? 어쩐지 그래서 그렇게 신출귀몰했군. 갑자기 등 뒤에서 나타나더니 나중에는 순식간에 종적을 감춰 버렸소. 이럴 줄 알았으면 그놈부터 먼저 제압할 것을…."

태랑은 속으로 아쉬움을 삼켰다.

하필 가장 위험한 놈을 놓치고 말았다. 다른 놈은 몰라도,

그림자 능력자만은 꼭 처단했어야 했다. 이렇게 되면 오히려 쓸데없는 원한만 남긴 셈이다. 입맛이 개운치 못했다.

그때 막고라 길드 부하가 박성규에게 다가와 말했다.

“소란 피웠던 놈의 신원을 파악해 블랙리스트에 등재 했습니다. 다른 길드에도 알렸구요.”

“혹시 소속 길드는 파악했나?”

“전혀 정보가 없습니다. 어쩌면 떠돌이들이었을지도….”

떠돌이란 오로지 살아남기 위해 배회하는 자들로, 피난길에 오르기 힘든 형편이거나 클랜에 들어갈 실력이 못 돼 방황하는 낭인을 의미했다.

“그건 아닐 거예요.”

잠자코 있던 슬아가 둘 사이의 대화에 끼어들었다.

“제가 놈들에게 붙잡혀 있을 때 얼핏 들었어요. 상부의 지시 어쩌고 했던 걸 봐선 분명 어떤 조직에 속한 놈들이에요.”

“그래? 더 조사해볼 필요가 있겠군. 정보상들 통해서 한번 알아봐. 어쩌면 아는 사람들이 있을지도 몰라.”

“넵.”

침상에 누운 박성규가 이빨을 으득거렸다.

“…우리 막고라가 주최하는 블랙 마켓에서 소란을 일으키다니, 절대 그냥 두지 않겠다.”

“혹시 뭔가를 알아내시면 저희에게도 알려주십시오.

저희도 놈들에게 진 빚이 있으니까요."

태랑의 말에 박성규가 대답했다.

"그렇게 하지. 혹시 인터넷이 되면 이메일 하나 남겨주고 가게나. 연락을 취하기 어려우니."

"네. 그리하겠습니다. 그리고 이거."

태랑이 품속에서 포션 하나를 꺼냈다. 한모를 치료할 때 썼던 재생의 묘약이었다.

"이게 뭔가?"

"예전에 쓸데가 있어서 제작했던 재생의 묘약 포션입니다. 상처를 치료하는데 도움이 될 겁니다."

"오… 이렇게 귀한 것을…."

"아닙니다. 덕분에 잃어버린 아티펙트도 되찾고, 동료도 구출했으니 마스터께서 도와주신 것에 비하면 미비합니다."

박성규는 태랑의 겸손한 태도를 보자 더욱 그가 탐이 났다.

'확실히 훌륭한 젊은이다. 나를 미리 차에서 내리게 하고 뒷일을 대비시킨 것만 봐도 보통 수완가가 아니야. 이런 자가 같은 편에 선다면 얼마나 든든할까.'

"다음에 또 보게 되면 내 제안에 대해 다시 생각해 보게나."

"심사숙고 하겠습니다. 그럼 저흰 이만 물러가겠습니다. 쾌차하십시오."

태랑 일행은 다소다난했던 블랙 마켓 여정을 마치고 기지로 복귀했다.

유화와 함께 오토바이에 오른 슬아는 그녀가 자신의 실종 이후 무척 걱정했다는 얘기를 듣게 되었다.

그토록 버릇없게 굴었는데도 자신을 걱정하는 유화의 마음이 고맙고 미안했다.

"아깐 죄송했어요 언니…."

"아니야. 네가 무사히 돌아와서 정말 다행이야. 많이 무서웠지?"

유화는 이번 일로 자신이 얼마나 슬아를 아끼는지 알게 되었다. 비록 태랑을 두고 라이벌 관계에 있다곤 하지만, 그간 쌓아온 여자들의 우정 역시 결코 가볍지 않았다.

'생각해 보면 슬아는 고작 스무살 밖에 안됐잖아. 그 나이 때 여자애들은 자기한테 잘해주는 사람에게 혹할 수도 있어. 나와 태랑 오빠가 서로 좋아하는 사이라고 해서, 슬아의 감정을 일방적으로 무시할 순 없지. 시간이 지나면 차차 해결된 문제니까 너무 미워하지 말자. 그렇잖아도 가족도 없는 아인데….'

슬아는 유화의 마음을 아는지 모르는지 허리를 꼬옥 감싸 안았다. 그녀가 친언니였으면 좋겠다는 생각이 들었다.

다음날 태랑은 일행을 불러 모았다.

"어제 정보상에게서 놀라운 내용을 들었어."

"뭔데?"

태랑은 정보상 수진이 가진 독특한 능력과, 그것을 이용해 자신이 알게 된 사실들을 요약해 전달했다.

이는 앞으로의 일정을 진행하는데 있어서 무척 중요한 정보였으므로 다들 진지한 태도로 경청했다.

"그게 정말 사실이라면 이제 변수는 완전히 사라진 셈이네?"

"맞아. 어쨌든 노트북이 아직까지 63빌딩 안에 있다는 건 확실해졌어. 이제 최대한 빨리 그것을 찾도록 해야지."

"근데 그 안에 있다는 사람은 대체 뭘까요? 어떻게 타워의 괴물들 속에서 살아있는 거죠?"

"나도 그 부분이 이해가 안 가서 계속 생각해 봤는데, 어쩌면 차원의 틈바구니에 갇혀 있는 걸지도 몰라."

"전에 말했던 이면세계 말이지?"

"응, 타워 안에는 수 많은 괴물들이 운집해 있고, 타 차원으로 연결되는 차원게이트 역시 분명 존재할 거야. 그가 아직까지 생존해 있는 걸로 봐선 이면세계 안으로 숨어들어가 몬스터의 눈을 피하고 있다고 봐야지."

"빌딩 안에서 바로 다른 차원으로 연결 된다구요? 웜프홀처럼?"

"그래. 차원문은 공간과 공간을 이어주는 지름길 같은 거야. 만약 이면 세계가 밀림 같은 배경이라면 충분히 혼자서 생존 가능하지. 사막이나 빙하지대에서도 살아가는 게 인간이니까."

"근데 이면세계엔 괴물들이 있다면서요?"

"그렇게 따지면 여기도 괴물들은 널려있잖아. 그렇다고 우리가 잠을 못 이룰 정도는 아니지."

"아하."

태랑은 여러 가능성에 대해 따져 보았지만 납득 가능한 유일한 해답은 그것뿐이었다.

만약 그가 자신의 힘만으로 타워의 몬스터들을 제압할 수 있었다면 -그것은 정말 말도 안 되는 소리지만- 아직까지 63빌딩에 갇혀 있을 리 없었다. 진작 그곳을 탈출했어야 했다.

그렇다고 63빌딩 내부에 그래도 숨어 지내는 것은 애초에 불가능했다. 그것은 사바나 같이 맹수가 우글거리는 초원에서 살아가는 것처럼 같은 혹독한 환경이기 때문이다.

"어쨌든 이제 노트북에 대해선 따로 걱정할 필욘 없겠네? 그것 때문에 엄청 고민했잖아."

"그렇지. 지금부터는 최대한 빨리 63빌딩을 공략할 수 있도록 힘을 기르는 수밖에 없어."

"인자 무기도 생겼겄다 몸이 근질근질 한디. 어디든 털어 블자."

"생각해 놓은 던전은 있어?"

태랑은 펼쳐진 지도에서 한 장소를 가리켰다.

"환승역."

"환승역?"

태랑이 짚은 곳은 2개의 노선이 만나는 천호역이었다.

"던전이 깊을수록 강력한 몬스터가 있는 것은 알고 있지? 환승역처럼 이중역사 구조는 깊은 곳까지 들어갈 수밖에 없어. 그래서 환승역 쪽은 대부분 F급 수준 이상의 몬스터들이 자리 잡고 있지."

"천호역에는 뭐가 있는데?"

"오우거 메이지."

"오우거 메이지?"

"그거 내 몽둥이의 주인 아니야?"

한모가 새로 얻은 가시방망이를 들어 보이며 말했다.

"살짝 달라요. 오우거는 베리에이션이 다양한 몬스터라 일반적인 오우거는 D급이지만, 트윈헤드나 혼헤드 같은 별종은 E급이죠. 하지만 그 중에서도 오우거 메이지는 '블러드 더스트'라는 강력한 마법을 구사하기 때문에 E급이에요. 힘이 엄청 쌘 마법사라고 생각하면 돼요."

태랑은 이번 레이드에서 두 가지 목표를 잡았다.

첫째는 놈을 잡았을 때 떨구는 아티펙트 무기였고, 두 번째는 놈이 가진 특성이었다.

민준과 한모는 이번 마켓을 통해 무기를 확보했지만, 유화와 슬아는 상대적으로 무기가 빈약했다. 오우거 메이지는 두 사람에게 딱 어울리는 아티펙트를 제공해 줄 수 있었다.

'하지만 뭐니뭐니 해도 탐나는 건 놈의 특성이지.'

4. 오우거 사냥

포식의 군주

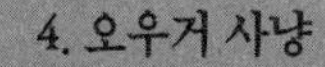

4. 오우거 사냥

한동안 포식이 정체되어 있던 태랑은 이제 본격적인 특성 수집에 나설 계획이었다.

종전까지 획득한 특성들이 주로 소환계열 분야에 편중되어있었다면, 앞으로 포식할 특성들은 '불카투스의 화신' 스킬에 힘을 실어 줄 것들로 초점을 맞췄다.

'소환술은 결국 보조에 그칠 수밖에 없어. 결국에는 전사나 마법사 같은 강력한 딜러로 성장해야 해.'

태랑은 각성 초기 랜덤으로 얻게 된 '레이즈 스켈레톤' 스킬을 극대화시키기 위해 소환술 특성 획득에 치중했다. 하지만 상대하는 몬스터가 강해질수록 소환술의 한계는 여실히 드러났다.

소환술은 인해전술을 통해 상대를 압박하는 스킬.

'란체스터의 법칙' 이라 불리는 전투력 계산식에 따르면, 전투력은 병력의 제곱에 비례한다.

2 VS 1의 싸움은 인원수는 두 배지만 실제로는 4 : 1 정도의 유불리가, 3 VS 1의 싸움은 실제 9 : 1의 격차가 벌어진다는 개념이다.

하지만 여기서의 전제는 병력의 질이 동등했을 때를 가정하고 있다. 전제가 무너지면 법칙도 무의미해진다.

가령 유치원생 수십 명이 달려든다 해서 건장한 성인남성 한명을 절 대 어쩔 수 없는 것처럼, 월등히 차이 나는 병력의 질은 숫자의 한계를 넘어서 버린다.

스켈레톤 전사 수백 마리를 불러낸다 한들, 미노타우르스 한 마리의 돌진을 막아내지 못한다는 의미다.

게다가 소환술의 치명적인 약점은 소환자가 제압되는 순간 모든 소환수들이 무용지물이 된다는 점에 있었다. 체스나 장기처럼 '왕' 이 잡히면 게임이 끝나버리는 것이다.

따라서 하급 몬스터 상대로는 후방에서 안전한 사냥이 가능하지만, 약점을 간파해 버린 상대가 약점을 집요하게 파고들 경우 진형 전체가 붕괴 되었다. '왕' 을 지키기 위해 소환수들이 발목이 역으로 묶여버리는 것이다.

결국 이러한 태생적인 한계 때문에 소환술을 주력으로 밀고 나가기 힘들었다. 이대로 소환술을 파고들다간 언젠간 크게 낭패를 보게 될지도 몰랐다. 이미 흑랑 길드의 마스터를 상대할 때도 한 번 위기가 왔었다.

'…그래도 초반엔 나름 쏠쏠했지.'

처음 소환술이 주가 되지 않았더라면 지금과 같은 안정적인 레이드는 불가능했을 것이다.

태랑의 소환수들이 방패막이를 자처함으로서, 동료들의 데미지를 최소화하고 전투력을 보존할 수 있었다. 특히 전장 전체를 아우르는 넓은 시야를 갖게 된 것도, 그가 전투에서 한발 떨어져 있었기에 가능한 일이었다. 이러한 경험은 후에 대규모 전투를 벌일 때 귀중한 자산이 될 것이다.

요컨대 소환술은 지금의 기반을 갖추는데 맡은 소임을 다한 셈이다.

이제 이를 발판으로 강력한 전사로 전직할 시기.

태랑은 오우거 메이지가 가진 고유한 특성에 주목했다.

'놈이 가진 특성, 바로 전투 각성.'

오우거 메이지는 쉽게 비유하면 '스테로이드'를 통째로 빨아 재낀 파이터와 같다. 전투가 벌어지면 혈관 전체를 아드레날린으로 가득 채운 것처럼 미친 듯 날뛴다. 바로 특유의 전투 각성 특성 때문이었다.

전투 각성 특성은 일시적으로 고통을 경감시키며, 전투에 필요한 모든 감각을 최대치까지 끌어 올린다. 얼핏 광전사 특성과 유사하지만, 정신이 붕괴되면서 피아를 가리지 못하고 폭주하는 광전사에 비하면 훨씬 안정적이다.

'이 특성만 포식하면 불카투스의 무기술도 탄력을 받게 될 거야.'

불카투스의 무기술은 점점 그 숙련도를 더해가고 있다. 전투 각성 버프를 추가한다면 그 속도를 훨씬 배가할 수 있을 것이다.

일행은 오랜만에 재개될 레이드에 흥분하며 태랑의 작전 브리핑을 경청했다. 질문과 답변이 오가기를 수차례, 다양한 변수들에 대한 논의가 활발하게 전개되었다.

어느새 세이버 클랜의 멤버들은, 레이드에 관해서라면 그 어떤 클랜과 견주어도 손색없는 전문적인 식견을 갖추게 되었다. 이는 미래를 내다 본 태랑의 존재가 결정적이었지만, 그 이상으로 클랜원들의 열정 역시 발휘된 결과였다.

태랑은 점차 성장해가는 동료들을 보며 무척 기뻐했다.

태랑은 이틀의 준비 기간 동안 블랙 마켓에서 구해온 재료를 조합해 쓸 만한 아이템을 만들었다.

각각 신속의 물약, 해독의 팔찌, 마지막으로 빛의 폭탄 등이었다.

이중 신속의 물약은 헤이스트 기술을 대체하는 용도였고, 독 종류 공격에 해독 효과를 지닌 해독의 팔찌는 클랜원 모두가 착용했다.

비록 저급의 아이템이었으므로 독을 한번 빨아들이면 파괴되는 소모품이었지만, 전투 시 제법 요긴하게 쓰일 수 있는 물건이었다.

빛의 폭탄은 조명탄의 대용으로 쓰이는 신기한 아이템이었다. 조그만 구슬 같은 것을 손으로 눌러 터뜨리면 풍선처럼 스스로 공중에 떠올라 주위를 밝혔다. 어두운 던전에서 쓸모가 많았다.

태랑이 열심히 아이템을 조합해 물건을 만드는데, 옆에 있던 한모가 수첩에다 끊임없이 뭔가를 기록했다.

"형님 뭐하시는 거예요?"

"어, 재료가 뭐 들어가는지 적어 놓고 있는 거야. 나중에 또 만들어보게."

"아하. 형님은 이런 데 관심이 많으시지."

"글제. 특히 이건 돈 주고도 못 배우는 기술 아녀?"

"몇 가지 간단한 조합은 얼추 다 나온 거 같더라구요. 게시판에서 공유되고 있던데…."

"근디 그런 건 어디서 찾아내는 거여? 너야 사전 지식이 있다고 쳐도."

"아이템을 감식해보면 주재료가 표시되요. 문제는 비율인데 이건 순전히 경험을 통해 알아보는 수밖에 없구요."

"비율을 잘못 맞추면 어떻게 되는디?"

"그냥 소모되어 버려요. 허공에 날리는 거죠."

"아따, 무시무시 하구마잉."

"그래서 쉽사리 시도하기 힘들죠. 사실 더 큰 문제는 어떤 재료를 구하기 위해 어떤 몬스터를 잡아야 하는지를 알기 어렵다는 데 있죠."

아이템은 저급의 몬스터만 잡아도 쉽게 드랍 되었다. 그러나 그 종류가 워낙에 다양했으므로, 사용법을 모르면 활용이 어려웠다.

더욱이 조합에 필요한 아이템을 알았다 쳐도, 구하는 것이 쉬운 일은 아니었다. 결국 이러한 정보들을 쥐고 있는 사람은 큰돈을 벌 수밖에 없는 구조.

"그라고 보니까 태랑이 니는 정보상 같은 거 했으면 때돈 벌었겠는디? 던전이나 아이템, 아티펙트 정보만 팔아먹었어도 쏠쏠했을 거 아냐?"

"그렇죠. 하지만 돈이 다 무슨 소용이겠어요. 커널이 뚫리면 대한민국이 싸그리 날아갈 판인데…."

"그렇긴 하지."

"사실 이런 점 때문에 노트북에 대해서 유난히 집착했던 것도 있어요. 다른 걸 떠나 그 안에 몬스터 설정이라든지 아티펙트 위치, 아이템에 대한 지식이 모두 들어 있잖아요. 그게 밝혀지면 돈벌이에 혈안이 된 사람들이 서로 차지하기 위해 한바탕 피바람이 불겠죠."

인류의 구원해야 할 노트북이, 도리어 인류를 분열시키는 장치가 된다면 그거야 말로 최악이다. 태랑은 그런 일이 발생하지 않도록 하루 속히 노트북을 되찾아야 겠다는 결심을 굳혔다.

다음날 천호역에 도착한 세이버 클랜은 입구에서부터 난항을 겪고 있었다. 예상과 달리 역 주변으로 온통 오크 부락지가 펼쳐진 것이었다.

녹색의 땅딸막한 괴물들은, 부서진 건물 잔해를 끌어모아 돌무더기 집을 만들고 땅굴을 연결하여 흡사 개미굴과 같은 부락을 일구어 놓은 상태였다.

천호역이 내려 보이는 빌딩에 자리 잡은 태랑 일행은 난민 캠프처럼 변한 역사 주변을 보고 대책 회의를 진행했다.

“이게 다 뭐야? 몬스터들이 던전 밖에 거주지를 만들어 놨잖아? 이럴 수도 있는 거야?”

“테라포밍이군. 드디어 시작된 건가.”

“그게 뭔데?”

일부 몬스터들은 지구의 환경을 자신이 살아온 거주지처럼 탈바꿈하는 능력을 갖고 있다.

이는 ‘치프턴’이라 불리는 부족장의 특수 능력으로, 그중에서도 오크 치프턴은 영역을 증식하는 속도가 굉장히 뛰어난 편이었다.

“커널이 열리기 전 사전 작업을 하는 거지. 아마 전 세계적으로 벌어지고 있는 현상일 거야.”

"근데 천호역에는 오우거 메이지가 산다며? 오크는 또 뭔데?"

"몬스터 중에선 가끔 유대관계가 뛰어난 놈들이 있어. 오크와 오우거가 특히 그렇지. 그래서 오우거 메이지가 차지한 던전 위로 오크 족이 부락을 형성한 것 같아."

"놈들이 한패거리란 말이야?"

"그렇다고 봐도 무방해. 공생하는 관계랄까?"

"숫자가 너무 많아 보이는 데요?"

단망경으로 역 주변 전체를 훑던 슬아가 걱정스런 표정으로 중얼거렸다. 오크족은 특유의 번식력을 바탕으로 순식간에 세를 불려 나갔다.

인간으로 치면 거의 석달 만에 신생아 수준의 오크가 성인에 이를 수 있다. 주거지가 일정치 않을 때는 번식을 멈추지만, 이처럼 부락을 꾸민 이후부턴 폭발적으로 개체를 불려 나갔다.

"오우거의 비호 아래 착실하게 부락을 키워간 모양이야. 저대로 두면 인간들의 보금자리로 놈들의 세력이 침범하는 건 시간문제야."

"그냥 두면 안 되겠는데?"

"근데 진짜 많아요! 거의 200마리도 넘을 거 같아요."

지금도 녹색의 오크들은 무너진 콘트리트 덩어리를 날라가며 돌무더기를 구축하는 중이었다. 인간들을 몰아내고 자신의 영지를 꾸려가는 오크의 모습은, 고대 로마제국

시대의 주둔지 건설 장면을 떠올리게 했다.

"나쁜 놈들! 지네 땅도 아닌데 아주 열심히구만."

"힘도 엄청 좋은 거 같아요. 저 무거운 걸 번쩍번쩍 드네."

"오크의 근력은 인간에 비할 바가 아니야. 거의 마운틴 고릴라 수준이지."

"그래 봐야 A급 몬스터 잖아요."

"그래도 쪽수가 많으니 무시할 순 없어. 200마리가 동시에 달려든다고 생각해봐."

"으…."

"그럼 어떡하지? 저놈들을 물리치지 못하면 던전에도 입장할 수 없겠는데?"

태랑은 일하고 있는 오크를 물끄러미 내려보며 말했다.

"오크들은 특유의 호전성은 장점이자 단점이야. 어찌 보면 불나방같은 놈들이지. 적을 보면 무작정 달려드니까. 덫을 설치해서 유인해 보자."

"덫이요?"

태랑이 지형을 파악하며 작전을 구상했다. 높은 빌딩 위라서 천호역 주변의 지형이 한눈에 들어왔다.

'놈들의 숫자가 많으니 넓은 지형에서 싸워선 불리해. 최대한 좁은 곳에 몰아넣고 일격에 몰살 시켜야 해.'

현재 범위 공격이 가능한 스킬은 수현의 천둥군주의 심판과 자신의 불타는 좀비뿐이었다.

그러나 천둥군주의 심판의 경우 적진 한가운데로 직접 떨어진다는 게 문제였다

'그 기술은 너무 위험부담이 커. 착지 후 얼음 감옥을 펼친다 해도 스킬의 내구성이 놈들의 글레이브를 감당 못 할 거야.'

얼음 감옥 스킬은 무적이 아니었다. 내구도가 0으로 떨어지는 순간 깨지고 만다. 하지만 불타는 좀비의 경우 소환 위치가 마음에 걸렸다. 적 종심에서 폭발하지 않는 이상 큰 타격을 주긴 어려웠다.

'어쩌면 두 기술을 합친다면…?'

태랑이 기발한 아이디어를 떠올렸다. 그것은 수현의 얼음 감옥 스킬과 자신의 불타는 좀비와의 결합시키는 것이었다.

"좋은 생각이 났어."

"뭔데?"

"이름하여 얼음과 불의 노래."

"그게 뭐야?"

"코러스는 오크의 단말마 정도로 해두지."

"뭔지 몰라도 노잼이거든? 1절만 하시지?"

태랑은 병목이 시작되는 위치에 불타는 좀비 두 마리를 소환했다. 그리고 수현을 시켜 각각에 얼음 감옥을 덧씌웠다.

"좋아. 이쪽으로 오크 놈들을 유인하자. 놈들은 안에 든 게 뭔지 모르고 깨뜨리려 할 거야."

"아하! 이래서 얼음과 불?"

"그냥 냉정과 열정사이로 할 걸 그랬나?"

"아 쫌! 아재 같으니까 고만해."

"근데 유인은 누가 해요?"

"제가 할게요."

슬아가 나섰다. 가속 스킬을 발휘하면 여기서 그녀보다 빠른 사람은 없었다. 민준은 자신이 들고 있던 신속의 물약을 건냈다.

"혹시 모르니 이것도 복용해."

"오크들은 흥분하면 들고 있던 글레이브를 도끼처럼 내던지는 습성이 있어. 혹시라도 맞지 않게 조심해."

"나도 베리어를 걸어줄 게 그럼."

각종 버프로 든든하게 무장한 슬아가 오크 족을 향해 걸어갔다.

그녀를 발견한 오크족 전사가 특유의 기성을 질러 댔다.

슬아는 단검 투척의 스킬을 발휘해 맨 처음 달려오던 놈을 고꾸라트렸다. 흥분한 오크들은 하던 일을 멈추고 일제히 그녀에게 덤벼들었다.

'한번에 최대한 많이 끌고 가야 해.'

슬아는 부락 전체를 빠르게 휘저었다. 신속의 물약에 가속 스킬까지 적용된 그녀의 동작은 바람처럼 날쌨다. 마치 중력의 구속이 사라진 것처럼 한 걸음 내딛을 때마다 몸이 붕붕 날아가는 느낌이었다.

'와, 엄청 빠른 걸?'

슬아를 향해 오크의 글레이브가 날아들었으나 감히 그녀 곁을 스치지도 못했다. 요리조리 피하는 슬아의 모습에 흥분한 오크들은 길길이 날뛰며 점점 그 숫자가 불어났다.

나중에는 거의 부족 전체의 오크 떼가 슬아 한명을 쫓아 벌 때처럼 쫓아다녔다. 흡사 물소 떼의 이동과 같은 대장관이었다.

충분히 적들을 뭉친 슬아가 얼음과 불 폭탄이 있는 곳으로 놈들을 이끌었다. 그녀를 따라 200마리의 오크 떼가 제 죽을 줄도 모르고 좁을 길목을 통과해 들어왔다.

조각상처럼 댕그러니 놓여진 얼음 감옥을 보고 몇 놈이 글레이브로 때리기 시작했다. 안에 든 불타는 좀비의 움직임이 그들을 자극했던 것이다. 새까만 마네킹처럼 얼굴없는 좀비는 얼음벽 안을 서성이는 중이었다.

곧 무리의 중심에 얼음 감옥 두 개가 위치한 순간, 슬아가 도약을 발휘해 훌쩍 뛰어올랐다.

그 순간 얼음 감옥이 무너지며 안에 갇혀 있던 불타는 좀비가 해방되었다. 불타는 좀비는 뭉쳐진 오크 부족의 사이에서 대폭발을 일으켰다.

퍼어어엉!

엄청난 폭발이 일면서 오크의 사체가 파편처럼 공중으로 날아올랐다. 두 군데서 동시에 폭발이 일자 오크일족은 정신 못 차리고 혼란에 빠졌다.

그때 좁은 입구를 태랑의 소환수들이 일렬로 틀어막았다. 퇴로가 순식간에 차단되었다.

"지금이야! 남김없이 쓸어버려!"

학살의 파티가 막을 올렸다.

물 뺀 저수지서 물고기 쓸어 담듯이, 세이버의 헌터들은 경쟁적으로 오크를 때려잡았다.

둘러싸인 빌딩숲은 객석이 텅빈 콜로세움이었고, 소환수로 둘러쳐진 공간은 사투가 벌어지는 옥타곤이었다.

불타는 좀비의 자폭으로 혼란에 빠진 오크들은 제대로 저항도 못한 체 속수무책으로 쓸려나갔다.

민준의 검이, 한모의 몽둥이가, 유화의 무쇠주먹이 각기 불을 뿜었다.

이번에는 태랑도 백병전에 참여했다. 창술의 숙련도를 높이려면 몬스터와 직접 싸우는 방법이 가장 빠른 길이었다.

'저번보다 훨씬 감각이 좋아졌군.'

민준과의 대련으로 창술은 더욱 몸에 익은 상태.

숙련도가 올라갈수록 동작 하나하나가 물 흐르는 것처럼 유기적으로 연결되었다. 채 20%도 안 된 숙련도가 이 정도면 100%를 찍을 경우 얼마나 위력을 발휘할지 가늠도 되지 않았다.

태랑이 창간을 움켜쥐고 좌우로 휘젓자 뭉쳐있던 오크 전사들이 홍해가 갈라지듯 좌우로 쓰러졌다. 주저앉은 오크를 향해 그의 애완견, 좀비 들개가 달려들어 마지막 숨통을 끊었다.

뒤처리를 소환수에게 맡기니 사냥 속도는 더욱 빨라졌다.

차크라가 시시각각으로 흡수되며 스텟이 올라갔다. 실시간으로 이루어지는 레벨업의 현장이었다.

'이번 레이드는 대박이구나. 완전 폭랩 구간이야!'

신이 나서 오크들을 도륙하는데 맞은편에서 한모 몽둥이를 들고 싸우는 모습이 눈에 들어왔다.

"형님, 새 무기는 좀 어때요?"

"으따, 두말 할 거 있냐잉! 손맛 지려블그마잉!"

한모가 야구배트를 휘두르는 것처럼 스윙을 돌려 오크의 머리통을 후려갈겼다. 목이 떨어져 나간 오크가 철퍼덕 무릎 꿇었다. 멀리 날아간 머리통은 데굴데굴 굴러 유화의 발밑으로 떨어졌다.

"헛! 깜짝이야!"

굴러온 머리통을 보고 놀란 유화를 향해 오크 두 마리가 동시에 글레이브를 휘둘렀다. 중식도처럼 생긴 글레이브가 매서운 기세로 날아들었다. 무릎을 노리고 휘둘러진 칼을 피해 훌쩍 뛰어오르자, 이번엔 머리 쪽으로 다른 칼날이 떨어졌다.

"어쭈! 이것들이 위아래로 덤비네?"

유화는 피할 생각을 않고 건틀릿을 낀 손으로 합장하듯

칼날을 맞잡았다. 오크가 글레이브를 빼보려고 안간힘 썼으나, 강력한 힘에 꿈쩍도 하지 않았다.

유화가 손목을 비틀자 오크는 위아래가 반전되며 바닥에 처박혔다. 이어지는 싸커킥에 붕 떠오른 오크가 이번에는 민준의 뒤를 향해 날아갔다.

"아차, 민준 오빠!"

유화의 경고에 민준은 뒤에 눈이 달린 것처럼 그대로 철혈도를 휘둘러 날아오는 오크를 두 동강 냈다.

피를 머금은 철혈도가 붉게 빛나며 민준의 팔을 타고 하얀색의 기운을 흘려보냈다. 그 기운에 맞춰 손상된 민준의 쉴드가 차올랐다.

"음… 이건 정말 엄청난 기능이군."

민준은 적을 해치울수록 차오르는 쉴드에 점점 자신감이 붙었다. 한방에 쉴드가 벗겨지는 치명상만 아니면, 이제 부상을 겁낼 필요가 없었다.

전투 지속력이 비약적으로 상승한 것이었다.

"좋아! 쓸어주마!"

민준이 과감하게 적진의 한복판으로 뛰어들었다.

그의 검이 닿는 곳마다 팔다리가 하늘로 솟구쳐 올랐다. 폭풍처럼 몰아치는 검격에 오크들이 우르르 쓸려나갔다.

그러나 호전적인 오크들은 전우의 시체를 밟고 넘으며 끊임없이 달려들었다. 불나방 같다는 태랑의 표현 그대로였다. 놈들에겐 후퇴란 단어 자체가 없었다.

곧 수 십마리의 오크가 때로 몰려들며 민준을 파묻었다. 곤충의 시체에 개미 떼가 달라붙는 것처럼 오크의 무더기가 산을 이루었다.

"어엇? 민준이 형!"

오크떼에 파묻힌 민준의 모습에 놀란 수현이 급히 번개창을 뽑아 들었다.

그러나 잠시 후 오크 무리의 중심부에서 거대한 소용돌이가 일어나며 그를 둘러싼 오크들을 한방에 쓸어 담았다. 하늘 높이 솟아오른 오크들은 중력의 엄중한 심판을 받고 피떡으로 변했다.

"와, 민준이형 진짜 몸을 사리지 않는데요? 철혈도가 좋긴 좋구나. 난 언제 저런 아티펙트 가져보지."

"야, 이수현! 딴 데보지 말고 저놈들 맡아!"

은숙의 외침에 수현이 손에 들고 있던 번개창을 지체 없이 내던졌다. 두 사람을 향해 뛰어오던 오크들이 번개창을 맞고 도미노 블록처럼 우르르 무너졌다.

잔존한 뇌전의 기운에 사지를 꿈틀대는 오크를 보며 은숙이 경고했다.

"수현이 너! 전투에 집중하라구. 아직 한참 남았으니까!"

"네, 넵!"

"언니 저기!"

두 사람을 호위하는 슬아의 손짓을 따라 이번에는 은숙이 매직 미사일을 난사했다. 강력한 매직 미사일이 무모하게 달려들던 오크의 가슴팍에 적중했다.

곧바로 또 다른 놈이 뛰어왔다.

"이것들이 진짜 끝도 없네! 리버스 아이시클!"

이번에는 바닥에서 고드름이 솟아나며 오크의 복부를 꿰뚫었다. 달려들던 놈은 고드름에 매달려 사지가 늘어졌다.

세이버의 마법사들은 쿨타임 시간에 맞춰 번갈아 마법을 난사하며 화력 공백을 최소화 했다. 수현과 은숙 둘다 스킬 쿨에 걸리면 슬아가 직접 나섰다.

슬아는 오크 한 마리를 향해 투검을 날리더니 곧바로 공중으로 뛰어 올랐다. 그녀는 허공에서 몸을 한 바퀴 돌아 물구나무 선 자세로 멀뚱히 서있는 오크의 뒷통수에 단검을 꽂아 넣었다.

푹—

"우아! 봤어요? 완전 진기명기네! 서커스 줄타기 하는 줄!"

"슬아 재도 은근 멋 부리는 거 있다니까? 저렇게까지 안 해도 되는데…."

두 사람이 슬아의 화려한 동작을 품평을 하는 그때, 길목을 막고 있던 태랑의 소환수들의 전열이 갑자기 흐트러지기 시작했다.

"어어? 뭐야, 왜 저래 저기?"

뒤에서 등장한 거대한 괴물이 태랑의 스켈레톤 전사들을 사정없이 박살내고 있었다. 무식한 주먹질에 스켈레톤들이 짚단처럼 나가떨어졌다.

“설마 저게, 오우거?”

3M에 육박하는 거대한 덩치. 복부를 둘러싼 두터운 지방층은 포탄에도 끄덕없을 것처럼 단단해 보였다.

놈은 해골 전사들을 깡그리 쓸어버린 뒤 이제 스톤 골렘과 싸우는 중이었다. 제법 덩치가 큰 스톤 골렘이었지만 오우거 앞에선 조그만 아이처럼 느껴졌다.

“이야, 힘 하나는 진퉁인데요?”

“야! 감탄하고 있을 때가 아니라구!”

은숙의 말처럼 스톤 골렘은 금세 핀치에 몰렸다. 그토록 강력한 소환수가 일방적으로 얻어맞는 장면은 무척 생경한 일이었다.

“이런! 뒤가 뚫리면 놈들에게 샌드위치 당할 거야!”

“제가 막을게요!”

수현이 급히 번개창을 뽑아 던졌다. 백색의 뇌전 덩어리가 빠르게 오우거를 향해 쏘아졌다.

콰지지직!-

덩치가 좋은 만큼 표적 또한 거대했다. 번개에 직격당한 오우거가 순간적으로 몸을 움찔거리며 부르르 떨었다.

“좋아! 효과가 있어!”

그러나 그것도 잠시 뿐, 곧 정신을 차린 놈은 더욱 성을 내며 스톤 골렘의 머리를 으깨 버렸다. 강력한 물리방어를 자랑하는 돌덩이 소환수의 머리가 두부처럼 으스러졌다.

"으, 완전 괴물이잖아! 마법이 안 통해! 태랑!"

"가고 있어!"

태랑은 소환수가 공격당하는 것을 느끼고 곧바로 오크 무리를 가로질러 오는 중이었다. 중간에 걸리적 대는 오크를 향해 좀비 들개가 몸을 던지며 가로막았다.

'원군인가? 오크 놈들이 확실히 오우거와 연합을 맺었구나!'

"이거나 먹어랏!"

태랑이 불타는 골렘을 불러들였다.

설정에 따르면 오우거의 피부 가죽 두께는 20cm를 넘었다. 어지간한 무기로는 놈에게 생채기조차 내기 힘들었다. 그걸 알고 있는 태랑은 처음부터 자신의 가장 강력한 기술을 쏟아냈다.

그러나 오우거는 이미 한차례 번개 창을 맞은 직후였기 때문에 마법에 대해 극도로 경계하고 있었다.

놈을 활활 타오르며 달려드는 좀비를 보자 옆에 있던 또 다른 스톤 골렘을 번쩍 들어 던졌다.

쾅-!

"아니 저럴 수가!"

회심의 공격은 어이없게도 같은 소환수끼리 충돌하며 무위로 돌아가고 말았다. 한순간에 스톤 골렘 두 마리가 사라지고, 불타는 좀비 스킬이 쿨타임에 들어갔다.

"이 벌어먹을 놈이!"

잔뜩 열이 받은 태랑이 등 뒤에서 서리 궁수의 화살을 뽑아 쏘았다. 산탄처럼 퍼져나간 파편이 놈의 전신을 두들겼으나, 두터운 가죽에 막혀 끄떡도 하지 않았다.

'이놈, 상상 이상으로 괴물이구나! 내구성이 무슨 탱크 수준이잖아?'

"수현! 일단 움직임부터 봉쇄 해!"

태랑은 시간을 벌기 위해 수현에게 얼음 감옥 스킬을 주문했다. 수현이 얼음 감옥 스킬을 날리자 진격을 거듭하던 오우거가 빙옥이 갇히며 멈춰 섰다.

광각의 심안으로 전장을 둘러본 결과, 오크 잔당은 이제 얼마 남지 않은 상태였다.

"한모형이랑 은숙이 둘이서 오크들 처리하고, 나머지는 모두 이쪽으로 모여!"

얼음 감옥에 갇혀 난동을 피우는 오우거를 처리하기 위해 태랑이 일행을 불러 모았다.

쿵- 쿵-!

얼음 감옥에 갇힌 오우거가 투명한 빙벽을 힘차게 두들겼다.

"미친 괴물자식 저거 설마 깨부수는 거야?"

그야말로 놀라운 힘이었다.

일행이 채 모이기도 전에 얼음 감옥에 쩌억 균열이 갔다. 놈은 금이 간 얼음벽을 향해 쉴새 없이 펀치를 연발했다. 주먹에서 피가 나는데 신경 쓰지 않는 것 같았다.

우장창-!

끝내 얼음감옥이 박살났다.

놈은 우리를 탈출한 맹수처럼 쿵쾅거리며 달려왔다.

"이 돼지 같은 놈!"

슬아가 날린 투검이 오우거의 복부 한가운데 틀어박혔다. 그러나 트루 데미지를 날리는 그녀의 공격도 소용없었다. 애초에 단검의 짧은 길이로는 지방층의 두께를 뚫어낼 재간이 없었다.

놈이 단검을 배에 박은 체 달려오더니 슬아에게 주먹을 휘둘렀다. 슬아는 재빨리 백덤블링으로 물러섰다.

"제 공격이 안 통해요!"

"다들 비켜! 질풍참!"

뒤늦게 합류한 민준이 회오리바람을 날렸다. 오우거는 회오리 바람에 휩쓸려 살짝 떠오르더니 곧바로 착지했다. 원체 무게가 나가니 공중으로 떠오르질 않는 것이었다.

"뭐 이런 놈이 다 있어?"

"마법이 안 통해! 때려잡아야 해!"

태랑이 스켈레톤을 일으켜 세워 놈에게 돌진시켰다.

주인의 명령을 충실히 따르는 스켈레톤들이 겁도 없이 달려들었다. 그러나 단 한방도 버텨내지 못했다. 오우거의 무시무시한 펀치가 휘둘러질 때마다 해골무더기가 우르르 흩어졌다.

'흥, 그래 흥분해서 계속 날뛰어 봐라.'

태랑은 차례로 해골병사를 소진시키며 놈의 주의를 끌었다.

마지막 해골전사가 무너지는 순간 태랑의 창이 허공을 갈랐다. 놈이 해골을 때려잡는데 정신이 팔려 태랑의 공격을 대비하지 못한 것이었다.

투창이 놈의 복부에 깊숙이 꽂혔다.

푸욱—

"꾸오오오오오!"

처음으로 놈이 고통에 찬 괴성을 질렀다.

투창이 지방층을 뚫고 들어가 내장을 상하게 한 것이다. 그러나 그 와중에도 오우거의 발광은 멈출 줄 몰랐다. 놈은 창대를 대롱대롱 매단 체 태랑이 서있는 곳으로 주먹을 내리꽂았다.

꽈앙–!

태랑이 가까스로 몸을 피했다.

"지금이야, 유화!"

태랑의 투창 공격은 발판을 다지는 것과 유사했다.

유화는 배에 매달린 창신을 밟고 탄력으로 튀어 오르더니, 놈의 얼굴을 향해 주먹을 날렸다.

비록 오우거의 주먹 크기에 비해 무척 작은 크기지만, 그 힘은 결코 부족하지 않았다.

"죽어!"

퍼억–!

유화의 펀치에 오우거의 얼굴이 완전히 돌아갔다. 의식이 끊어진 놈은 거목이 쓰러지듯 뒤로 넘어갔다. 유화는 놈의 몸에 올라탄 체 함께 지상으로 내려왔다.

"으아아아아압!"

목에 올라탄 유화는 오우거의 면상을 향해 주먹 연타 스킬을 펼쳤다. 눈에 보이지도 않는 소나기 펀치가 오우거의 얼굴로 쏟아졌다.

퍼버버버벅-!

코뼈가 내려앉고 안와(眼窩)는 함몰되고 광때뼈는 박살이 났다. 계속되는 공격에 오우거의 얼굴은 형체를 알아 볼 수 없을 만큼 곤죽으로 변했다.

"그만해. 유화야. 죽었어."

태랑이 그녀의 겨드랑이를 붙잡고 일으켰다. 아직까지 흥분이 가라앉지 않은지 유화는 계속 숨을 씩씩거렸다.

"허헉, 헉… 진짜 죽었어요?"

"어. 머리가 터졌잖아."

자세히 보이 오우거의 뒷통수에서 흘러나온 끈적한 피가 바닥을 검붉게 물들이고 있었다.

잠시 후 오크 잔당을 모조리 해치운 한모와 은숙이 돌아왔다. 그때 거대한 빛무리가 일며 오우거의 시체가 차크라로 환원되었다.

차크라는 오우거를 죽이는데 기여한 공에 따라 스며들어갔다. 당연히 유화가 가장 많은 차크라를 얻었다.

"헉헉-. 얘가 D급 오우거예요?"

"그래. D급 중에선 거의 최강에 속하는 몬스터야. 본 것처럼 뛰어난 내구성에 힘도 엄청나."

"그냥 오우거가 이 정도면 트윈헤드나 오우거 메이지는 진짜 장난 아니겠는데?"

"어떻게든 잡아야지."

'오우거의 특성이 들어왔군.'

태랑은 새로 포식한 특성을 확인했다.

저항하는 육체 - 마법으로 인한 데미지를 30% 감소시킨다.

오우거는 종류에 따라 다른 특성을 갖고 있었다.

오우거는 마법의 저항력을, 트윈 헤드 오우거는 믿을 수 없는 내구도를, 마지막으로 오우거 메이지는 전투 각성이 특성이었다.

'좋아, 종류별로 하나씩 포식해 주지.'

"엇! 아티펙트다!"

D급의 오우거는 아티펙트도 남겼다. 앞부분에 정이 박힌 반 장갑이었다.

[오우거의 반 장갑] 4등급 아티펙트.

-오우거가 착용하는 전투용 장갑.

+포스 상승 10%

+맨손으로 펼치는 스킬의 위력을 20% 증폭시켜줌.

+ '마이트 스킬(1lv)을 펼칠 수 있음.

"오, 이건 빼박 유화거네!"

유화가 두 개의 장갑을 들고 태랑에게 물었다.

"오빠 이걸로 바꿀까요?"

"응. 장갑 종류는 하나밖에 착용이 안 되니까 4등급 짜리가 더 낫지. 스킬도 붙어 있고."

"근데 아티펙트도 부위별로 나눠져 있는 거야?"

"맞아. 무기는 양손이니까 최대 2개까지 되고 각 부위별로는 하나씩 착용이 가능해. 가슴갑옷, 바지, 신발, 어깨, 팔목, 장갑, 투구… 대신에 장신구 쪽은 좀 더 여유로운 편인데, 목걸이 하나 팔찌는 두 개 반지는 최대 열 개까지. 그밖에 토템은 제한이 없어. 무거워서 들지 못하는 데까지? 훈장같은 종류는 북한군 장교처럼 붙일 수도 있지."

"우와! 그럼 반지나 토템 같은걸로 최대한 많이 구해야겠네요?"

"음, 꼭 그렇진 않아. 오히려 부위 별로 한 개씩 밖에 착용 못하는 아티펙트부터 가장 좋은 것으로 구해야해. 나중에 풀 세트를 맞추고 나면, 결국엔 장비의 질이 능력을 좌우하니까. 실제로 반지나 토템류는 높은 등급이 드물기도 하고. 대부분 3등급 이하거든."

"아… 그렇구나. 저도 빨리 풀 세트 맞추고 싶어요."

유화가 차고 있던 강철의 건틀릿은 태랑이 갖기로 했다.

건틀릿이 가진 근력강화 능력과 포스를 상승시키는 효과가 백병전에 도움을 줄 수 있었기 때문이었다.

'그러고 보니까 장비는 내가 제일 허접하구나.'

태랑은 이제껏 스킬과 특성을 몰아서 받는 대신, 아티펙트는 대부분 양보하는 편이었다.

한모에게는 무려 5등급에 달하는 서리마녀의 판금갑옷을, 민준에겐 경매장에서 낙찰 받은 철혈도를, 그 밖에 4등급 해방의 목걸이나 증폭의 팔찌도 모두 동료들에게 뿌렸다.

그러다 보니 자신에겐 3등급 아티펙트인 서리궁수의 화살과 좀비 조련사의 상의, 그리고 소환의 가락지 정도가 전부였다.

물론 이는 효율성을 위해서였다.

모든 장비를 혼자 독차지하는 것은 한계가 뚜렷하다. 스킬이 수십개라고 해서 동시에 펼칠 수 없는 일이고, 포스의 소모까지 계산하면 더욱 그렇다. 더욱이 예전에는 소환술을 주로 사용했기 때문에 전투 장비는 자신에게 큰 의미가 없었다.

하지만 이제부터 본격적으로 근접전사의 길로 접어든 이상, 태랑도 슬슬 장비 욕심을 낼 시기였다.

'일단은 방어구가 너무 형편없어. 특히 좀비 조련사 상의는 입을 게 없어서 걸친 수준이니…'

"우선 오크 부족을 마저 쓸어 버리자. 아직 부락에 남아 있는 놈들이 있을 거야."

세이버 클랜은 돌무더기로 꾸며진 오크 부락을 샅샅이 뒤졌다. 그러나 오크 한 마리 보이지 않았다. 처음부터 아무것도 없는 유령 마을 같았다.

"아까 그게 전부였을까? 한 마리도 안 보이는데?"

"…아니야. 이렇게까지 없을 순 없어. 분명 집을 지키는 놈들도 있어야 해. 또 성장이 덜 끝난 오크들은 전투에 내보내지 않거든."

"혹시 던전 아래로 도망친 것 아닐까요? 둘이 동맹 관계라면서요."

"오우거 던전으로?"

"그럴 확률이 가장 크겠다."

태랑은 살짝 미간을 찌푸렸다.

오크 부족이 하필 던전 위에 부락을 꾸미는 바람에 구상했던 기습 전략은 실패로 돌아갔다.

이제 던전 보스는 헌터들의 침공을 대비하고 있을 것이다.

'조금 귀찮게 됐군.'

던전 보스는 다른 말로 던전 키퍼라고도 불렸다.

던전의 마수들을 지배하는 총 사령관이자, 던전을 지키는 수호자.

천호역 던전의 지배자인 오우거 메이지는 지상에서 도망쳐온 오크 잔당을 보고 미리 방비를 갖추었을 것이다. 준비가 잘 된 던전은, 침입자들의 무덤이 될 수도 있다.

특히 상대가 마법을 부리는 오우거 메이지라는 게 가장 마음에 걸렸다. 군단 지휘자도 그렇지만 기본적으로 마법사 계통의 몬스터는 인간에 필적하는 수완을 가지고 있었다.

태랑이 창대를 움켜쥐고 말했다.

"이번 레이드는 상당히 위험할 수도 있겠어. 다들 몸 조심해. 알았지? 포션도 얼마 없으니까."

"오케이!"

"흐흐, 뭣이 그리 겁나냐잉 후딱 가장께."

한모가 새로 얻은 트윈헤드 오우거의 몽둥이를 붕-붕- 휘두르며 외쳤다. 손 착 감기는 그립감을 무척 마음에 들어 하는 그였다.

빛의 완드를 든 수현을 선두로 세이버 클랜의 헌터들이 서서히 천호역으로 진입했다. 어둠에 잠긴 지하철역은 지옥의 입구처럼 불길한 기운을 내뿜고 있었다.

"막고라 길드의 박성규…?"

"네, 그자가 확실합니다. 폭염의 망토도 그렇고, 사용하는 스킬이 모두 듣던 것과 일치했습니다."

조명 하나 없는 어두운 사무실. 아직 해가 떨어지지 않은 시간이지만, 사방에 암막 커튼이 둘러쳐 빛을 차단하고 있었다.

마호가니로 만든 고급 원목 책상 앞에 앉은 사내는 가랑이를 크게 벌리고 의자를 젖혀 누운 자세였다.

"어허, 더 깊이 넣으라니까? 식도까지."

"읍읍!"

사내는 책상 밑에 들어가 있는 여자의 머리채를 움켜쥐고 뒤통수를 바짝 잡아당겼다. 여자는 숨이 막혀 캑캑거리다 결국 입에 물고 있던 걸 토해내고 말았다.

"흐윽. 너무 숨 막혀서…."

"너 한 번 만 더 뱉으면 몬스터 먹이로 던져 버린다?"

사내가 무서운 눈빛으로 노려보자, 책상 밑의 여인은 울먹이면서도 다시 그의 양물을 입에 삼켰다. 사내는 한참을 날카롭게 쏘아보다가 다시 앞에 서 있는 정욱에게 말했다.

"근데 이건 누구 생각이었어?"

"…네?"

"어떤 돌빡 같은 새끼가 블랙 마켓에 드나들 생각을 한 거냐고?"

"이, 임시지부장입니다."

"김철진이? 그 첫 타 회피능력자라는 놈?"

"네. 맞습니다."

"하여간 멍청이 새끼, 경거망동하지 말고 조용히 잠수타고 있으라니까… 꼭 무식한 것들이 말을 쳐 안 들어요."

정욱은 죽은 김철진과 죽이 잘 맞는 편이었기 때문에 그를 변호했다.

"그래도 거의 성공할뻔 했습니다. 마지막 순간 막고라의 길드마스터만 안 나타났더라면…."

"새끼, 꼴에 동료라고 변호하기는…넌 죄 없냐?"

"죄라뇨?"

"넌 아무 잘못 없냐고 묻잖아. 어, 이것봐라? 또 대충하지? 죽을래?"

의자에 앉은 사내는 정욱이랑 대화를 하다가도 다시 책상 밑에 대고 눈을 부라리는 등 정신이 하나도 없어 보였다.

그러나 눈빛만큼은 독사처럼 날카로워 정욱은 감히 차렷 자세를 풀지도 못하고 쭈뼛거리며 서 있었다.

"죄, 죄송합니다. 그림자 능력으로 박성규의 뒤를 노렸지만 놈이 방어기술을…."

"하, 이 새끼 변명 하는 거 봐?"

사내가 갑자기 손가락을 딱- 소리나게 튀기자 정욱의 발 밑에서 넝쿨이 솟아오르며 그의 발목을 휘감았다. 넝쿨은 그 두께가 엄청나 도끼질로 끊어 낼 수 없는 수준이었다.

"너도 강동지부 소속 이잖아? 어? 근데 그걸 안 말리고 동조했어? 쌍둥이 새끼들은 대가리가 빠가라 그렇다 치고, 넌 대체 뭐하는 새끼야 뭐? 거의 성공할 뻔? 애초에 씨발, 그 딴짓을 말았어야지!"

"죄, 죄송합니다. 제가 생각이 짧았습니다."

"하여간 머리 나쁜 놈들은 처 맞아야 정신을 차리지."

사내가 다시 손가락을 튀기자 이번에는 정욱의 바로 앞에서 촉수 같은 넝쿨이 뚫고 올라왔다. 문어발처럼 생긴 넝쿨은 밑부분은 허리통처럼 두꺼웠지만 위로 갈수록 가늘어져 말단은 채찍처럼 가늘었다.

끔찍하게 생긴 식물은 마치 살아 움직이는 것처럼 꼿꼿이 몸체를 세우고 있었다.

"니들 새끼들이, 마스터를 얼마나 호구로 보면!"

콰악-!

넝쿨이 출렁 움직이며 정욱의 몸을 후려쳤다.

"크흑!"

넝쿨 채찍에 맞는 자리로 어마어마한 통증이 몰려왔다. 가시가 돋은 넝쿨의 끝부분엔 날카로운 가시가 돋혀, 맞는 순간 살점을 파고들었다.

"무서운 게 없지? 아주?"

콰악-

"카학. 제, 제발!"

"몇 대 맞았다고 엄살이야 새끼야? 저번에 어떤 놈은 다섯 대까지 버티던데 넌 얼마나 가나 보자."

콰악-콰악-!

넝쿨의 채찍질은 그 속도가 너무 빨라 눈에 보이지도 않았다. 정욱의 몸은 순식간에 피투성이로 변해갔다. 압도적인 포스의 차이 때문에 쉴드도 무용지물이었다.

"오호, 일곱대? 이 자식 그래도 맷집은 좀 있네."

"크흐…."

"썩 나가. 가서 치료 받고 대기하고 있어."

"…네."

발목을 붙들고 있던 넝쿨이 풀려나자 정욱이 절뚝거리며 사무실을 나갔다. 여전히 책상 밑 여자에게 오랄을 시키던 도둑 길드의 마스터 태규가 중얼거렸다.

"흐음, 생각보다 맷집은 좋군. 그림자 능력도 그럭저럭 쓸 만 한 것 같은데 새로 만든 암살조나 편입 시켜야겠다. 어, 야, 잠깐… 야야 느낌 온다. 그대로! 오……!"

"읍읍…."

"삼켜라. 뱉으면 넌 죽어."

꿀꺽-

"아…. 시발, 싸고 나니까 또 현자 타임 오네. 야. 너도 이제 꺼져. 지금이 가장 머리 잘 돌아갈 시기니까. 계획 좀 짜야겠다."

"네."

실오라기 하나 걸치지 않은 여인이 책상 밑에서 엉금엉금 기어나오더니 사무실을 빠져나갔다.

발목에 걸친 바지를 추슬러 입은 태규는 의자에서 몸을 일으키며 뒤편의 암막 커튼을 거두었다. 그는 일광욕을 즐기는 것처럼 두 팔을 펼치며 창문 아래를 내려보았다.

공터 아래선 이번에 새로 키우고 있는 암살조 요원들이 열심히 훈련에 매진하고 있다.

"흐음. 막고라 길드도 그렇지만 세이버 클랜이란 녀석들도 괘씸하기 짝이 없군. 감히 우리 도둑 길드랑 해보겠다 이거지? 암살조의 실전 연습 상대로 딱 적절하겠어."

태규는 만족스럽게 웃었다.

그때 그의 등 뒤에서 초록색의 줄기 수십 가닥이 뻗어 나왔다. 척추를 뚫고 나온 줄기는 마치 혈관처럼 분화되면서 창문을 더듬거리며 뻗어나갔다. 순식간에 창문에 메론 껍집을 연상키기는 줄기 가닥이 뒤덮여 졌다.

"이크, 이것들이 또 광합성 하는구나."

태규가 황급히 암막을 거두었다.

몸속에서 자라나는 악마의 덩굴이 점점 두려워지는 태규였다. 그의 몸에 뿌리를 박은 식물이 언젠간 자신을 집어삼켜버릴 것 같았다.

악마의 덩굴 특성은, 자신에게 막대한 힘을 주었지만 그 힘을 더해갈수록 통제를 벗어나고 있었다. 때문에 그는 성장을 지연시키기 위해 최대한 햇볕을 차단 시키는 중이었다.

'너 따위에게 잡아먹힐까 보냐. 어림없지.'

그는 의자에 앉아 컴퓨터를 켜고 지부에서 넘어온 자료를 훑기 시작했다.

잔인하고, 욕망 넘치는, 심지어 성실하기까지 한 악당이 바로 도둑 길드의 마스터 정태규였다.

❖ ❖ ❖

"우리 빛의 폭탄 몇 개나 가지고 있지?"

"모두 12개 만들었고, 그중에 5개 챙겨왔어요."

"빛의 폭탄의 광원이 제법 넓으니까 포인트마다 하나씩 박아. 빛의 완드만 믿기엔 너무 위험해. 놈들이 뒤에서 덮칠지도 모르고."

"뒤에서?"

"환승역 구조는 사방으로 통로가 나있잖아. 놈들이 어디서 어떻게 움직일지 몰라. 특히 던전 보스가 멍청한 놈이 아니니 더욱 조심해야 돼."

"아까 본 오우거는 단순 무식하던데 오우거 메이지는 좀 다른가 보지?"

철혈도를 빼든 민준이 물었다.

오우거는 쉽게 비유하면 투우장의 검은 황소와 같았다.

강력한 맷집을 이용해 저돌적으로 달려든다. 몇 대 맞아도 끄떡도 없고, 쓰러지기 직전까지 괴력을 뽐낸다.

"오우거 메이지도 외양은 크게 다를 바 없어. 하지만 머리가 뛰어나지. 그래서 상대하기 까다로워. 힘도 센데 머리까지 좋으니까."

"괴물은 괴물이군."

"우리가 오크들을 때려잡아서 무척 분개해 있을 거야. 잠깐…."

태랑이 주먹을 쥐어 들며 일행을 멈춰 세웠다. 동굴을 탐험하듯 어두운 지하철을 들어가던 세이버 클랜은 태랑의 수신호에 발걸음을 정지했다.

"뭐야? 뭐 있어?"

"앞서가던 좀비 둘개랑 연결이 끊겼어. 분명 적을 발견하면 바로 돌아오도록 되어 있는데 순식간에 당한 것 같아."

"대체 뭐지? 아무 소리도 안 들렸는데?"

"그게 이상하단 말이지. 일단 다들 전방 경계해."

태랑이 빙궁의 시위를 메기자, 은숙과 수현이 각기 마법을 준비했다. 나머지도 무기를 움켜쥐고 다가올 적에 대비했다.

그러나 한참을 기다려도 적은 오지 않았다. 태랑이 뭔가 떠오르는 듯 말했다.

"혹시 트랩인 건가?"

"트랩? 함정 말이야?"

"응, 몬스터가 아니라 트랩에 당한 거라면 아무리 기다려도 적이 오지 않을 거야. 직접 가봐야겠어."

"그럼 여기다 빛의 폭탄 터뜨릴게요."

수현이 손에 쥔 구슬을 짓물러 터뜨리자 민들레 홀씨 같은 빛무리가 두둥실 떠올랐다. 처음에는 조그만 전구 정도의 밝이던 빛은 점차 밝아지더니 곧 사방을 환하게 비추었다.

"진짜 조명탄처럼 떠있네요?"

"중력을 받지 않는 건가?"

"라이트 볼 마법하고 비슷한 거야. 내부의 마력이 떨어질 때까지 빛을 밝히다가 시간이 지나면 알아서 꺼져."

빛의 폭탄으로 후방의 시야를 확보한 태랑 일행은 조심스럽게 안쪽으로 걸어 들어갔다.

'여기까지 들어오는데 아직 습격이 없었어. 오히려 그게 더 이상하단 말이지.'

보통의 던전은 층마다 몬스터들이 달려들었다.

그런데 천호역 던전은 한참을 들어왔는데도 조용했다. 태랑은 지금의 의도된 침묵이야 말로 오우거 메이지의 농간이라 확신했다.

"혹시 모르니 제가 앞장설게요."

슬아가 솔선해서 선두로 앞서나갔다.

"위험할지도 몰라."

"그래도 제가 여기서 제일 빠르잖아요."

가속 능력이 있는 슬아는 순간적인 움직임이 누구보다 빨랐다. 혹여 트랩이 발동한다 해도 가장 안전한 사람은 그녀였다.

트랩은 던전 키퍼가 가진 고유 권능이다. 특히 등급이 높은 던전 보스들은, 몬스터의 지배력뿐 아니라 던전 자체를 컨트롤하는 능력을 가지고 있다.

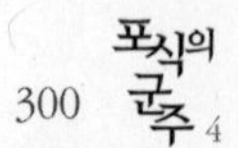

작게는 거미 여왕처럼 지하철역 전체에 거미줄을 설치하기도 하고, 능력이 출중한 놈들은 아예 지형 자체를 바꾸었다.

가령 뱀파이어 로드는 박쥐가 매달리게끔 지하철 역을 종유석 동굴처럼 변화시키기도 하고, 미노타우르스의 경우엔 던전 전체를 출구를 찾을 수 없는 복잡한 미로로 탈바꿈했다.

트랩은 그러한 지형 변화 중에서도 가장 손쉬운 기술.

E등급에 달하는 오우거 메이지라면, 단순한 기관장치 정도가 아니라 기상천외한 방식의 트랩까지도 사용 가능했다.

'대체 어떤 트랩을 설치한 것일까….'

"오빠, 여기 뭔가 이상해요."

앞장 선 슬아가 발걸음을 멈추자 모두가 긴장했다.

"왜 그래?"

"아무리 봐도 뭔가 설치된 것 같아요. 바닥에 타일이 다 깨져 있어요."

슬아의 말대로 바닥이 심하게 훼손되어 있었다. 누군가 인위적으로 조작한 흔적이었다.

"돌아서 갈까?"

"아냐. 보란 듯이 함정을 설치한 게 더 의심스러워. 오히려 벽면으로 붙어 가면 거기서 트랩이 발동할지도 몰라."

태랑은 이중 트릭이라고 확신하며 스켈레톤 전사를 소환했다.

"소환수부터 보내볼게."

태랑이 훼손된 바닥을 우회하여 가장자리에 바짝 붙어 스켈레톤을 출발시켰다. 그러자 태랑의 예상처럼 벽면에서 불쑥 칼날이 튀어나와 스켈레톤을 공격했다.

푸욱-

칼날은 벽면을 따라 연쇄적으로 튀어나왔다. 만약 일렬로 행진했다면 줄줄이 당할 뻔한 함정이었다.

"와, 저게 다 뭐야? 영화에서 보던 피라미드 함정 같네."

"저게 마법 트랩이야. 가장 단순한 형태지."

"그럼 역시 이건 아무것도 아니었나 봐요?"

수현이 훼손된 바닥을 딛으려고 하자 태랑이 황급히 그의 목덜미를 잡아끌었다.

"조심해!"

발바닥이 닫기 직전 수현이 가까스로 동작을 멈췄다.

"헉, 설마 이것도 작동하는 거예요?"

태랑이 또 다른 스켈레톤을 투입시키자 순식간에 바닥이 허물어지며 밑으로 푹 꺼졌다. 바닥에 추락한 스켈레톤은 진득한 산성용액에 몸이 녹아내렸다.

"으앗. 죽을 뻔 했네."

"눈에 보이는 것은 죄다 함정이라고 생각해야 돼."

두 개의 트랩을 돌파하자 이번엔 환승역으로 연결되는 긴 통로가 나왔다.

"어째 쪼까 불길 한디?"

"함정을 설치하면 여기가 제격이겠군."

민준이 경계하는 눈빛으로 말했다. 태랑은 일행을 대기시킨 후 수현에게 말했다.

"수현이 너 빛의 폭탄 들고 있는 거 하나 줘봐."

"네."

태랑은 수현에게서 조그만 구슬을 받아 들더니 통로의 가운데를 향해 힘껏 던졌다. 데굴데굴 굴러가던 구슬은 통로의 중간쯤에서 펑-하고 터졌다. 곧 빛무리가 두둥실 떠오르며 주변을 훤히 밝혔다.

그 순간 벽에서 검은 화살이 쏘아졌다.

피슉-

사람 가슴높이에 겨냥된 화살은 반대편 벽에 박혔다. 태랑이 벽에 박힌 화살을 유심히 살피며 말했다.

"독화살이군."

"독화살?"

"화살 전체에 극독이 발라져 있어. 스치기라도 하면 중독되고 말 거야. 모두 해독의 팔찌는 차고 왔지?"

다들 손목을 매만지며 팔찌의 유무를 확인했다. 미리 만들어 두길 천만다행이었다.

"혹시나 중독이 되더라도 해독의 팔찌가 독을 해독시켜 줄 거야. 이번 트랩은 움직임에 반응하는 장치 같으니 빠르게 통과해야 돼."

"제가 앞장 설게요."

가속의 능력을 갖춘 슬아가 나섰다.

"괜찮겠어?"

"날아오는 화살을 잡지는 못해도 피할 수는 있어요."

"흠. 일단 좀비 들개로 시험해 보자. 반응속도가 얼마나 빠른지 확인해야 겠어."

태랑은 좀비 들개를 불러 통로를 질주시켰다.

좀비 들개가 뛰어가는 자리 좌우에서 검은 독화살들이 빠르게 쏟아졌다. 그러나 가만히 서 있지만 않는다면 충분히 통과할 수 있는 수준으로 보였다.

"혹시 여기서 달리기 느린 사람?"

"저요!"

"나도 저것보단 느리겠는디?"

유화와 민준, 슬아 정도를 제외하면 다들 자신이 없었다.

"일단 은숙이는 베리어가 있으니 그걸로 막고, 나머진 신속의 물약 복용하도록 해."

아이템은 될 수 있는 한 아껴야 했다. 태랑은 수현과 한모에게만 신속이 물약을 쓰도록 하고, 나머지는 자신의 역량으로 돌파시킬 계획이었다. 은숙은 태랑의 결정에 의문을 표했다.

"차라리 트랩을 다 파괴해 버리면 되지 않아? 그 편이 더 안전할 거 같은데?"

"아냐. 그게 놈이 노리는 거야."

"응? 무슨 말이야?"

"트랩을 하나하나를 부수고가면 그만큼 포스를 낭비할 수밖에 없어. 오우거 메이지는 우리가 밑에 당도하기 전까지 최대한 포스를 소모시키려고 하고 있어. 이미 오크 부족이랑 싸우면서 포스를 사용했으니 여기선 아낄 수 있을 만큼 아껴야해."

"그렇겠구나. 내가 생각이 짧았네."

슬아가 심호흡을 하며 가속 스킬을 발동했다. 순간 몸이 절반 가까이 가벼워지는 듯한 착각이 들었다.

"그럼, 먼저 갈게요!"

슬아가 통로를 향해 달리기 시작했다.

그녀가 지나치는 자리로 독화살들이 수없이 쏟아져 나왔지만, 그녀를 맞추진 못했다. 어느새 반대편에 당도한 슬아가 크게 손을 흔들었다.

"도착했어요!"

"그럼 이번엔 내가 가지."

민준은 철혈도를 밑으로 떨어뜨리고 빠르게 달려나갔다. 슬아보다 현저히 느렸지만, 화살에 맞을 정도는 아니었다. 민준에 이어 유화까지 통과하자, 다음에는 수현의 차례였다.

"전 달리기 느린 편인데 괜찮겠죠?"

"신속의 물약이 가진 헤이스트 효과면 충분할 거야."

수현이 물약을 꿀꺽 삼키고 몸을 풀었다.

"근데 체력장 할 때도 100미터 18초 나왔단 말이에요."

"으이구, 그게 자랑이니. 평소에 운동 좀 하래니까."

은숙이 핀잔을 주었다.

"포스로 인해서 신체 능력이 강화된 데다 신속의 물약 효과를 받았으니 잘하면 12초대 까지도 끊을 수 있을 거야. 그 정도면 충분해."

"정말이죠?"

"뭔 남자새끼가 겁이 그라고 많냐잉, 언능 가랑께!"

한모가 가볍게 등짝을 때리자 수현은 자기도 모르게 통로에 발을 내딛고 말았다. 그러자 트랩이 발동하며 우측에서 검은 화살이 날아들었다.

"으아아악!"

수현이 화살을 피해 앞으로 나아가자, 이번에는 좌측에서 화살이 날아왔다. 가만히 서 있다간 고슴도치가 될 판이었다. 수현은 이를 악물고 젖먹던 힘을 다해서 달리기 시작했다.

"으아아아앗!"

슉-슉-!

수현이 지나친 자리로 화살이 날아들며 그의 등골을 서늘케 만들었다. 등 뒤로 들리는 화살의 무시무시한 파공음은 금방 덜미를 잡을 것만 같았다.

은숙은 수현을 등 떠민 한모를 나무랐다.

"준비도 안 된 애를 그렇게 밀면 어떻게 해 한모씨!"

한모는 별일 아니라는 듯 허리에 손을 얹고 껄껄 웃었다.

“저 봐, 잘 뛰자네. 닥치믄 다 하게 돼 있당께.”

수현이 중간쯤 달려갔을 때였다.

갑자기 태랑의 뒤편에서 몬스터가 들이닥쳤다.

“쿠에에에엑!”

불쑥 모습을 드러낸 놈들은, 붉은 몸체에 노란 눈을 가진 고블린이었다. 단순히 고블린 뿐만 아니라, 훌쩍 키가 크고 지팡이도 들고 있는 홉 고블린까지 포함되어 있었다.

태랑이 통로의 반대쪽을 보니 거기도 마찬가지로 습격을 당한 상황.

‘이런! 병력이 둘로 갈라지기를 기다렸구나! 당했다.’

“갑자기 뭐시여 이것들은!”

한모가 곧바로 판금갑옷을 착용하며 몽둥이를 뽑아 들었다. A급의 고블린은 한 주먹거리도 안됐지만, 마법을 쓰는 홉 고블린이 문제였다.

“은숙! 뒤에 지팡이 든 놈부터 노려!”

“저기 키 큰 놈?”

“그래, 파이어 볼 마법을 쓰는 놈이야!”

은숙이 매직 미사일을 갈겨 홉 고블린 한 마릴 쓰러뜨렸지만, 홉 고블린의 숫자가 너무 많았다. 순식간에 불덩이가 포탄처럼 쏟아졌다.

“다들 엎드려!”

세 사람은 수류탄을 피하는 것처럼 동시에 몸을 날렸다. 파이어 볼은 벽면에 부딪혀 폭발하며 화염병처럼 잔불을 남겼다. 비좁은 지하철 역사가 순식간에 아수라 장으로 변했다.

태랑은 급히 소환수를 불러들여 홉 고블린을 견제하는 한편, 자신은 직접 창을 들고 고블린 무리를 때려잡았다.

둘로 나뉜 태랑 일행이 고블린을 상대로 싸우고 있을 때, 반대편에서도 마찬가지로 전투가 벌어지고 있었다.

그곳을 덮친 것은 지상에서 대피한 오크의 잔당들이었다.

"이것들이 여기 숨어있었구나!"

유화는 새로 얻은 오우거의 반 장갑을 착용하고 놈들에 맞섰다. 동족을 잃은 놈들은 어느 때보다 흥분하여 달려들었다.

하지만 하필 맞은편에 넘어간 사람은 세이버에서도 공격력이 가장 뛰어난 세 사람이었다. 민준은 철혈도를, 슬아는 단검을 들고 오크 잔당들을 도륙했다.

중간에 낀 수현은 양쪽에 벌어진 전투 상황에 진퇴양난이었다. 그러나 달려오던 관성이 있었기 때문에 무작정 앞으로 달렸다.

그 순간 드르릉 굉음이 나더니 통로가 좁아 들기 시작했다.

"뭐, 뭐야! 왜 나만 이래!"

독화살을 쏘아내던 통로는 이제 다른 기관장치가 작동한 것인지 빠른 속도로 압축되었다. 이대로 있다간 좁아 드는 벽에 좌우로 압사당할 판이었다.

"제기랄!"

쿠르르르릉 쿵!

끝내 벽이 서로 맞물리며 통로가 봉쇄되었다.

고블린 무리를 해치우던 태랑은 뒤늦게 그것을 확인하고 깜짝 놀라 소리쳤다.

"아차! 통로가 막혔어!"

"꺄악, 어떡해! 수현이가 안에 들어있었는데!"

한모가 마지막 남은 홉 고블린을 몽둥이로 쥐어패자, 상황은 일단락되었다. 태랑은 급히 무전기를 빼들고 반대편에 연락을 취했다.

"나야! 수현이 어떻게 됐어."

-치칙… 다행히 천둥 군주의 심판으로 빠져 나왔어. 오크는 다 물리쳤고. 너희는?

"워메 큰일 날뻔 해브렀구만. 천만 다행이여."

"휴- 맞다. 순간이동기가 있었지?"

수현이 무사하다는 소식에 안도하긴 했지만, 태랑의 표정은 좋지 않았다. 함정을 통과하는데 신경쓰다 적들의 습격을 대비하지 못한 데 자책하는 것이었다.

"젠장, 완전히 당했어. 오우거 메이지가 우릴 분산시키려고 머릴 쓴 거야."

"그럼 저 통로를 다시 못 열어?"

태랑은 완전히 막혀버린 입구를 보며 고개를 가로저었다.

"마법 트랩을 없어려면 기동부의 핵을 파괴해야 해. 탐지 마법이 없는 이상 핵을 찾기는 어려울 거야."

"그럼 이제 어떡하지?"

"일단 반대편으로 쭉 돌아가면 지하로 직행하는 엘리베이터가 하나 있어. 그쪽을 통해서 밑에서 만나야 할 것 같아."

태랑이 무전을 날려 합류지점을 설명했다. 둘로 갈리긴 했지만 반대편에 민준과 유화가 있다는 게 천만다행이었다.

"트랩이 설치되어 있을 테니 조심해."

–치직. 너희들도. 밑에서 보자. 오버.

태랑은 수현이 남기고 간 빛의 완드를 들었다.

"서두르자. 빨리 합류하지 않으면 어느 쪽이든 위험해질거야."

"그래."

각기 나뉜 두 그룹은 서둘러 지하로 향했다.

"이 영상에 나온 놈들이 흑랑 길드를 박살냈다고?"

"맞아요. 저는 숨어있다가 겨우 목숨만 건졌어요."

"믿기지가 않는군. 단 일곱 명이서 흑랑 길드를… "

"근데 돈은 얼마나 주실 거죠? 듣기로는 특별한 능력자를 제보하면 현상금을 준다고 하던데…."

흑랑 길드의 유일한 생존자, 장진경이 탐욕스러운 눈으로 눈앞의 사내에게 물었다.

그녀는 우여곡절 끝에 한 정보상과 접촉할 수 있었다.

그는 특이하게도 헌터들에 대한 정보를 사모은다고 했다. 아직 능력이 알려지지 않은 헌터나, 보기드문 이능을 가진 사람일수록 높은 값을 쳐준다는 것이다.

사내가 눈을 가늘게 뜨며 말했다.

"…혹시 이 영상의 내용, 다른 곳에 먼저 보여준 것은 아니지?"

"아니에요. 이곳이 처음이에요. 처음엔 아무데나 넘기려다가 여기가 가장 값을 잘 쳐준 데서 물어물어 왔어요. 혼자서 찾아오느라 얼마나 고생했다구요."

"그래. 잘했어. 힘들게 찾아왔으니 후하게 쳐주지."

사내는 책상 서랍을 열어 뭔가를 뒤적였다.

장진경은 잔뜩 기대하는 눈빛으로 얼마를 받을 수 있을지 생각했다. 300골드? 아니면 500골드? 그 정도 돈이면 어떤 길드에든 몸을 의탁할 수 있을 것이다.

"헛, 이, 이게 무슨!"

그러나 사내가 꺼낸 것은 돈이 아니라 한 자루의 권총이었다.

장진경이 두 손을 번쩍 들고 항복의 제스쳐를 취했으나 정보상의 방아쇠는 이미 당겨진 뒤였다.

탕–

이마에 총알이 박혀 쓰러진 장진경을 보고 정보상이 잔인하게 웃었다.

"멍청하기 짝이 없군. 뒷배도 없이 혼자 이런 곳을 찾아오면 쓰나. 너 하나 죽는대도 아무도 모를 텐데 말이야. 저런 정신머리면 하루빨리 죽는 편이 나아. 살아봐야 험한 꼴밖에 더 보겠어."

그때 방문이 열리며 양복을 입은 부하들이 뛰어 들어왔다.

"무슨 일이십니까?"

"별일 아냐. 이거 치워버려."

"네. 소각 시키겠습니다."

양복 입은 사내들을 익숙한 상황인 듯 태연하게 시체의 팔다리를 붙들고 끌고 나갔다.

어둠의 정보상, 조현동은 한 번 더 영상을 돌려보며 CCTV에 녹화된 세이버 클랜의 활약상을 눈여겨보았다.

손가락으로 책상을 리드미컬 두드리며 소리를 내던 조현동은, 확신을 갖은 눈빛으로 벌떡 몸을 일으켰다.

"언데드 소환수를 부리는 젊은 남자. 분명 VIP가 찾는 그놈이 틀림없다. 폭룡 클랜 신입 대원 모집 때 모습을 드러냈다는 그 놈."

그는 곧바로 외투를 걸치고, 영상이 담긴 하드디스크를 뽑아 들었다.

"그렇게 찾아 헤매도 안보이더니 이렇게 제 발로 나타날 줄이야. 난 정말 운이 좋단 말이지."

조현동은 VIP와 접선을 잡기 위해 분주히 움직였다.

벽이 압착되기 직전, 가까스로 터널을 빠져 나온 수현은 한동안 무릎 꿇은 자세로 주저앉아 있었다.

"헉… 헉… 죽을 뻔 했네."

"수현아 괜찮니?"

"가, 가까이 오지 마요. 지금 제 몸에 전기 흘러요."

"아! 맞다."

그를 부축키 위해 다가가던 유화는 수현의 경고에 깜짝 놀라 멈춰 섰다. 방전된 전하로 수현의 머리카락이 하드왁스를 발라 고정시킨 것처럼 바짝 곤두 섰다.

"일단 태랑이랑은 연락됐어. 밑에서 합류해야 할 것 같아."

"갑자기 이게 무슨 일이람…."

"오우거 메이지가 농간을 부린 것 같아."

"우릴 일부러 떨어뜨렸단 말이에요?"

"뭉쳐있는 것보다 갈라놓고 상대하겠다는 심산이겠지. 약삭빠른 놈이야."

예기치 못한 사태에 다들 멘붕에 빠진 모습이었다.

민준은 철혈도를 강하게 움켜쥐며 생각했다.

유화나 슬아는 일신의 무력이 뛰어나지만 태랑의 지시에 따라 움직이는 타입. 덤벙대는 수현은 말할 것도 없었다. 그는 태랑이 없는 동안 일행을 이끌어야 할 책임을 느꼈다.

'태랑과 합류하기 전까지는 내가 리드를 해야겠군.'

"당분간 우리 넷 뿐이니 바짝 긴장하자. 수현이 넌 이제 좀 진정 됐어?"

"네. 갑작스레 스킬을 쓰는 바람에 무리 했나봐요. 몸 상태는 괜찮은데 포스를 너무 낭비해서 걱정이에요."

천둥군주의 심판은 한 번에 절반에 달하는 포스를 소모시킨다. 그런 필살기를 단순히 이동을 위해 날려버린 것에 아쉬워하는 수현이었다.

"아니야. 그래도 훌륭한 판단이었어. 우선은 살고 봐야지."

"그래 수현아. 나는 너 어떻게 되는 줄 알고 얼마나 놀랬다구."

유화의 걱정 어린 말에 수현의 심장이 두근거렸다.

'내가 다치니까 누나가 걱정해 주는구나.'

"아아, 살짝 발목을 삐끗한 것 같기도…."

수현이 일부러 발을 절며 엄살을 피웠다.

"못 걷겠니?"

"괜찮아요. 천천히 걸으면… 앗…."

"이런, 안 되겠나. 누나가 부축해 줄게."

보다 못한 유화가 수현을 어깨동무하며 부축했다. 수현은 속으로 환호성을 질렀지만, 겉으로는 애써 울상 지었다.

"죄송해요. 누나 제가 칠칠 맞아서… 조금만 기댈게요."

"으이구. 진짜. 애도 아니고 너는."

"일단 유화가 부축하는 거를 하고, 수현이 넌 후방에서 조명 들고 있어. 몬스터 나오면 우리가 처리할 테니까."

"저도 싸울 수 있어요."

"것보단 포스를 아껴야지. 나중에 오우거 메이지를 상대할 땐 분명 네 마법이 필요할 거야. 그때까지 될 수 있는 한 아껴봐."

"네."

민준은 슬아와 함께 앞장서고 뒤에 유화와 수현을 세웠다. 수현은 빛의 폭탄을 터뜨려 손아귀에 쥔 체 일행을 뒤따랐다. 네 사람은 조심스럽게 지하로 향하는 계단을 찾았다.

"던전에 함정이 설치되어 있으니까 정말 까다롭군. 바짝 긴장해야겠어."

"그러게요. 던전 보스가 강해질수록 공략이 점점 까다로워지는 것 같아요. 맨 처음 레이드 할 때는 지금보다 스텟이 안 좋아도 나름 수월했는데…."

"힘들긴 하지만 그만큼 얻는 것도 많겠지. 아이템이든 아티펙트든."

"쓸 만한 스킬북 하나만 나오면 좋겠어요."

스킬 포인트의 요구치가 늘어나면서 레벨업이 정체되자 세이버의 헌터들은 점점 스킬북과 스킬스크롤에 관심을 두게 되었다.

좋은 스킬 하나는 고급 아티펙트와 맞먹는 효과가 있다. 현 상태에서 스펙을 올리는 가장 효율적인 방법이었다.

"혹시 갖고 싶은 스킬이라도 있어?"

민준이 유화에게 물었다.

"전 흑랑 길드의 김윤동이 쓰던 파동권 같은 기술요."

"그 장풍 날리는 거 말이지?"

"네. 원거리까진 안 되더라도 중단거리 스킬 하나쯤 있었으면 좋겠어요. 매번 달라붙어 싸워야 하니 피곤하기도 하고."

"언니, 혹시 암기술 같은 건 어때요?"

슬아가 자신의 투검집을 가리키며 말했다. 벨트처럼 채워진 투검집에는 한모가 정성스레 만들어준 투검들이 가지런히 꽂혀 있었다. 그 모습이 마치 탄띠를 두르고 있는 것 같았다.

"음, 암기는 왠지 적성에 안 맞아."

"하긴 누나는 빵빵 터지는 걸 좋아하죠? 총으로 치면 샷건이나 RPG 로켓 같은 거."

"어떻게 알았어?"

"그야 성격이 워낙…."

"성격이? 야, 이수현. 이게 죽을라고. 아프면 내가 못 때릴 줄 알고?"

유화가 수현을 쥐어박으려고 손을 드는데 갑자기 천장에서 뭔가 툭 떨어져 손등을 적셨다.

"윽, 뭐야 이건? 물인가?"

반사적으로 천장을 올려다본 유화는 천장에 붙어 있는 물컹한 젤리 형태의 괴물을 보고 깜짝 놀라 비명을 질렀다.

"으아아앗! 위, 위에 뭐가 있어!"

천장에서 괴물이 나타날 줄 몰랐기에 다들 대비가 안 된 상황. 슬아가 반사적으로 투검을 날리는 사이 모두 사방으로 흩어졌다.

슉-

투검은 젤리 형태의 괴물의 한가운데 정확히 적중했다.

그러나 놈은 아랑곳 않고 바닥으로 미끄덩 흘러내리며 물방울 모양의 형체를 다잡았다. 녹색의 젤리 덩어리는 살아있는 생명체처럼 꿈틀거렸다.

"이거 설마 슬라임인가?"

"슬라임이 변신도 해?"

"뭐?"

"저기 봐."

반구형으로 뭉쳐져 있던 괴물의 표면에서 두 손이 불쑥 튀어 나왔다. 양서류의 그것처럼 손끝이 뭉툭하고, 마디 사이가 붙어 있어 혐오감을 자아냈다.

"으힉! 저게 뭐야!"

"다들 비켜!"

당황한 체 괴물의 변신을 마냥 지켜보는 이들과 달리, 민준은 곧바로 검을 치켜들어 놈을 썰어 버렸다.

어느새 상반신까지 뽑아내던 놈은 민준의 칼질에 정확히 두 토막으로 쪼개졌다. 정수리부터 허리까지 수직으로 양단된 놈은 형체를 잃고 다시 물방울 모양으로 흩어졌다.

"죽은 건가?"

그러나 슬아의 투검에서 예상되었듯, 놈은 물리적인 타격에 면역을 가진 것 같았다.

이제 두 조각으로 갈라진 놈은, 제각기 푸딩 같은 덩어리에서 또다시 팔을 뽑아내고 있었다. 다만 아까와 다른 점은 놈의 크기가 절반으로 줄었다는 정도였다.

"이런 괴물 자식이!"

민준이 흥분하여 한 번 더 칼을 들어 올리는 데 유화가 제지했다.

"오빠, 잠시만. 자른다고 죽일 수 있는 게 아닌 거 같아요."

"누나 말이 맞아요. 아메바 같은 특성이 있나 봐요. 쪼개면 쪼갤수록 계속 분열될 거예요."

"그럼 이걸 어쩐다?"

잠시 떨어져 공격을 주저하는 사이 어느새 괴물은 다리

까지 모두 솟아 나왔다. 바닥엔 물을 흘린 것처럼 몸체의 일부가 남아 지면을 흐르듯이 미끄러졌다.

"엇! 놈들이 공격한다! 조심해!"

형체를 모두 갖춘 놈이 느닷없이 주먹을 뻗어냈다. 다소 먼 거리였지만, 팔 길이가 갑자기 수십 배로 늘어나며 슬아와 민준을 향해 날아갔다. 느릿한 움직임에 비해 총알처럼 빠른 타격이었다.

그 순간 기계체조로 다져진 슬아의 유연성이 빛을 발했다. 뒤로 넘어지듯 허리를 아치로 꺾으며 공격을 피해낸 것이다. 늘어난 괴물의 주먹이 그녀의 상반신을 지나 지하철 벽면에 충돌했다. 쾅- 하는 굉음과 함께 벽에 구멍이 패일 만큼 위력적인 공격.

한편 민준의 경우 주먹을 피할 시간이 없어 그대로 철혈도를 올려쳐 팔을 잘라 버렸다. 토막 난 조각은 다시 젤리처럼 변하더니 스믈스믈 몸체로 되돌아갔다.

"무슨 고무줄처럼 팔이 늘어나는데?"

"자르거나 찌른다고 죽일 수 있는 놈이 아냐! 금방 합체해 버려."

"그럼 어떡해요?"

"또 온다!"

녹색의 젤리 괴물은 이번엔 자신의 몸을 새총처럼 장전하더니 투석기처럼 발사시켰다. 기상천외한 공격방식에 다들 피하기에 급급했다.

베거나 찔러봐야 아무런 타격을 줄 수 없으니 답답할 따름이었다. 놈의 몸통박치기는 벽에 부딪힌 후 공처럼 다시 튀어나와 좁은 지하철 역사를 정신없이 휘저었다.

"으으! 이대론 당하고 말겠어!"

"젠장, 라이트닝 스피어!"

보다 못한 수현이 끝내 번개 창을 뽑았다. 포스가 아쉬운 상황이었지만, 물리 공격이 통하지 않으니 달리 방법이 없었다.

파지지직-!

번개 창에 적중당한 놈이 부르르 몸을 떨더니 그대로 녹아 내렸다. 점성을 잃고 다시 뭉치지 못하는 것으로 보아, 마법이 제 효과를 발휘하는 듯 했다.

"마법은 통하네요."

"한 놈 더 있는데 어쩌지?"

두 놈이 서로 떨어져 있었기 때문에 번개의 전이효과가 발동하지 않은 상태. 남은 한 놈을 두고 유화가 공격을 개시했다.

젤리 괴물은 인간형의 몸체를 가지고 있었기 때문에 유화는 놈의 상체에 해당되는 부분을 향해 주먹을 날렸다.

퍽버벅-

그러나 놈은 스펀지처럼 모든 펀치를 흡수해 버렸다. 맞는 즉시 몸이 움푹움푹 들어갈 만큼 위력적인 공격이었지만, 금세 원상복구 되었다.

쓸데없이 헛 힘만 쓴 유화가 약이 올랐다.

"맷집 좋다 이거지? 이것도 받아봐라."

유화가 전략을 바꿔 이번엔 놈의 명치를 향해 좌장을 뻗어냈다. 칠보장법의 한 수였다.

"하앗!"

잠시 후 칠보장법의 효과가 발동되자 놈의 몸속에서 수류탄이 터지는 것처럼 펑- 하고 폭발했다. 수천조각으로 쪼개진 몸체는 점성을 잃고 다시는 합쳐지지 못했다.

"휴-. 그래도 이 기술은 통하네."

"다행이다. 죽일 방법이 없는 줄 알고 깜짝 놀랐네."

"대체 뭐였을까요? 처음엔 슬라임 인줄 알았는데, 변신한 모습이 지난번의 머드 골렘이랑 흡사한데요?"

"그럼 이것도 골렘 일종일까?"

"태랑이 형한테 무전 쳐서 한번 물어봐요. 다음에 또 나올지도 모르니 정확한 대처법을 알아봐야 겠어요."

민준은 무전기를 꺼내 태랑을 호출했다.

"태랑, 지금 어디쯤이야?"

그러나 한참을 기다려도 무전은 회신되지 않았다.

"응? 왜 이러지? 수신 거리는 충분할 텐데?"

"혹시 무슨 일 있는 건 아니겠죠?"

"에이, 걱정을 해도 우리가 걱정이지. 그쪽엔 태랑이가 있는데…."

❖ ❖ ❖

-치칙- 태랑, 지금 어디쯤이야?

"니미 이 상황에 뭔 무전 질이여! 이쪽은 아주 죽겄구만!"

바닥을 굴러다니는 태랑의 무전기에서 흘러나오는 소리에 한모가 버럭 짜증을 냈다. 태랑 일행 쪽은 떨어뜨린 무전기를 다시 줍지도 못할 만큼 치열한 난전이 전개되고 있었다.

한모가 달려드는 오우거의 몽둥이를 방패를 들어 막아냈다. 노도와 같은 충격이 밀려오며 그의 몸이 사정없이 튕겨나갔다.

"크헉-. 진짜 괴물이네!"

몽둥이를 막은 팔목이 욱씬거렸다. 뼈의 장벽 반사데미지로 분명 충격을 받았을 텐데도, 오우거는 아랑곳 않고 한모를 향해 성큼성큼 뛰어왔다. 판금 갑옷의 냉기효과로도 놈을 멈출 순 없었다. 그야말로 돌진하는 전차 같았다.

"한모씨!"

위기에 처한 한모를 돕기 위해 은숙이 지면에서 고드름을 일으켰다.

푸욱-

고드름이 오우거의 거대한 발등을 뚫고 튀어 나왔다. 그러나 고통을 모르는 오우거는 힘으로 고드름을 부러뜨리며 계속 한모를 공격했다.

"씨발 돼지새끼가 진짜!"

한모는 거추장스런 방패를 던져 버리고 두 손으로 몽둥이를 잡았다. 놈을 상대하는 데 양손을 다 쓰는 편이 유리할 것 같았다.

오우거의 몽둥이를 수그려 피한 한모가 놈의 정강이를 후려쳤다. 상대를 강제로 밀려나게 하는 맹렬한 파동 스킬에 거대한 몸집의 오우거가 휘청 튕겨나갔다.

"뱃대지에 기름 낀 것 좀 보소 이 돼지새끼!"

한모는 욕설을 퍼부으며 공격을 이어갔다. 그때 아티펙트의 스턴 효과가 발동하며 놈이 일시적으로 정신을 잃고 무방비가 되었다.

"은숙아! 지금이다!"

"알았어!"

한모의 의도를 알아챈 은숙이 오우거의 뒤편으로 다시 리버스 아이씨클을 일으켰다. 한모는 흔들리는 놈을 어깨로 들이받아 넘어뜨렸다.

놈은 이미 발에 부상을 입은 상태였기 때문에, 놈은 제대로 서 있질 못하고 균형을 잃고 쓰러졌다. 놈의 뒤편으로 송곳처럼 날카로운 얼음의 창이 솟아있었다.

푸욱-!

오우거는 결국 제 무게에 눌려 복부를 관통당했다. 뱃가죽을 뚫고 나온 얼음 조각에도 놈은 사지를 뒤틀며 저항했다.

"꾸에에엑!"

"이게 어디서 돼지 멱따는 소리를!"

한모는 기세를 몰아 놈의 배를 밟고 올라타더니 놈의 면상에 맹공을 퍼부었다. 아까의 공격을 되 갚겠다는 듯 인정사정없는 몽둥이찜질이었다.

퍽-퍽-퍽-!

골육이 터지는 잔인한 사운드에 은숙이 귀를 막았다. 전투 시 흥분하는 한모의 광기는, 연인의 그녀의 눈으로도 못 봐줄 정도였다.

'저런 거 보면 오우거나 한모씨나… 별 차이도 없네.'

골통이 빠개진 놈이 끝내 숨을 거두자 한모는 재빨리 은숙을 데리고 태랑에게로 향했다. 태랑은 홀로 오우거와 싸우고 있었다.

오우거의 덩치는 거의 천장에 닿을 만큼 거대했다. 비좁은 공간은 그만큼 행동을 제약했고, 태랑은 이를 십분 활용하는 중이었다.

'우리가 협공 못하도록 떨어뜨린 것 같은데, 착각 한 거야. 오우거 하나쯤은 나 혼자서도 거뜬하거든.'

태랑은 소환수를 총동원하여 사방에서 놈을 공격했다. 앞에서 해골 전사들이 창으로 위협하고, 뒤에선 스톤 골렘과 좀비 들개가 호시탐탐 후방을 노렸다. 놈의 주먹질 한방에 쓸려가지 않도록 차륜전을 전개하며 하나씩 달려들자, 소환수의 소모속도와 재소환 싸이클이 얼추 맞아 떨어졌다.

놈에겐 마치 적이 쉴새 없이 몰아치는 느낌일 것이다.

소환수로 놈의 발을 묶은 태랑은, 적당히 거리를 벌린 체 서리 궁수의 화살을 이용해 놈의 머리를 집중 공략했다.

'몸뚱이는 정말 경이적인 내구도를 가지고 있지만, 머리 쪽은 의외로 약해. 머리까진 지방으로 채울 수 없었나 보지?'

쿨타임이 찰 때마다 날아드는 빙궁에 오우거가 슬슬 지쳐갔다. 파편에 적중할 때마다 냉기가 치밀어 오르며 놈을 둔화 시켰다.

'좋아 이제, 결정타를 먹여야겠다.'

〈5권에 계속〉

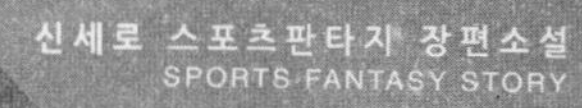
신세로 스포츠판타지 장편소설
SPORTS FANTASY STORY

북두

Return Ace
리턴 에이스
2 리턴 에이스
1 리턴 에이스
리턴 에이스